古典文獻研究輯刊

九　編

曾　永　義　主編

第4冊

古文細部批評研究

林　明　昌　著

國家圖書館出版品預行編目資料

古文細部批評研究／林明昌 著 — 初版 — 新北市：花木蘭文
化出版社，2014〔民 103〕
目 2+182 面：19×26 公分
（古典文學研究輯刊　九編：第 4 冊）
ISBN：978-986-322-536-2（精裝）
1. 古文 2. 古文運動 3. 文學評論
820.8   103000745

ISBN-978-986-322-536-2

古典文學研究輯刊
九　編　第四冊   ISBN：978-986-322-536-2

古文細部批評研究

作　　者　林明昌
主　　編　曾永義
總 編 輯　杜潔祥
副總編輯　楊嘉樂
編　　輯　許郁翎
出　　版　花木蘭文化出版社
社　　長　高小娟
聯絡地址　235 新北市中和區中安街七二號十三樓
　　　　　電話：02-2923-1455／傳真：02-2923-1452
網　　址　http://www.huamulan.tw 信箱 hml810518@gmail.com
印　　刷　普羅文化出版廣告事業
初　　版　2014 年 3 月
定　　價　九編 27 冊（精裝）新台幣 48,000 元

古文細部批評研究

林明昌　著

作者簡介

　　林明昌，1962 年生，台北市人，淡江大學中文博士。現任佛光大學文學系助理教授，兼世界華文文學研究中心主任。曾任台北「林語堂故居」執行長。

　　著有《春秋繁露的天道觀與治道思想》、《韓愈詩文新論》、《想像的投射——文藝接受美學探索》、《華語教學——理論與實務》。主編《閒情悠悠——林語堂的心靈世界》，合編《多元的交響——世華散文評析》、《視野的互涉——世界華文文學論文集》等。

提　　要

　　古文經韓愈、柳宗元倡導於唐，歐陽修、三蘇、曾、王呼應於宋，規模典範於是確立。然而散行之古文畢竟不如詩歌或駢文，可講求聲律格式，古文欲論美學，只能另闢蹊徑。建立古文美學，需要典範作品、文學理論及批評方法三者具足。韓柳諸家開拓者，除創作典範文章，並試圖提出古文美學之基本理論，以爲後繼之初階，至於理論之完成及相應批評方法之齊備，均有賴南宋至明清逐漸形成之細部批評。

　　細部批評是南宋以後逐漸形成的文學批評方法。細部批評之發展，初期基於實際需求，以評點技術之改進爲重要目標，至明朝以後，則省覺到理論說明之必要。於是明清兩代，是細部批評理論和實務充實的時代。至於本文不用評點一詞，改以細部批評爲名，是因爲評點不能視爲批評方法的一「類」。評點一詞，只說明批評形式，同樣運用這種形式的批評流派很多，其方法與批評理念互不相同。而且評點也不一定就是針對作品詳細分析，只是泛談感受或隨意喝采。再者，有些不以評點形式出現，卻的確屬細部批評，如文話、體則文格等等，也不應排除在外。因此改用細部批評一詞，將評點中屬於細部批評的包括進去，也把不用評點方式，但確是細部批評的包括在內，而將評點中隨意泛談者排除在外。

　　古文細部批評研究向屬草創，蓁莽未芟，奠基爲尚。因此本研究以原始資料之爬梳剔抉爲務，爲此新界域建立討論基礎。研究方向則分爲下列數端：一是整理唐宋以後古文細部批評相關理論，二是歸納古文細部批評所使用之形式，即圈點記號及文字記號，三是就古文細部批評主要方法，深入析論，以見古文細部批評之運用。希望以此研究之成果指明唐宋古文運動對文學批評發展之影響，並使文學批評界逐步了解細部批評的特色，成爲文學批評與文學批評研究的一環，更重要的是讓此種遭到忽視的傳統文學批評方法，在文學史上獲得合理位置。

　　本研究共十章。第一章緒論，說明研究旨趣，略述章節內容。第二章討論細部批評方法的方法學意義，如細部批評方法與看文法、作文法、學文法三者的同異，評點、文話與體則文格的關係，及各種細部批評法的分類等。第三章論述細部批評理論之發展。自韓愈、柳宗元大倡古文，文學家有新的地位，文學理論也有新的展望，但若以建構細部批評理論的立場而論，韓、柳只是濫觴，必待宋元明而規模初成。然而韓、柳的文學理論與作品，對細部批評的建立有何關聯？細部批評家又如何在韓、柳的基礎上形成新的文學批評理論？這是本章關切的問題。第四章及第五章敍述細部批評之形式，即細部批評之圈點記號及批評之文字記號。並分別對此二種批評形式的發展、類別及功用以實例詳示。亦對此二種形式之優劣評價，略加分析。第六章至第九章，就各種細部批評方法依類說明，分別是第六章論風格神味，第七章說相題謀篇，第八章析安章布勢，第九章明修辭鍊字，第十章餘論，討論如何避免因太重視文法的規範性而斲傷作者的創造力，也就是分析由定法走向活法的理論路徑。

目次

第一章　緒　論

第一節　研究旨趣

古文一詞，原有多義，本文專指別於駢儷而散行之文體而言〔註1〕。以古文指散行文體，始於韓愈。曾國藩曰：「古文者，韓退之厭棄魏晉六朝駢儷之文，而反之於六經兩漢，從而名焉者也。」〔註2〕韓愈之前亦有言及「古之文」、「古人之文」〔註3〕者，但必待韓愈才能大張旗鼓，高舉古文幡幟以爲號召。〔註4〕

古文經韓愈、柳宗元倡導於唐，歐陽修、三蘇、曾、王呼應於宋，規模典範於是確立。然而散行之古文畢竟不如詩歌或駢文，可講求聲律格式，古文欲論美學，只能另闢蹊徑。建立古文美學，需要典範作品、文學理論及批評方法三者具足。韓柳諸家開拓者，除創作典範文章，並試圖提出古文美學

〔註1〕 「古文」詞義參見馮書耕、金仞千，《古文通論》（台北：中華叢書編審委員會，民國55年），第一章《古文義界》，及張高評，《左傳之文學價值》（台北：文史哲出版社，民國71年10月），頁49。
〔註2〕 曾國藩，〈覆許仙屏書〉，《曾國藩全集》（台北：大俊圖書有限公司，民國71年5月再版），頁942。
〔註3〕 參見羅聯添，〈論唐代古文運動〉，《唐代文學論集》（台北：臺灣學生書局，民國78年5月），頁3～16。
〔註4〕 《柳河東全集》未見「古文」一詞，韓柳同輩文人亦不用。僅韓門弟子李漢文中一見，及李翱文中有二例，可見古文一詞確爲韓愈之獨特見解與幡幟，且並未爲當時文人普遍接受。然而儘管未使用古文一詞，當時從事散行文體創作者卻不乏其人，柳宗元即是最佳例證。《柳河東全集》（台北：世界書局，民國55年）。

之基本理論，以爲後繼之初階，至於理論之完成及相應批評方法之齊備，均有賴南宋至明清逐漸形成之細部批評。

細部批評是南宋以後逐漸形成的文學批評方法。龔師鵬程曰：

> 這是中國人討論文學作品時的一種方法，從宋朝晚期逐漸定型，經過明朝幾位大將的推衍，至清即成爲普遍的討論文學的方法。這種方法，多用在實際批評上；並不空談原則，而常常是藉實例以帶引出一些寫作和閱讀的原則，而且對於作品的文辭之美，可以在字裏行間細細評解，這種評解，當然最常見的形式是評點，但由於它並不限於評點，評點亦未必盡屬此種，因此我們建議把它稱爲「細部批評」。〔註5〕

宋朝晚期逐漸定型的方法，是指呂祖謙《古文關鍵》、樓昉《崇古文訣》、謝枋得《文章軌範》等選文評點，及陳騤《文則》、李耆卿《文章精義》等文話之作，所建立之細部批評雛型。到了明朝，細部批評快速發展，尤其評點之法，不只施於古文，亦用在小說、戲曲、詩歌，甚至經傳子史及制義。細部批評之發展，初期基於實際需求，以評點技術之改進爲重要目標，至明朝以後，則省覺到理論說明之必要。於是明清兩代，是細部批評理論和實務充實的時代。至於本文不用評點一詞，改以細部批評爲名，是因爲評點不能視爲批評方法的一「類」。評點一詞，只說明批評形式，同樣運用這種形式的批評流派很多，其方法與批評理念互不相同。而且評點也不一定就是針對作品詳細分析，只是泛談感受或隨意喝采。再者，有些不以評點形式出現，卻的確屬細部批評，如文話、體則文格等等，也不應排除在外。因此改用細部批評一詞，將評點中屬於細部批評的包括進去，也把不用評點方式，但確是細部批評的包括在內，而將評點中隨意泛談者排除在外。〔註6〕但是究竟細部批評的理論爲何？方法及內容爲何？又如何以此建構古文美學？這些都是文學史上值得研究的課題。

以往文學史之研究，多半將評點視爲技術末節，以致成果不多。對於評點的研究，也大多注意小說評點。〔註7〕偶有書中專節研究古文評點的，也只

〔註5〕 龔師鵬程，〈細部批評導論〉，《文學批評的視野》（台北：大安出版社，民國79年1月），頁397。

〔註6〕 參考龔師鵬程，〈細部批評導論〉，注釋8，頁395。

〔註7〕 如張曼娟《明清小說評點之研究》（東吳大學中文所博士論文，民78年）、李文赫《金聖嘆文學批評理論之研究》（政治大學中文所博士論文，民87年）、

簡述評點的歷史或方法。〔註8〕論古文文法而粲然大備者，當屬王葆心《古文辭通義》，可惜成書較早，且爲通論，未能專注於批評一道〔註9〕。幸而學者關於古文之研究成果頗豐，可爲本研究之基礎。如羅聯添對「古文」、「古文運動」名稱之來歷，唐宋古文發展之分期，唐宋古文之差異，隋唐文學理論的發展與演變，及對韓愈生平與著作的考索等等論述，討論了唐宋古文運動的基本問題〔註10〕。又如何寄彭析評韓愈、歐陽修、范仲淹、司馬光等人的古文作品與文學理論，並綜敘唐宋古文運動中的文統觀。〔註11〕又如張高評對《春秋》書法及《左傳》義法之研究〔註12〕，仇小屏對於篇章結構類型及文章章法的探討〔註13〕，及關於文學史、文學理論、文學批評、辭修學、八股文研究等等著作，均對本研究助益甚大。最珍貴的文獻，是龔師鵬程收藏關於科舉、古文評點的舊版古籍。

其中包括難得一見的王拯《歸方評點史記合筆》，由此書才能一窺章學誠所稱清初流傳之歸有光評點《史記》的五色圈點法之面貌。由汪鳴鑾《汪宗師小搭文存》、試帖詩集吳楷《十杉亭帖體詩鈔》、李瑞《蘭言詩鈔》及《應試要覽》（內容包括《字學舉隅補正》及《科場條例錄要》兩部分），則知科舉詩文教材及規範之原形。又〈蘭言詩鈔原序〉曰：「詩昧於法，猶暗室而藏鐙也；詩拘於法，如刻舟以求劍也。」又曰：「詩何可無法，亦何可泥於法。」又曰：「作詩者，詩成而法自立；學詩者，法熟而詩始工。」讀此知詩法之論述亦有與古文細部批評相通者。再由林紓《評選船山史論》〔註14〕、上海掃葉山房印行的《增補蘇批孟子》、吳闓生《古文範》以見評點之實相。

<hr>

譚帆《中國小說評點研究》（上海：華東師範大學出版社，2001年）等等。

〔註8〕 如張伯偉，《中國古代文學批評方法研究》（北京：中華書局，2002年）中有一章爲〈評點論〉，下分〈章句與評點〉、〈論文與評點〉、〈科舉與評點〉、〈評唱與評點〉四節。

〔註9〕 此書成於光緒三十二年。見王葆心，《古文辭通義》（台北：中華書局，民國54年，台一版）。

〔註10〕 見《唐代文學論集》。

〔註11〕 《唐宋古文新探》（台北：大安出版社，1990年5月）。

〔註12〕 張高評關於《左傳》之著作頗多，如《左傳之文學價值》、《左傳文章義法撢微》（台北：文史哲出版社，民國71年10月）、《春秋書法與左傳學史》（台北：五南圖書出版公司，2002年1月）等等。

〔註13〕 如《文章章法論》（台北：萬卷樓圖書有限公司，民國87年11月）及《篇章結構類型論》（台北：萬卷樓圖書有限公司，民國89年2月）。

〔註14〕 商務印書館，宣統元年版。

　　古文細部批評研究尚屬草創，蓁莽未芟，奠基爲尚。因此本研究以原始資料之爬梳剔抉爲務，爲此新界域建立討論基礎。研究方向則分爲下列數端：一是整理唐宋以後古文細部批評相關理論，二是歸納古文細部批評所使用之形式，即圈點記號及文字記號，三是就古文細部批評主要方法，深入析論，以見古文細部批評之運用。希望以此研究之成果指明唐宋古文運動對文學批評發展之影響，並使文學批評界逐步了解細部批評的特色，成爲文學批評與文學批評研究的一環，更重要的是讓此種遭到忽視的傳統文學批評方法，在文學史上獲得合理位置。

第二節　章節概述

　　本研究共十章。第一章緒論，說明研究旨趣，略述章節內容。第二章討論細部批評方法的方法學意義，如細部批評方法與看文法、作文法、學文法三者的同異，評點、文話與體則文格的關係，及各種細部批評法的分類等。第三章論述細部批評理論之發展。自韓愈、柳宗元大倡古文，文學家有新的地位，文學理論也有新的展望，但若以建構細部批評理論的立場而論，韓、柳只是濫觴，必待宋元明而規模初成。然而韓、柳的文學理論與作品，對細部批評的建立有何關聯？細部批評家又如何在韓、柳的基礎上形成新的文學批評理論？這是本章關切的問題。第四章及第五章敘述細部批評之形式，即細部批評之圈點記號及批評之文字記號。並分別對此二種批評形式的發展、類別及功用以實例詳示。亦對此二種形式之優劣評價，略加分析。第六章至第九章，就各種細部批評方法依類說明，分別是第六章論風格神味，第七章說相題謀篇，第八章析安章布勢，第九章明修辭鍊字，第十章餘論，討論如何避免因太重視文法的規範性而斲傷作者的創造力，也就是分析由定法走向活法的理論路徑。

第二章　古文細部批評方法的性質與類別

　　古文細部批評的方法，與古人所謂文法，範圍略有不同。古文細部批評專論文學批評，但是古人論文，則兼顧評論與教學的目的。以評論為目的而論文法，當屬文學批評無疑，然若以教學為目的，則所論內容可能部分與文學批評無關。如果以教導後學為目的，則古人所論文法可分看文法、作文法與學文法三個範圍〔註1〕，三者的性質並不全屬文學批評，應當加以區別。本章第一節即討論此三者之同異與性質。

　　古文細部批評著作的形式也呈現多貌，最普遍的為選文評點。評點是以選文為綱，批評內容依附於文章。另一種是文話。文話則離文章而獨立，不受文章局限，因此可以將文法歸納整理為有組織的條例。第三種是文格或體則。這是以歸納整理成為條例為軸，再舉文章為例證，綴屬於後。本章第二節將論述此三類著作形式的特性。

　　自《古文關鍵》始，古文細部批評者不斷發展批評方法，至《文章指南》的六十六條體則，堪稱收羅廣泛，說明詳備。但是批評方法眾多，當可加以分門別類。本文依方法使用範圍之大小，由文章整體以至字句修飾，將批評方法分為風格神味、相題謀篇、章法布勢及修辭鍊句四類，並以此四類檢討《古文關鍵》以來，關於細部批評方法分類的討論。

〔註1〕《古文關鍵》卷首有〈看文字法〉即屬「看文法」，〈論作文法〉即「作文法」。見《古文關鍵》（台北：廣文書局，民70年再版），頁17～21。此外，王葆心亦曰：「為文入手，其法有三：曰讀、曰講、曰作。讀有讀法，講有講法，作有作法。」然而王葆心所謂之讀、講、作三法之定義並不明確，以致相互混淆。見《古文詞通義》卷五，頁1上。

第一節　看文、作文與學文法

　　看文法是評論或分析文章的方法，屬文學批評的範圍。如呂祖謙〈看文字法〉〔註2〕中看大概主張、文勢規模、綱目關鍵、警策句法，或看各家文法等等。又如謝枋得《文章軌範》於選錄文章前後所作之評語，大多爲看文法。至於作文法，是於古文中整理出古人作文之法則，如呂祖謙〈論作文法〉。又如陳騤《文則》云：「古人之文，其則著矣。」此則爲作文之法則，故曰「將所以自則也。」〔註3〕再如《文章指南》之六十六種「體則」，更詳細舉例說明各種文格之作法，亦作文法之屬。作文法是作文之方法和規則，然而對作文法的整理及說明，不論單獨成文，或是寓跡評點，都可以視爲文學批評。

　　看文法與作文法雖目的不同，但講求文章法則則一也，以致二者界限並不明確。因此如《古文關鍵》中〈看韓文法〉則曰：「學韓簡古，不可不學他法度。徒簡古而乏法度，則朴而不文。」〔註4〕〈看柳文法〉則曰：「當學他好處，當戒他雄辯。議論文字亦反覆。」〔註5〕等等，雖名爲看文法，卻是討論如何學習韓、柳的作文法。

　　學文法指學習作文的程序和方法，主要關切論題包括：一、博覽與精讀問題。例如：姚鼐說：「凡學詩、古文之事，觀覽不可不泛博，其熟讀精思效法者，則欲其少，不欲其多。」〔註6〕主張讀書當分爲觀覽與熟讀，觀覽要泛博，而熟讀者則欲其少。曾國藩則將看書與讀書畫然分爲兩事，曰：「看書宜多宜速，不速則不能看畢，是無恆也；讀書宜精宜熟，能熟而不能完，是亦無恆也。」〔註7〕亦以看書與讀書區分博覽與熟讀，一求多而速，一欲精而熟。大凡討論學習方法中博覽與精讀問題者屬此類。二、誦讀法。姚鼐曰：「大抵學古文者，必要放聲疾讀，又緩讀，祇久之自悟。若但能默看，即終身作外行也。」〔註8〕又曰：「急讀以求其體勢，緩讀以求其神味。」〔註9〕惲敬曰：

〔註2〕　呂祖謙，《古文關鍵》，頁17。
〔註3〕　陳騤，〈文則序〉，《文則》（台北：莊嚴出版社，民國68年3月），頁3。
〔註4〕　呂祖謙，《古文關鍵》，頁18。
〔註5〕　呂祖謙，《古文關鍵》，頁19。
〔註6〕　姚鼐，〈與陳碩士書〉，《姚惜抱尺牘》（台北：廣文書局，民國83年12月），頁45下。
〔註7〕　曾國藩，〈覆葛睪山書〉《曾國藩全集》，頁907。
〔註8〕　姚鼐，〈與陳碩士書〉，《姚惜抱尺牘》，頁34下。
〔註9〕　姚鼐，〈與陳碩士書〉，《姚惜抱尺牘》，頁35上。

「看文可助窮理之功，讀文可發養氣之功。」〔註10〕其所謂讀文者，亦指誦讀。三、學習次第。如謝枋得云：「凡學文初要膽大，終要心小，由麤入細，由俗入雅，由繁入簡，由豪蕩入純粹。」〔註11〕即是。又如唐彪〈童子讀古文法〉雖名爲讀古文法，實說明學習次第，曰：

> 初學先讀唐宋古文，隨讀隨解，則能擴克才思，流暢筆機，較之時
> 藝，爲益更多。若讀而不解，不明其義，將焉用之。其周秦漢古文，
> 神骨高寯，初學未能跂及，宜姑後之。雖然，秦漢古文，少時亦可
> 誦讀，惟講解取法，則宜先以唐宋古文爲易於領略耳。然讀不必多，
> 留其餘力，以讀周秦漢古文可也。〔註12〕

四、作文時之身心狀態和寫作步驟。如張鼐曰：「題目到手，閉目定想，凡平日見聞知解，洗滌一空，默誦題面數過，覺一種眞氣恍在心目，此時急須下筆，直追其所見，所謂得意疾書，此便是絕神奇眞文字。」〔註13〕學文法所關切的不是文章內容之布置，也不是各家文章之品評，而是文章外圍之學習相關事項，故與文學批評較不相干。因此論述文法之時，作文法和評文法可視爲一體，而學文法卻不可混入。

第二節　評點、文話與體則文格

古文細部批評之著作，主要分爲「評點」、「文話」及「體則文格」三種。評點之書，其批評意見記載於所批評文章之前後、行間或書眉，而文章編排多半以時代或文體爲序，如《古文關鍵》、《古文辭類纂》等。文話則是離文章而批評，然而爲精確說明所批評之文句，往往引述原文，如《文則》、《論文偶記》等。體則文格之批評，是歸納文章作法，分爲體格數類，除說明各類文格特色及意涵外，並詳舉古文爲例，因此文章編排多依體則之序，如《文章指南》、《文法津梁》即是。然而這三類只是形式不同，其中所用之批評方法則爲互通。評點之書，若將其批評文字另文抄錄，不異文話；評點文字亦

〔註10〕惲敬，〈與來卿〉，《大雲山房集》（台北：世界書局，民國53年2月），頁218。

〔註11〕謝枋得，《文章軌範》（台北：臺灣商務印書館，文淵閣《四庫全書》，民國72年）卷一，頁1。

〔註12〕唐彪，〈童子讀古文法〉，《父師善誘法》（台北：偉文圖書出版社，民國65年11月），頁31。

〔註13〕張鼐，〈論文三則〉，《寶日堂初集》（北京：北京出版社，2000年，《四庫禁燬書叢刊》集七十六）卷十五，頁403。

不乏關於文格者；而《文章指南》各則文章示例，亦間雜評點，與《古文關鍵》無異；至於文話，若非泛論文法者，則還原於所評文章之中，更與評點無異。然而體則文格之著作，則以文法爲綱目，如《文法津梁》之〈編輯大意〉謂「本編所錄，各法略備。每立一法，先釋其義，次明其法，次舉一篇或兩篇爲例。每例之中，先明其作法，復於每篇之中，詳其用法。而於用意用筆及分段之妙，尤隨處一一揭明，分註於下。每篇之後，復加總評。俾教者與讀者一覽瞭然」〔註14〕。以法爲綱，附文示例，對文法標示，更爲明白。體則文格亦即文法，正是細部批評所欲揭明者。

體則文格的出現是受詩格之啓發，及受宋朝制義論學格製之影響而成形。「詩格」一詞首見《顏氏家訓・文章篇》：「挽歌辭者，或云古者《虞殯》之歌，或云出自田橫之客，皆爲生者悼往告哀之意。陸平原多爲死人自嘆之言，詩格既無此例，又乖制作本意。」詩格又稱詩式、詩法，指詩的法度、規則、格式、標準。詩格與詩話之形式及精神並不相同，但均屬廣義之「詩評」。如鄭樵作《通志》，於《藝文略》中著錄了總集、詩論、詩格、秀句、句圖、詩話等。甚至與「詩話」一詞混用。明胡應麟《詩藪》將唐人詩格稱爲「詩話」，清何文煥編《歷代詩話》亦收入《詩式》等等四種詩格著作。可見詩格、詩式雖具規範用途，但是由於來源多半歸納前人作品而成〔註15〕，因此亦具相當濃郁文學批評性質。

文格之產生較晚於詩格。王葆心曰：「嘗考以定格論文者，宋人最盛，至明而極，由科舉興盛所生發也。」〔註16〕最早如呂祖謙《古文關鍵》有〈論作文法〉曰：「爲文之妙在敘事狀情、筆健而不粗、意深而不晦、句新而不怪、語新而不狂、常中有變、正中有奇、題常則意新……」共四十六格，並謂「以上格製詳具於下卷篇中」。〔註17〕是爲最早論格製者，可惜各格之意義並不清楚。其次如宋謝枋得《文章軌範》「標揭篇、章、句、字之法」亦是。然《文章軌範》標揭之文法，或類似評點夾註文間，或另立評文述於首尾。如於卷

〔註14〕宋文蔚，《文法津梁》〈編輯大意〉（台北：蘭臺書局，民國72年）。
〔註15〕如《四庫全書總目》（北京：中華書局，1965年）評宋釋惠洪撰《天廚禁臠》曰：「是編皆標舉詩格，而舉唐、宋舊作爲式。」見《集部・詩文評類存》。又，宋林越撰《少陵詩格》亦是發明杜詩篇法，雖不免穿鑿，然均歸納而得則無疑。
〔註16〕王葆心，《古文辭通義》卷十，頁1。
〔註17〕呂祖謙，《古文關鍵》卷首〈論作文法〉。

一韓愈〈後二十九日復上宰相書〉文中標示九字句、十二字句、六字句、十五字句、十四字句、十七字句、六字句等等，並曰：「此一段連下九箇『皆已』字，變化七樣句法，字有多少，句有長短，文有反順，起伏頓挫如層瀾，驚濤怒波，讀者但見其精神，不覺其重疊，此章法句法也。」〔註18〕又於卷七韓愈〈送孟東野序〉題目之下評曰：

> 此篇凡六百二十餘字，「鳴」字四十，讀者不覺其繁，何也？句法變化凡二十九樣，有頓挫、有升降、有起伏、有抑揚，如層峰疊巒，如驚濤怒浪，無一句懈怠，無一字塵埃，愈讀愈可喜。〔註19〕

二評相近，形式上前者似評點，後者類文格，其實一也。後來也果然於《文章指南》〈字煩不厭則〉中沿用，成爲體則之一種。又於蘇軾〈范增論〉文後另文評曰：

> 凡作史評斷古人是非得失，存亡成敗，如明官判斷大公案，須要說得人心服，若只能責人，亦非高手，須要思量，我若生此人之時，居此人之位，遇此人之事，當如何應變？當如何全身？必有至當不易之說，如奕棋然。敗棋有勝著，勝棋有敗著，得失在一著之間。棋師旁觀必能覆棋歷說，勝者亦可敗，敗者亦可勝，乃爲良工。東坡作史評，皆得此說，人不能知，能知此者，必長於作論。〔註20〕

此文針對蘇軾〈范增論〉而發，卻歸納成爲作文普遍原則，此即體則批評之特色。故《文章指南》襲用而爲〈尙論成敗則〉。文曰：

> 凡論古人之功罪，須要思量，使我生此時，居此位，處此事，當如何處置？必有長策方可。若只能責人，亦非高手，如蘇明允〈管仲論〉、蘇子瞻〈賈誼論〉皆得此法。蘇子瞻〈范增論〉〈晁錯論〉亦可與此參看。〔註21〕

其他如「雙關」、「關世教」、「占地步」都是體則文格所習稱。其實更早的魏天應《論學繩尺》由舉業文章歸納出作論之普遍原則，以資於場屋，更直稱各種作文原則爲「格」。此書編輯當時場屋應試之論，分爲十卷，甲集十二首，乙集至癸集俱十六首，每兩首立爲一格，共七十八格。每題先標出處，次舉

〔註18〕謝枋得，《文章軌範》卷一，頁4。
〔註19〕謝枋得，《文章軌範》卷七，頁8。
〔註20〕謝枋得，《文章軌範》卷三，頁2。
〔註21〕歸有光，《文章指南》，頁10。

立說大意，而綴以評語。七十八格者劃分極細，單就題目立論即有立說貫題格、立說尊題格、指切要字格、指題要字格、就題摘字格、就題生意格、就題發明格、順題發明格、駁難本題格等等。此書夾評註釋具備，雖所錄爲應試時論，然與《文章軌範》形制相近，而嚴整過之。其特點爲由前人文章歸結格製，分立排比，再舉文爲例，說明各類格製作法。其於說明歸結出處或文章示例之時，都必須詳述其文其法。這種批評法影響深遠，民國宋文蔚編《文法津梁》仍依其舊制。

明朝唐順之《文編》取由周迄宋之文，分體排纂，舉文格六十九，亦彙收太廣，義例太多，踳駁往往不免。〔註 22〕若論對文格之解釋與舉例，仍以《文章指南》較勝一籌。《文章指南》稱文格爲「體則」。此書融合《論學繩尺》及《文章軌範》之體製，分爲六十六種體則，堪作體則研究之範例。

《文章指南》一書，《四庫全書總目》認爲不類歸有光之所爲。然近人呂新昌則駁曰：

> 《文章指南》一書，《四庫提要》斷定「不類有光之所爲」，是根據「有光手定之書，尚且全非其舊，則此晚出選本，不足爲信」來推論的。這樣的推論，是想當然耳的說法，可以說是毫無證據。按有光在安亭講學二十多年，從該書的內容看，應該是他講學的教本。故是書縱非震川手著，但起碼也是學生所記，而內容就是震川所講授的。〔註 23〕

呂氏認爲《四庫全書總目》斷定《文章指南》「不類有光之所爲」，是根據「有光手定之書，尚且全非其舊，則此晚出選本，不足爲信」來推論的。而這樣的推論並無證據。其次就《文章指南》的內容看來，應當是歸有光講學的教本，縱非歸有光手著，亦是學生所記。關於前者，《四庫全書總目》原文如下：

> 舊本題明歸有光編。……是書前有舊序，稱原無書名，有光登第後授其同年南海知縣詹仰庇，仰庇以授其友黃鳴岐，鳴岐校而刻之，爲題此名。然此實鈔本，非其原刻。……蓋鄉塾教授之本，殊不類有光之所爲。考舊本《震川集》末有其族孫泓跋語，稱有光選韓、柳文有刻本，爲俗人攙改，非復原書。又王懋竑《白田雜著》有〈跋

〔註 22〕《四庫全書總目》總集類四，頁 1716。
〔註 23〕呂新昌，《歸震川及其散文》（台北：文津出版社，1998 年 7 月），頁 101，註五。

歸震川史記〉一篇，稱所見武陵胡氏、桐城張氏諸本迥乎不同，且稱有光文集爲其後人刪改，至見夢於坊人翁某。況此點次本子獨存其家，豈無所增損改易云云。是有光手定之書，尚且全非其舊，則此晚出選本不足爲信，更不待深詰矣。〔註24〕

《四庫全書總目》雖曰「殊不類有光之所爲」，卻亦無證據全然否定此書與歸有光的關係。只能間接地以「是有光手定之書，尚且全非其舊」，來推論「此晚出選本不足爲信」〔註25〕。至於判定「不類有光之所爲」的理由，只說「蓋鄉塾教授之本」，並無推論〔註26〕。也就是《四庫全書總目》純就內容主觀判斷當是鄉塾教授之本，不類歸有光之所爲，並無其他根據。但是這樣的判斷並不能推翻詹仰庇原〈序〉之言。詹仰庇之〈序〉曰：

> 乙丑春，震川歸先生登進士第，余辱附驥尾。諸年家唯先生愛余篤至，每日相與追論舉業利病，先生深謂讀古文有益，余意其必有善本，少之果出古文一帙示余曰：「余之幸至今日者，賴有此耳。」余閲有得，輒歎獲覩之晚，於是錄之以爲繼武者之的也。〔註27〕

可知歸有光當年必有古文一帙以示詹仰庇。詹仰庇〈序〉又曰：

> 鳴岐志欲嘉惠天下，命余芟其魯魚亥豕之訛，題曰《文章指南》。蓋欲同志之士，循途守轍以達聖賢之域，豈徒曰騁殊軌者必攀逸駕，欲其步歸先生之後塵而已哉。若夫要總於前，而大綱以舉；類分於後，而細目以張。記其則，則六十六條，記其文，則百十八篇。〔註28〕

雖然〈序〉中未言及此書是否歸有光所選編，亦未交代當中有否圈點批抹及六十六條體則究竟何人所作，但是此書本於歸有光出示之古文，則無疑義。縱使此書內容類似鄉塾教本，亦不能反證非歸有光所爲〔註29〕。更重的是，

〔註24〕《四庫全書總目》，總集類存目二，頁1751。

〔註25〕如此的推論實無道理。書籍各有遭遇，一書遭刪改，與另一書是否遭增損改易並無必然關係。

〔註26〕「考舊本」以下之語，是強調此書不足爲信，並不是推論「不類有光之所爲」的根據。如此解讀與呂新昌稍有差異。

〔註27〕詹仰庇，〈文章指南原序〉，《文章指南》（台南：莊嚴文化事業公司，《四庫全書存目叢書》版，集部，第315冊，1997年），頁623。

〔註28〕同上註。

〔註29〕如上引呂新昌所言：「有光在安亭講學二十多年，從該書的內容看，應該是他講學的教本。故是書縱非震川手著，但起碼也是學生所記，而內容就是震川所講授的。」雖屬臆測之辭，但可說明是否教本與是否歸有光所爲，二者之間並無必然關係。此外，李熙宗、劉明今、袁震宇、霍四通合著《中國修辭

或許今傳《文章指南》已非歸有光選編原貌，卻因此保留當時評析古文的各種資料。如書首附〈歸震川先生總論看文字法〉一文，內容大抵攛錄呂祖謙《古文關鍵》卷首導論〈總論文法〉〔註30〕。又文內體則之名目與說明，往往與《古文關鍵》、《文章軌範》、《論學繩尺》相近。然而這些攛錄，正顯示《文章指南》乃鎔鑄前人文格論述而成。也就是說，不論今傳《文章指南》是否歸有光所為，其中所保留的資料，正可當成研究古文細部批評的重要依據。因此本研究下編，即取《文章指南》六十六條體則關於細部批評者為基礎，參酌呂祖謙《古文關鍵》、陳騤《文則》、謝枋得《文章軌範》等等著作中關於細部批評的資料，分類析論古文細部批評的方法。

第三節　細部批評方法之類別

　　古文細部批評的方法通常都是藉由評解古文的實例，帶引出一些寫作與閱讀的原則，但是《古文關鍵》、《文章正宗》、《文章軌範》等等選文評點著作所帶引出的原則，均只散見於評解的文字之中，並未將之整理條列。將文章法則整理成條例者，如《文則》及《文章指南》即是。然《文則》所舉之例偏重經傳與老莊孟荀，且多半只是文章之片段而非全文。《文章指南》的內容則以唐以後的文章為主〔註31〕，且以六十六條體則為綱，每條各舉一至數篇完整文章為例，綴屬其下，條理分明。

　　《文章指南》分列六十六條體則，並未說明各體則之間的關係與前後排列順序的依據。我們可以將此六十六條分為以下四個類別。一是風格神味，討論文章整體的風格及韻味。二是相題謀篇，析評文章內容與題目主旨之關係，與據題目特質而定之全文主要敘述原則或方針。三是安章布勢，分析文

學通史》曰：「據書前詹仰庇〈序〉所引歸氏語曰：『余之幸至今日者，賴有此耳。』則此書非歸氏自著已十分明白。然雖非歸氏之作，卻為歸氏所賞識，卻也是斷然無疑的。」李氏四人的說法十分疏漏，歸有光之語中並未說明此書來源，不能據此證明此書為歸有光自著，亦不能證明非歸有光所著。見《中國修辭學通史》（吉林：吉林教育出版社，1998年9月）明清卷，頁43。

〔註30〕瞿鏞，《鐵琴銅劍樓藏書目錄》（上海：上海古籍出版社，2000年）曰：「卷首總論文法。」見頁664。又，參照宋魏天應《論學繩尺》（台北：臺灣商務印書館，文淵閣四庫全書版，民國72）。

民國65年）〈諸先輩論行文法〉錄呂祖謙之文，「題常則意新，意常則語新」、「筆健而不分粗」等語具在，可見此文當出自呂祖謙。

〔註31〕一百二十篇文章中，唐宋明文有一百零二篇，占百分之八十五。

章的段落結構與鋪敍次第，即章法文勢的安排布置。四是修辭鍊句。〔註 32〕
此四大類別已包含細部批評的主要方法，諸家所論之文法多不出此範圍。

　　如呂祖謙《古文關鍵》之〈總論文法〉。〈總論文法〉分爲三部分，一是
看文字法，下分爲〈總論看文字法〉，及看韓文、柳文、歐文、蘇文、諸家文
等之方法。二是〈論作文法〉。三是〈論文字病〉。

　　〈總論看文字法〉分爲兩部分，前一部分是以對「學文」者的指引，要
學文者熟看韓、柳、歐、蘇之文，看的方法是「先見文字體式」，其次是「遍
攷古人用意下句處」，至於學習蘇文，則「當用其意」，不用其文，以免讀者
生厭，原因是「近世多讀」。呂祖謙於此提出「文字體式」及「古文用意下句
處」兩項看文法。何謂文字體式，並未詳細說明。然見〈諫臣論〉一文之題
下，評曰：「此篇是箴規攻擊體，是反題難文字之祖。」〔註 33〕又如〈答陳商
書〉題下曰：「設譬格。」〔註 34〕〈封建論〉題下曰：「此是鋪敍間架法。」〔註
35〕所謂體式當指此類整篇文章的文格體則而言。至於「用意下句」則是指文
章的關鍵或句法。

　　〈總論看文字法〉的第二部分，提出看文字法的四項綱要。一看大概主
張，二看文勢規模，三看綱目關鍵，四看即警策句法。其中看大概主張及看
文勢規模兩項並無解說。大概主張當即題目與主意，文勢規模應指整體架構
或風格。後兩項則有細目解說。綱目關鍵項下說明當看「主意首尾相應」、「一
篇鋪敍次第」、「抑揚開合處」三類，指文章之章法而言；警策句法則當看「一
篇警策」、「下句下字有力處」、「起頭換頭佳處」、「繳結有力處」、「融化屈折
翦截有力處」、「實體貼題目處」，即句法字法。

〔註32〕　這四類的排列，是先討論文章大體風格，再逐步縮小範圍，討論辭句修飾。
　　　　近乎《古文關鍵》及《文章指南》的〈看文字法〉中，先看「大概主張」，再
　　　　看「文勢規模」、「綱目關鍵」，最後看「警策句法」的順序。而且也較符合《文
　　　　章指南》先討論通用、立論、用意的大方向。此外，呂新昌將此六十六條體
　　　　則，分爲通用的原則、立意的原則、結構的原則、引證的原則、修辭的原則
　　　　等五類，然而其中「通用」又另在〈論「文」的本質及功用〉中討論，似乎
　　　　不以作文方法視之；又，引證若與篇法有關當屬謀篇範圍，若與修辭有關則
　　　　應歸入修辭一類，亦不應另立一類。而立意、結構、修辭三類則與本文相題
　　　　謀篇、章法布勢、修辭鍊句相近，只是各體則歸屬仍有不同。參見呂新昌，《歸
　　　　震川及其散文》，頁 151。
〔註33〕　呂祖謙，《古文關鍵》，頁 30。
〔註34〕　呂祖謙，《古文關鍵》，頁 66。
〔註35〕　呂祖謙，《古文關鍵》，頁 78。

　　分看各家文法，則以「簡古」、「法度」、「關鍵」、「反覆」、「平淡」、「淵源」、「波瀾」、「露筋骨」、「拘執」、「純潔」、「氣焰」、「煩」、「粗」、「常」、「變」批評各古文家文章之風格神味，可惜是對古文家的整體文風批評，而非個別作品的批評，且並未詳細說明批評的標準。

　　風格神味批評是評論文章風格之整體，非關題目、章法、句法或字法，亦不論作者之敘述目的或策略。《古文關鍵》針對文章而評論者，如評曾鞏〈戰國策目錄序〉曰：「此篇節奏從容和緩，且有條理，又藏鋒不露，初讀若太羹元酒，當仔細味之。〔註36〕」

　　〈論作文法〉中除詳列四十六種格製外，另有一段文字。前半論及敘述曰：「文字一篇之中，須有數行齊整處，須有數行不齊整處。或緩或急、或顯或晦。緩急顯晦相間，使人不知其為緩急顯晦。」此為不涉及作者處境，單為變化句法之敘述策略。後半段論及綱目血脈曰：「常使經緯相通，有一脈過接乎其間然後可。有形者綱目，無形者血脈也。」綱目指段落意義，血脈則是貫穿全文之主意及主軸。

　　《古文關鍵》〈總論文法〉之看文法及作文法雖只粗舉綱要，範圍卻十分廣泛。我們可以將這些內容區分為總評文章整體的風格規模、討論文章內容與題目關係及貫穿文章之主意、論究文章內部首尾段落安排的綱目章法及分析字法句法的字句鍊辭等項目。

　　陳騤《文則》與文法相關者，如甲章十條中「文貴其簡」屬文章風格，「蓄意為工」、「曲折」為修辭鍊句法。乙章六條中，論及助辭、倒言、取偏旁與音韻、病辭與疑辭、因意生辭、斲文與否等各項，均屬修辭鍊句法。丙章的取喻十法及援引六體，近於章法與句法。丁章八條中，相接之文三體、交錯以盡理之文、上下同目之文、數人三體、斷事之文、載言不避重複、問答法等等，施於一二句內，屬於句法；若用於安排段落，則為章法。戊章談及的語言演變與難易，己章談及長短句等，都和修辭鍊句有關。庚章兩條均為字句法。由上可知，雖然《文則》論及文章風格、章法、句法、字法等各方面，但較偏重於修辭鍊句的句法和字法。

　　《文則》雖是考錄古人為文法則，對探究文法之方法，卻未加歸納整理，不如《古文關鍵》整理為〈總論文法〉之具方法論省覺。

〔註36〕呂祖謙，《古文關鍵》，頁303。

　　明朝張鼐及茅坤亦提出論文方法。張鼐〈論文三則〉〔註37〕將論之法分為「認題」、「看勢」、「取程」三者。認題是要能掌握題目的精神，非只是題目字面意思。他說：「今人所爲看書研窮者，皆題句，非題情也。題中之情乃在字句竅郤之間，語言諷詠之外。」題情就是題目的精神，所以說：「若操筆時，未見題神，便思練句琢字，雖極力鋪排，只得敷衍訓詁，纔出口，已力臭腐也。」因此超越題目表面意義，深入體會題目精神，才能寫出「絕神奇」、「眞文字」。看勢則是看文章整體規模架構，他說：「文章一篇有一勢。如畫山水者，先於峰巒層疊處，布得有勢，其他烟雲草樹，便可次第添設。蓋點綴之法小，取勢之力大也。」其方法是：「文章先於胸中打得一勢出，或順或逆，或主或賓，或扼要爭奇，或空中結撰，成局在我。以筆墨點綴之，家數自然正大，體氣自然高妙也。」張鼐所謂布勢，指文章之謀篇，即整體規模與通用格局；而點綴即是段落章句之法，即取程之所重。取程當批玩先輩程墨之起伏、實虛、轉摺、關鎖、提挈、詠歎，成局等。可惜張鼐對「學文」、「看文」、「作文」三者差異分辨不嚴，因此認題著重作文之法，看勢偏向看文之法，而取程則又近似學文步驟，在論文之方法上，體例混淆。

　　茅坤的「文訣五條」則較無此弊病。茅坤的「文訣五條」提出認題、布勢、調格、鍊辭、凝神等五項要訣。首重認題，茅坤曰：「題須從一章本旨處識得眞種子，因而一句一字以求其雋永之深。」〔註38〕其次布勢，茅坤所謂布勢與張鼐不同。張鼐談布勢，指整體之布局，全篇之謀畫；而茅坤論布勢則是段落章法。故茅坤曰：「勢者，一篇之起伏呼應、虛實開闔。」〔註39〕近於張鼐所謂取程者。其次調格。「格者，譬則風骨也」，亦即文章風格。調格之準繩爲「高古典雅」，茅坤曰：「個中風味，須於六經及先兩漢書疏，與韓蘇諸大家之文，涵濡磅礴於胸中，將吾所爲文，打得一片湊泊處，則格自高古典雅。即不能高古，至於典雅二字，決不可少。」再次爲鍊辭，即句法、字法等修辭。最末爲凝神，神指文章深刻之餘韻與風味，故曰：「神者，文章中淵然之光，窅然之思，一唱三歎，餘音嬝娜，即之不可得，而味之又無窮者也。」茅坤之五訣，認題是深切體認題目的本旨，題旨認清之後，才能論

〔註37〕張鼐，《寶日堂初集》，頁403。
〔註38〕茅坤，〈文訣五條訓縉兒輩〉，《茅鹿門先生文集》（上海：上海古籍出版社，《續修四庫全書》版，2002年）卷三十二，第1344冊，頁151。
〔註39〕茅坤，〈文訣五條訓縉兒輩〉，《茅鹿門先生文集》卷三十二，頁151。

及布勢調格，鍊辭凝神。而調格與凝神，以文法論之，可稱爲文章之風格神味。布勢指章法文勢的安排布置，鍊辭指字句修辭。

此外，近人宋文蔚《文法津梁》分文法爲十項，曰：

> 文貴發明題義，則造意爲先。主意既得，當求篇法，故謀篇次之。篇法既定，當求布置，故布局次之。局法既整當，當分段落，故分段次之。段落既分，當求句調，故運調次之。句調之善，恃乎音節，故音節次之。又以作文材料，在求典實，故運典次之。典實既富，事在脩飾，故脩辭次之。脩辭之法，又在句法字法之穩鍊，故鍊句次之，鍊字又次之。〔註40〕

此十項文法爲造意、謀篇、布局、分段、運調、音節、運典、修辭、鍊句、鍊字。其中造意即指相題，宋文蔚曰：「作文造意，爲一篇之幹，全在平時有心得，則題目到手，自然感觸生意思。然非將題目反覆涵泳，則意亦無從感觸。知此，則審題爲要矣。」至於據題目訂定之全文敘述順序或原則，其常法爲謀篇〔註41〕，即「抱定主意，發抒議論，使氣脈貫注，結束緊密，轉折靈通」，其不拘常法者爲布局，即「奇正相生，變化出沒，如兵法之布陣，棋局之布勢」。謀篇與布局，若據題目而決定主意的敘述原則，當屬篇法；用於安排各段落關係或順序結構者，爲章法。分段屬章法。運典範圍及於數段或數句者屬章法，只用於一句之內或一詞之中者屬修辭鍊句。〔註42〕

因此，我們可以依風格神味、相題謀篇、安章布勢、修辭鍊句四類，以《文章指南》六十六條體則爲基礎，綜合《古文關鍵》、《文則》、《文章軌範》得等等著作中常用之評解方法，以見古文細部批評方法之主要型態。

〔註40〕 宋文蔚，《文法津梁》〈編輯大意〉。
〔註41〕 可見《文法津梁》中謀篇一詞與本文「相題謀篇」中之謀篇義涵有異。
〔註42〕 民國六年達人作《論說秘訣》（台北：廣文書局，民國 70 年 12 月）分作文之秘訣爲相題、命意、布局、措詞四項，當中相題與命意近於《文法津梁》所謂「造意」，布局則包含篇法及章法之安排，措詞專主修辭。亦未超此五項領域。

－16－

第三章　古文細部批評之理論發展

　　古文細部批評理論發展歷程，簡言之，乃以韓愈爲淵源，至宋而規模初成，元明形成嚴密的圈點記號與逐漸充實的體則文格，加上對文法意義的覺查與省思，理論發展已稱完足。在清代則桐城一派，以義法重新解釋文法，以眾多評點及集評著作，實踐細部批評。

　　但是細論細部批評理論的發展，卻會遭遇許多問題。例如韓愈倡古文之時，絕無法預見日後細部批評的發展，故必不可能先作文學理論等待後人使用。我們只能由韓愈的文學理論中，找到與後世細部批評實務及理論相關的見解，並試圖建立其間的合理解說架構。於是我們引用的韓愈文學理論，不見得是韓愈文學理論的全貌，亦未必是韓愈文論的核心問題。此外，韓愈的文學理論中，看似自相扞格處當如何融通，亦是不可避免的課題。同樣的，宋元以下諸批評家，亦不能單看其文學理論，必須參酌細部批評的著作。例如歸有光雖極貶斥科舉之學，但是卻不斷奔赴場屋，至六十歲方中進士；而且歸有光雖反對記誦套子的俗學，卻不妨礙其同時爲古文與時文名家，其所編之《文章指南》爲細部批評重要著作。若不能正視這些看似矛盾的現象，則亦難以釐清細部批評，載浮載沈、或隱或顯的曲折理路。本章即試圖勾勒出此理路的發展歷程。

第一節　唐：理論淵源

　　古文運動雖不是韓愈、柳宗元首倡，然而必待韓、柳而成形。尤其韓愈不僅創作出古文典範作品，更號召同好，相互砥礪鼓舞，對抗當時駢儷文風。

爲對抗時風，韓愈師弟之處境堪稱艱辛。韓愈認爲「有志乎古者希矣」，以致「志乎古必遺乎今」〔註1〕，而自己所能言者惟古之道，然而古之道卻不足以取於今。其原因並非古之道不可用於今世，而是今人多不識古道，故曰：「但不知直似古人，亦何得於今人也？」〔註2〕韓愈自述學文經過，其初是「觀於人，不知其非笑爲非笑」，再則是他人「笑之則以爲喜，譽之則以爲憂」〔註3〕，對自己文章之評價，正與世人之俗見相反。又如〈與馮宿論文書〉曰：

> 僕爲文久，每自則意中以爲好，則人必以爲惡矣。小稱意，人亦小怪之；大稱意，即人必大怪之也。時時應事作俗下文字，下筆令人慚；及示人，則人以爲好矣。小慚者亦蒙謂之小好，大慚者即必以爲大好矣。不知古文直何用於今世也？然以俟知者知耳。〔註4〕

如此自我解嘲，更見落寞之情，於是亦忍不住自稱古文爲「寂寞之道」〔註5〕。

　　不僅韓愈與時人之關係如此緊張，其門人李翱亦不屑與時俗偕行，並曾戒其弟曰：「其所憂者何？畏吾之道未能到於古之人爾。其心既自以爲到，且無謬，則吾何往而不得所樂，何必與夫時俗之人同得失憂喜，而動於心乎？」〔註6〕連柳宗元亦曾發過牢騷曰：「僕無聞而甚陋，又在黜辱，居泥塗若蝘蜒然。雖鳴其音聲，誰爲聽之？獨賴世之知音者爲准；其不知言而罪我者，吾不有也。」〔註7〕只以知音者爲准，其不知言者之罪與譽，概不理會。

　　然而完全不理會世人之毀譽，畢竟非易事。韓愈說他對自己文章的評價，與他人的笑譽正好相反，不論這種說法是自謙之辭或抒發牢騷，實則內心又何嘗不想爭取時人之認同？門人與女婿的兩段記錄正說明韓愈辛苦的歷程。門人皇甫湜〈韓文公墓銘〉曰：「先生七歲好學，言出成文。及冠，恣爲書以傳聖人之道。人始未信，既發不掩，聲震業光，眾方驚爆而萃排之。乘危將顛，不懈益張，卒大信於天下。」女婿李漢也說：「時人始而驚，中而笑且排，

〔註1〕　韓愈，〈答李翊書〉，馬其昶校注《韓昌黎文集校注》（台北：世界書局，民國49年11月），頁100。

〔註2〕　韓愈，〈與馮宿論文書〉，《韓昌黎文集校注》，頁115。

〔註3〕　韓愈，〈答李翊書〉，《韓昌黎文集校注》，頁99。

〔註4〕　韓愈，〈與馮宿論文書〉，《韓昌黎文集校注》，頁115。

〔註5〕　韓愈，〈與馮宿論文書〉，《韓昌黎文集校注》，頁115。

〔註6〕　李翱，〈寄從弟正辭書〉，《李文公集》卷八（台北：臺灣商務印書館，民國54年。《四部叢刊初編》），頁37。

〔註7〕　柳宗元，〈答吳武陵論非國語書〉，《柳河東全集》，頁338。

先生益堅，終而翕然隨以定。」〔註8〕皇甫湜所說的始未信、中驚爆萃排、終得信三階段，與李漢敍述之始驚、中笑且排、終隨以定，文雖不儘同，皆說明韓愈未獲時人肯定前，所受之排擠訕笑。韓愈受排擠訕笑，一方面因為他以傳聖人之道自任，且好古文不同於時尚，更因為他以此號召後學。韓愈對於自己因收召後學而遭謗，亦頗感無奈。他曾敍述心中不平曰：

> 凡舉進士者，於先進之門，何所不在。先進之於後輩，苟見其至，寧可以不答其意邪？來者則接之，舉城士大夫莫不皆然，而愈不幸獨有接後輩名。名之所存，謗之所隨也。〔註9〕

似乎接後輩乃不得已而為之，只是被動地接待，且舉城皆然。他卻不幸獨有接後輩之名，因此頗感冤枉。但是看在柳宗元眼中，情形則略有不同。柳宗元描述曰：

> 今之世，不聞有師，有輒譁笑之，以為狂人。獨韓愈奮不顧流俗，犯笑侮，收召後學，作〈師說〉，因抗顏而為師。世果羣怪聚罵，指目牽引，而增與為言辭。愈以是得狂名。居長安，炊不暇熟，又挈挈而東，如是者數矣。〔註10〕

可見韓愈之接後輩，是有意「奮不顧流俗，犯笑侮」，為此還作〈師說〉以為張本。既然韓愈之收召後輩，乃為刻意擴張影響力，遭受排擠也就不足為奇。真正被動接待，避之惟恐不及的是柳宗元，他曾對韋中立說：「辱書云欲相師。僕道不篤，業甚淺近，環顧其中，未見可師者。雖常好言論，為文章，甚不自是也。不意吾子自京師來蠻夷間，乃幸見取。僕自卜固無取，假令有取，亦不敢為人師。為眾人師且不敢，況敢為吾子師乎？」〔註11〕柳宗元連用「不敢」二字，可見收召後學的壓力之巨。

但是韓愈和弟子對抗時風的氣勢和姿態，卻強毅而堅定，甚至常為矯其枉而過其正。如裴度規勸李翱曰：

> 觀弟近日製作大旨，常以時世之文，多偶對儷句，屬綴風雲，羈束聲韻，為文之病甚矣。故以雄詞遠志，一以矯之，則是以文字為意也。且文者，聖人假之以達其心，達則已，理窮則已，非故高之、

〔註8〕 李漢，〈唐吏部侍郎昌黎先生韓愈文集序〉，《唐文粹》（台北：世界書局，民國51年），卷九十二，頁4。

〔註9〕 韓愈，〈答劉正夫書〉，《韓昌黎文集校注》，頁121。

〔註10〕 柳宗元，〈答韋中立論師道書〉，《柳河東全集》，頁358。

〔註11〕 柳宗元，〈答韋中立論師道書〉，《柳河東全集》，頁358。

下之、詳之、略之也。〔註12〕

裴度認為古文「不詭其詞，而詞自麗，不異其理，而理自新」，而且「奇言怪語，未之或有」。若爲矯時文之病，而以文字爲意，故高之、下之、詳之、略之，此即與古文不類。李翱之文在裴度眼中，是爲矯時病「逾過之，猶不及也」。即使欲與時文相異，也當「在氣格之高下，思致之淺深，不在其礫裂章句，隳廢聲韻也」〔註13〕。但是，李翱乃以文字爲意，強調高、下、詳、略之的文章變化，此亦正是韓愈一門於古文最著力處。裴度所批評的，或即韓愈、李翱最得意之作。這種以文字爲意，強調高下詳略之法，也正是韓愈古文運動的核心問題。

韓愈之古文理論並不繁瑣，卻影響深遠，這些文學主張，可從三方面說起，一是修辭明道，二是以文學論文學及經史，三是以文爲戲。

先說前者。明道是韓愈文學理論中對文學內容的基本主張。韓愈於〈爭臣論〉末段曰：

> 君子居其位，則思死其官；未得位，則思修其辭以明其道。我將以
> 明道也，非以爲直而加人也。

雖然此文是辨明諫官之職責，但是藉此亦表明韓愈明道之主張。而韓愈所謂之道，是指古道。他說：

> 愈之爲古文，豈獨取其句讀之不類於今者也？思古人而不得見，學
> 古道則欲兼通其辭，通其辭者，本志乎道者也。〔註14〕

據此，韓愈之所以爲古文，有二項原因，一是志在古道，二是好其辭。單以志在古道而論，與文體之今古並無必然關係。且「兼通其辭」，若只是志乎古道之附屬，則提倡古文未免不得要領，何如就道論道來得直接。因此韓愈之好古文，是志在古道，又好古文。他說：「愈之志在古道，又甚好其言辭。」〔註15〕學古道與通其辭不可區分爲目的與手段，不可謂學古道是目的，而通其辭只是學古道之目的。因爲學古道或許是通其辭之動機，但是古道和古文同時皆其所好。韓愈反而擔心人們以爲他因爲好古文所以好古道，故曰：「愈之所以志於古者，不惟其辭之好，好其道焉耳。」〔註16〕因此古道與古文合

〔註12〕裴度，〈寄李翱書〉，《全唐文》卷五三八（上海：上海古籍出版社，1995 年
　　　　11 月三刷），頁 2418。
〔註13〕裴度，〈寄李翱書〉，《全唐文》卷五三八，頁 2418。
〔註14〕韓愈，〈題歐陽生哀辭〉，《韓昌黎文集校注》，頁 121。
〔註15〕韓愈，〈答陳生書〉，《韓昌黎文集校注》，頁 103。
〔註16〕韓愈，〈答李秀才書〉，《韓昌黎文集校注》，頁 102。

一，則是韓愈之文學基本主張。如果進一步探究古道與古文的關係，則曰「閎中肆外」。

　　韓愈〈進學解〉借他人之口評自己文章曰：「先生之於文，可謂閎其中而肆其外矣。」當中「閎中肆外」可謂韓愈自我評價，亦是文學主張。他又說：

　　　　夫所謂文者，必有諸其中，是故君子慎其實。實之美惡，其發也不
　　　　揜，本深而末茂，形大而聲宏，行峻而言厲，心醇而氣和，昭晰者
　　　　無疑，優游者有餘；體不備不可以爲成人，辭不足不可以爲成文。
　　　　〔註17〕

文者必有諸其中，本深而末茂，即是閎中肆外。而所以養其根者，則爲仁義。故曰：

　　　　將蘄至於古之立言者，則無望其速成，無誘於勢利，養其根而俟其
　　　　實，加其膏而希其光。根之茂者其實遂，膏之沃者其光曄，仁義之
　　　　人，其言藹如也。〔註18〕

方苞評論韓愈此文曰：「言文之所以成，而推本於仁義。」〔註19〕是以仁義爲成文之所本。高步瀛亦曰：「告以學文之道，必先務本。」〔註20〕以仁義養根加膏，內在充實後自然抒發爲文章。充實於內在者，即是氣。

　　韓愈言其學文歷程，第一階段爲陳言務去。韓愈〈答李翊書〉曰：

　　　　學之二十餘年矣。始者，非三代兩漢之書不敢觀，非聖人之志不敢
　　　　存。處若忘，行若遺，儼乎其若思，茫乎其若迷。當其取於心而注
　　　　於手也，惟陳言之務去。戛戛乎其難哉。〔註21〕

「陳言務去」是韓愈學文之入手功夫，在此階段，「其觀於人，不知其非笑之爲非笑也」。第二階段是「識古書之正僞，與雖正而不至焉者」。此時再取於心而注於手，則「汨汨然來矣」。第三階段是「浩乎其沛然矣」，然而「又懼其雜也」。於是「迎而距之，平心而察之，其皆醇也，然後肆焉」，此爲第四階段。第五階段則是「行之乎仁義之途，游之乎《詩》、《書》之源，無迷其途，無絕其源，終吾身而已矣。」之後引出氣水言物之論曰：

─────────────

〔註17〕韓愈，〈答尉遲生書〉，《韓昌黎文集校注》，頁84。
〔註18〕韓愈，〈答李翊書〉，《韓昌黎文集校注》，頁99。
〔註19〕高步瀛，《唐宋文舉要》引，（高雄：復文圖書出版社，1993年）甲編卷二，頁200。
〔註20〕高步瀛，《唐宋文舉要》，甲編卷二，頁200。
〔註21〕韓愈，〈答李翊書〉，《韓昌黎文集校注》，頁99。

氣，水也；言，浮物也。水大而物之浮者大小畢浮。氣之與言猶是
也，氣盛，則言之短長與聲之高下者皆宜。〔註22〕

到了高境界，則只論氣之盛否，只要氣盛，不論言之短長與聲之高下皆無不
宜，學文之幾於成矣。韓愈此論，除第一階段陳言務去，尚著眼於修辭之外，
從第二階段起，「汩汩然來」、「浩乎其沛然」、「然後肆焉」等等，均是說氣。
所以韓愈曰：「不可以不養也。」以養氣爲作文之本，而養氣之法則是行乎仁
義之途與游之乎《詩》、《書》之源。所以閎於中者，氣也；肆於外，文也。

　　韓愈文論的第二方向，是以文論文，重視文學創作技巧。例如以「陳言
務去」爲學文之初階。又如強調「辭必己出」，〈南陽樊紹述墓誌銘〉曰：「惟
古於辭必己出，降而不能乃剽賊。」此義與陳言務去相近，皆言初學文者當
致力處。又〈答劉正夫書〉曰：

　　或問爲文宜何師？必謹對曰：宜師古聖賢人。曰：古聖賢人所爲書
　　俱存，辭皆不同，宜何師？必謹對曰：師其意，不師其辭。〔註23〕

其重點是爲文宜師古聖賢人，且師其意不師其辭。然而何謂「師其意」？韓
愈並未進一步說明。但是爲文而不師其辭，則所謂古人之意，若非指古人之
道，當即指古人爲文之法。然而古聖賢爲文之法，亦即論道之法，二者關係
密切。因此師其意者，可兼指師古聖賢人之道與論道爲文之法。後文韓愈另
舉爲文當惟其是與能自樹立。文曰：

　　又問曰：文宜易，宜難？必謹對曰：無難易，惟其是爾。非固開其
　　爲此，而禁其爲彼也。〔註24〕

文無難易惟其是爾。而「是」只是爲文之消極條件，若要後諸後世，則必須
能自樹，即所謂「異」，故曰：

　　夫百物朝夕所見者，人皆不注視也。及覩其異者，則共觀言之。夫文
　　豈異於是乎？漢朝人莫不能爲文，獨司馬相如、太史公、劉向、揚雄
　　爲之最。然則用功深者，其收名也遠。若皆與世沈浮，不自樹立，雖
　　不爲當時所怪，亦必無後世之傳也。足下家中百物，皆賴而用也。然
　　其所珍愛者，必非常物。夫君子之於文，豈異於是乎？〔註25〕

〔註22〕韓愈，〈答李翊書〉，《韓昌黎文集校注》，頁99。
〔註23〕韓愈，〈答劉正夫書〉，《韓昌黎文集校注》，頁121。
〔註24〕韓愈，〈答劉正夫書〉，《韓昌黎文集校注》，頁121。
〔註25〕韓愈，〈答劉正夫書〉，《韓昌黎文集校注》，頁121。

大倡特異之說。又強調「能」曰：

> 若聖人之道，不用文則已，用則必尚其能者，能者非他，能自樹立，
> 不因循者是也。有文字來，誰不爲文，然其存於今者，必其能者也。

〔註26〕

能者即能自樹立，不因循者是也，故能即是異。聖人之道，用文則必用能自樹立者。可見所謂古文者，師古聖賢之意，非師其辭，貴能自樹立，不因循者也。

此外，更重要的，韓愈以文論經，改變看待經典的態度和方法。文章雖歸準六經，卻可以文辭之美看待六經。如韓愈曰：

> 沈浸醲郁，含英咀華，作爲文章，其書滿家。上規姚姒，渾渾無涯；
> 《周誥》、《殷盤》，詰屈聱牙；《春秋》謹嚴，《左氏》浮誇；《易》
> 奇而法，《詩》正而葩。〔註27〕

如此一來，六經不僅是古道之淵源，亦是文章之典範。這種看待經典的態度，正是韓愈與柳宗元文學理論相通之處。

柳宗元言其爲文之法曰：「參之《穀梁氏》以厲其氣，參之《孟》、《老》以肆其端，參之《國語》以博其趣，參之《離騷》以致其幽，參之太史公以著其潔，此吾所以旁推交通而以爲文也。」〔註28〕所參酌旁通者，不只經書，亦及諸子。又曰：

> 文有二道，辭令褒貶，本乎著述者也；導揚諷諭，本乎比興也。著
> 述者流，蓋出於《書》之〈謨〉、〈訓〉，《易》之〈象〉、〈繫〉，《春
> 秋》之筆削。其要在於高壯廣厚，詞正而理備，謂宜藏於簡冊也。
> 比興者流，蓋出於虞、夏之詠歌，殷、周之風雅，其要在於麗則清
> 越，言暢而意美，謂宜流於謠誦也。〔註29〕

於論學文之次序時，柳宗元又史曰：「大都文以行爲本，在先誠其中。其外者當先讀六經，次《論語》、孟軻書，皆經言；《左氏》、《國語》、《莊周》、《屈原》之辭，稍采取之；穀梁子、太史公甚峻潔，可以出入。」〔註30〕以讀經傳諸子排列出學文次第。韓愈、柳宗元以文學解讀經史，使文學的地位可與

〔註26〕韓愈，〈答劉正夫書〉，《韓昌黎文集校注》，頁121。
〔註27〕韓愈，〈進學解〉，《韓昌黎文集校注》，頁26。
〔註28〕柳宗元，〈答韋中立論師道書〉，《柳河東全集》，頁359。
〔註29〕柳宗元，〈楊評事文集後序〉，《柳河東全集》，頁250。
〔註30〕柳宗元，〈報袁君陳秀才避師名書〉，《柳河東全集》，頁362。

經史並肩，不是壓低經史地位，而是重視文學。柳宗元說明文章的重要曰：「今之世言士者，先文章。文章，士之末也，然立言存乎其中，即末而操其本，可十七八，未易忽也。」〔註31〕文章之重要即是可以即末而操其本，因此「文章未必爲士之末，獨採取何如爾」。〔註32〕

除此之外，儘管韓愈好古道而欲兼通其辭，以古道與古文並列，但另一方面，韓愈對於文學的另一種態度，即「以文爲戲」，亦與時人之見相左。裴度〈寄李翶書〉曰：

> 昌黎韓愈，僕識之舊矣，中心愛之，不覺驚賞。然其人信美材也。近或聞諸儕類云：恃其絕足，往往奔放，不以文立制，而以文爲戲，可矣乎？可矣乎？今之作者，不及則已，及之者，當大爲防焉耳。〔註33〕

以裴度之與韓愈相交舊識，對韓愈以文爲戲之事尚且驚異排斥若此，他人當更不以爲然。而此事於儕類之間亦必盛傳而訕笑不已。甚至連門人張籍亦不得不上書曰：「然欲舉聖人之道者，其身亦宜由之也。比見執事多尚駁雜無實之說，使人陳之於前以爲歡，此有以累於令德。」〔註34〕力勸韓愈不當尚駁雜無實之說。而韓愈則二度回信解釋，一曰：「吾子又譏吾與人人爲無實駁雜之說，此吾所以爲戲耳。比之酒色，不有間乎？吾子譏之，似同浴而譏裸裎也。」〔註35〕又一曰：「駁雜之譏，前書盡之。吾子其復之。昔者，夫子猶有所戲，《詩》不云乎？『善戲謔兮，不爲虐兮。』《記》曰：『張而不弛，文、武不能也。』惡害於道哉！吾子其未之思乎？」〔註36〕此與「學所以爲道，文所以爲理」與「行事得其宜，出言適其要」〔註37〕的修辭明道立場並不完全相同，顯現韓愈對待文學的另一種態度。這兩種態度總合，才接近韓愈對文學的完整看法。即文章可以明道，亦可以爲戲。此論點雖門人友人皆有反對，但是柳宗元卻大表贊同。柳有〈讀韓愈所著毛穎傳後題〉一文爲韓愈辯解，其論點即與韓愈近似。曰：

〔註31〕柳宗元，〈與楊京兆憑書〉，《柳河東全集》，頁324。
〔註32〕柳宗元，〈與楊京兆憑書〉，《柳河東全集》，頁325。
〔註33〕裴度，〈寄李翶書〉，《全唐文》，卷五三八，頁2418。
〔註34〕張籍，〈上韓昌黎書〉，《全唐文》，卷六八四，頁3105。
〔註35〕韓愈，〈答張籍書〉，《韓昌黎文集校注》，頁77。
〔註36〕韓愈，〈重答張籍書〉，《韓昌黎文集校注》，頁79。
〔註37〕韓愈，〈送陳秀才彤序〉，《韓昌黎文集校注》，頁152。

自吾居夷，不與中州人通書。有來南者，時言韓愈爲〈毛穎傳〉，不能舉其辭，而獨大笑以爲怪。而吾久不克見。楊子誨之來，始持其書。索而讀之，若捕龍蛇，搏虎豹，急與之角而力不敢暇，信韓子之怪于文也。世之模擬竄竊，取青媲白，肥皮厚肉，柔筋脆骨，而以爲辭者之讀之也，其大笑固宜。且世人笑之也，不以其俳乎？而俳又非聖人之所棄者。《詩》曰：「善戲謔兮，不爲虐兮。」《太史公書》有《滑稽列傳》，皆取乎有益於世者也。〔註38〕

顯然柳宗元乃眞知韓愈者。韓愈文學理論的這三條路向，對宋以後之細部批評發展影響甚深。

第二節　宋：規模初成

修辭明道、以文學論文學及經史、以文爲戲三者之間，或許有部分扞格處，但是三者之共同點，即是提高文學之地位。修辭明道，使文人可以名正言順以論道者自居，形成文人論道之傳統；以文學解讀文學經史，給與經史新面貌，亦使文學可與經史等量齊觀；以文爲戲，又使文學自「明道」的工具性裏獲得解脫，而能逐漸建立文學的主體性。一旦文人意識到可以自由選擇以文論道或以文爲戲，或者以文論道無異以文爲戲時，文學的主體性與生命力即可逐步增強。也就是說，以文論道與以文爲戲，都是以文學爲中心，道與戲反而只是表現文學手法的素材。譬諸戲曲，優伶之高下不在於扮演忠臣良相或亂臣賊子，關鍵在於唱作演技。若唱念作表與演技身段均佳，則不論扮忠臣或奸臣都可演出精采，甚至可補救劇情唱詞之不佳處。至於要唱作演技佳，則著重於唱作方法之講求與磨練。在文學領域，即是作文法則之講求與磨練。於是文學主體性確立，文學與文人地位提高後，講求文法之自覺即應運而生。

然而文人論道，在宋朝一方面與道學家爭奪發言權，另一方面也直接挑戰道學家之論道方式。因此不可避免地遭受道學家質疑。

例如，韓愈雖昌言其「之所以志於古者，不惟其辭之好，好其道焉耳」，但是所論之道未必獲得道學家認可。程頤主張德本文末，有德者然後有言。因此雖然推崇韓愈之文，卻譏評韓愈之道爲「倒學」。他說：

〔註38〕柳宗元，〈讀韓愈所著毛穎傳後題〉，《柳河東全集》，頁246。

退之晚來爲文，所得處甚多。學本是修德，有德然後有言。退之卻
倒學了。因學文日求所未至，遂有所得。如曰「軻之死不得其傳」，
似此言語，非是蹈襲前人，又非鑿空撰得出，必有所得，若無所見，
不知言所傳者何事。〔註39〕

他認爲道德修養爲本，辭章文藝爲末，由本而末是正學，由末而本則爲倒學。
韓愈是學文有所得，雖有所得，其途徑不正，只屬倒學。這種說法與《論語‧
憲問》「有德者必有言，有言者不必有德」之說，並不全然相同。「有德者必
有言，有言者不必有德」只是說明「必然」與「不必然」的情況，至於「有
言者」亦可能有德，只是不必然，並非不允許或不可取。而程頤所謂「有德
者然後有言」，將「必」改成「然後」，確定德在言先的先後順序，亦將「有
言者然後有德」的情形排除於外。這當然是程頤爲強調德先於文的一種解釋
方法。

同樣的，朱熹雖亦贊揚韓愈的文章，曾言：「今日要做好文者，但讀《史》、
《漢》、韓、柳而不能，便請斫取老僧頭去。」又曰：「若會將《漢書》、韓、
柳文熟讀，不到不會做文章」〔註40〕，然而並不認同韓愈文士之習。他說韓
愈「平生意鄉之所在，終不免於文士浮華放浪之習，時俗富貴利達之求」〔註
41〕。又說讀韓愈之書，「則其出於諂諛、戲豫、放浪而無實者，自不爲少」〔註
42〕。浮華放浪是指韓愈「做閑雜言語多」〔註43〕，而諂諛與求時俗富貴利達，
則是認爲韓愈只是要討官職而已。至於韓愈之言道，朱熹認爲無實用功處，
他說：

如韓退之，雖是見得個道之大用是如此，然卻無實用功處。它當初
本只是要討官職做，始終只是這心。他只是要做得言語似六經，便
以爲傳道。至其每日功夫，只是做詩博弈，酣飲取樂而已。觀其詩
便可見，都襯貼那〈原道〉不起。至其做官臨政，也不是要爲國做

〔註39〕程顥、程頤撰，《二程遺書》（上海：上海古籍出版社，1995 年 2 月，二刷）
卷十八，頁 182。

〔註40〕黎靖德編，《朱子語類》（北京：中華書局，1986 年 3 月）卷一三九，頁 3321。
但朱熹亦曰：「韓文力量不如漢文，漢文不如先秦、戰國」。

〔註41〕朱熹，〈王氏續經說〉，《朱文公文集》（台北：臺灣商務印書館，民國 69 年 10
月）卷六十七，頁 1180。

〔註42〕朱熹，〈讀唐志〉，《朱文公文集》卷七十，頁 1215。

〔註43〕朱熹曰：「只緣韓子做閑雜言語多，故謂之華。」此亦承程子「楊子之學實，
韓子之學華」之說而來。見《朱子語類》，卷一三七，頁 3261。

事，也無甚可稱。其實只是要討官職而已。〔註44〕

朱熹視韓愈為浮華諂諛的文人，每日只是做詩博弈，酣飲取樂，做官也不是為國做事，因此韓愈雖號稱「學古」，朱熹卻認為韓愈「全無要學古人底意思」〔註45〕。朱熹的評論，與皮日休將韓愈上比為孟子，說韓愈「得孔道巍然而自正」〔註46〕，判若天淵。朱熹的論點乃基於重道輕文的立場，他認為既然韓愈無心學道，只想學文討官職，則所言之道當只是言語似六經，並無實用功處。因此韓愈之努力「皆只是要作好文章，令人稱賞而已，究竟何預己事，卻用了許多歲月，費了許多精神，甚可惜也」〔註47〕。因為只學作文，不曾去「窮理」，看道自然不親切深入。朱熹說：

> 韓文公第一義是去學文字，第二義方去窮究道理，所以看得不親切。
> 如云：「其行己不敢有愧於道」，他本只是學文，其行己但不敢有愧
> 於道爾。把這箇做第二義，似此樣處甚多。〔註48〕

第一義與第二義之辨，也就是道先或文先之別，這是朱熹所在意的。朱熹認為第一義應當是窮究道理，學文字則是第二義。道理通透以後，從中自然呈現出的文字，才是文章的正道。因此朱熹反對李漢「文以貫道」之說。李漢曰：「文者，貫道之器也，不深於斯道，有至焉者不也。」〔註49〕李漢雖說必深於斯道，才能作出好文章，似乎亦以道為第一義，然而朱熹卻對貫道之貫字頗不以為然。朱熹認為若言文以貫道，一則分文與道為二，二則以文為本，以道為末。此皆與朱熹「文從道出」的主張抵觸。所以朱熹以為文以貫道之說「有病」。《朱子語類》載：

> 才卿問：「韓文〈李漢序〉頭一句甚好。」曰：「公道好，某看來有病。」
> 陳曰：「『文者，貫道之器。』且如《六經》是文，其中所道皆是這道
> 理，如何有病？」曰：「不然。這文皆是從道中流出，豈有文反能貫
> 道之理？文是文，道是道，文只如喫飯時下飯耳。若以文貫道，卻是
> 把本為末。以末為本，可乎？其後作文者皆是如此。」〔註50〕

〔註44〕《朱子語類》卷一三七，頁3260。
〔註45〕《朱子語類》卷一三七，頁3270。
〔註46〕皮日休，〈請韓文公配饗書〉，《唐文粹》卷二十六上，頁11。
〔註47〕朱熹，〈滄洲精舍論學者〉，《朱文公文集》卷七十四，頁1309。
〔註48〕《朱子語類》卷一三七，頁3273。
〔註49〕李漢，〈唐吏部侍郎昌黎先生韓愈文集序〉，《唐文粹》卷九十二，頁4。
〔註50〕《朱子語類》卷一三九，頁3305。

道爲本、爲第一義，文自道中流出，爲末、爲第二義，文以貫道似成以末貫本，因此朱熹看來覺得有病。朱熹認爲文從道出，文道自當一體，不可割裂爲二〔註51〕。因此他又評論韓愈說：

> 大振頽風，教人自爲，爲韓之功。則其師生之間，傳受之際，蓋未免裂道與文爲兩物。而於其輕重緩急、本末賓主之分，又未免於倒懸而逆置之也。〔註52〕

裂道與文爲兩物，又以文爲本，以道爲末。因此朱熹以爲韓愈論道並不細密，他說：「韓子於道，見其大體規模極分明，但未能究其所從來。而體察操履處，皆不細密」〔註53〕。又因爲韓愈未能究道所從來，所以往往於禍福生死的重要關頭，進退失據。朱熹說：

> 韓退之著書立言，觝排佛老，不遺餘力。然讀其〈謝潮州表〉、〈答孟簡書〉及張籍侑奠之詞，則其所以處於禍福死生之際，有愧於異學之流者多矣。其不能有以深服其心也宜哉。〔註54〕

如此評論自是延續程頤有德然後有言，及朱熹自身文從道出的標準而來。朱熹不但以此批評韓愈，當其論及曾鞏文時，亦有段極類似的說法：

> 南豐文卻近質，他初亦只是學爲文，卻因學文漸見些子道理，故文字依傍道理做，不爲空言。只是關鍵緊要處，也說得寬緩不分明。
> 緣他見處不徹，本無根本工夫，所以如此。〔註55〕

說曾鞏初只是學文，「因學文漸見些子道理」，和程頤倒學說相同。至於所謂「見處不徹，本無根本工夫」，亦與他評論韓愈未能論究道所從來，「而體察操履處，皆不細密」相同。

「倒學」是程朱一派對古文家論道的定論，但是韓、柳建立的文人論道傳統，卻成爲文學發展之大勢。且看包世臣《藝舟雙楫·與楊季子書》如此評論：

> 自唐氏有爲古文之學，上者好言道，其次則言法。說者曰：言道者，言之有物者也；言法者，言之有序者也。道附於事而統於禮。子思

〔註51〕然而朱熹對學作文方法卻又說：「如人學作文，亦須廣看多後，自然成文可觀。不然，讀得這一件，卻將來排湊做。韓昌黎論爲文，便也要讀書涵味多後，自然好」（《朱子語類》卷九）似乎並不認爲學好作文必定要先修其道，可見朱熹的意見前後並不統一。

〔註52〕朱熹，〈讀唐志〉，《朱文公文集》卷七十，頁1215。

〔註53〕朱熹，〈答宋深之〉，《朱文公文集》卷五十八，頁986。

〔註54〕朱熹，〈跋李壽翁遺墨〉，《朱文公文集》卷八十二，頁1418。

〔註55〕《朱子語類》卷一三九，頁3313。

嘆聖道之大，曰：「禮儀三百，威儀三千」，孟子明王道，而所言要
於不緩民事，以養以教。至於養民之制、教民之法，則亦無不本於
禮。其離事與禮而虛言道，以張其軍者，自退之始。而子厚和之。
至明允、永叔乃用力於推究世事，而子瞻尤爲達者。然門面言道之
語，滌除未盡。以致治古文者，一若非言道則無以自尊其文，是非
世臣所敢知也。

治古文者以明道自期，卻只是「好言道」而不深究道的內涵，即所謂「離事
與禮而虛言道」。如朱熹所謂「只是要做得言語似六經，便以爲傳道」。言語
似六經，便以爲傳道，卻成爲宋朝以後的經義取士及科舉八股的主要思路。
學文而見道，對道學家而言只是「倒學」，但對文人而言卻是正途。

《明史・選舉志》載：「科目者，沿唐、宋之舊，而稍變其試士之法，
專取四子書及《易》、《書》、《詩》、《春秋》、《禮記》五經命題試士。蓋太祖
與劉基所定。其義略仿宋經義，然代古人語氣爲之，體用排偶，謂之八股，
通謂之制義。」〔註56〕明朝科舉強調「代古人語氣爲之」正是這種「言語似
六經，便以爲傳道」思想的進一步發展。至此，雖然口中筆下仍尊經崇聖，
實則經典與聖賢的地位，已有微妙變化。這種變化卻是程朱一派道學家不能
接受的。弔詭的是，程朱的著作竟成爲明朝八股制義的依據。《明史・選舉
志》曰：「科舉定式，初場試《四書》義三道，經義四道。《四書》主朱子《集
註》，《易》主程《傳》、朱子《本義》，《書》主蔡氏《傳》及古註疏，《詩》
主朱子《集傳》……」〔註57〕這當然也是程朱未曾料及的。

韓柳古文家取法六經爲文，到了宋朝則更成爲以文章之法點論經書。《四
庫全書總目》卷三十一批評王源《或庵評春秋三傳》曰：

經義文章，雖非兩事，三傳要以經義傳，不僅以文章傳也。置經義
而論文章，末矣；以文章之法點論而去取之，抑又末矣。眞德秀《文
章正宗》始錄《左傳》，古無是例，源乃復沿其波乎？〔註58〕

又於評李文淵《左傳評》時曰：「《春秋左傳》本以釋經，自眞德秀選入《文
章正宗》，亦遂相沿而論文。」〔註59〕可見以文章之法點論《左傳》之選本，

〔註56〕張廷玉等著，《明史》（北京：中華書局，1974年4月）卷七十，頁1693。
〔註57〕《明史》，卷七十，頁1694。
〔註58〕永瑢等著，《四庫全書總目》卷三十一，頁256。
〔註59〕《四庫全書總目》，卷三十一，頁262。

始於宋朝眞德秀。宋朝古文學的發展，不但以文章之法解讀經書，同時也以
經學的書法條例，來發明文章法則。最重要的著作就是陳騤的《文則》。〈文
則序〉曰：

> 《詩》、《書》、二《禮》、《易》、《春秋》所載，丘明、高赤所傳，老、
> 莊、孟、荀之徒所著，皆學者所朝夕諷誦之文也；徒諷誦而弗考，
> 猶終日飲食食而不知味。余竊有考焉，隨而錄之，遂盈簡牘。古人
> 之文，其則著矣，因號曰《文則》。〔註60〕

陳騤所考而錄者，是古人爲文之則，所謂古人包括六經與老莊孟荀。此書分
爲十部分，每部分各一、二條，或七、八條不等，最多十條。所謂「條」即
條例之意。各條內容均爲列舉法則，再以經子之文爲例。如第一部分第四條
言爲文貴簡曰：

> 且事以簡爲上，言以簡爲當。言以載事，文以著言，則文貴其簡也。
> 文簡而理周，斯得其簡也。讀之疑有闕焉，非簡也，疎也。《春秋》
> 書曰：「隕石於宋五。」《公羊傳》曰：「聞其磌然，視之則石，察之
> 則五。」《公羊》之義，經以五字盡之，是簡之難者也。劉向載泄冶
> 之言曰：「夫上之化下，猶風靡草，東風則草靡而西，西風則草靡而
> 東，在風所由，而草爲之靡。」此用三十有二言而意方顯。及觀《論
> 語》曰：「君子之德風，小人之德草，草上之風必偃。」此減泄冶之
> 言半，而意亦顯。又觀《書》曰：「爾惟風，下民惟草。」此復減《論
> 語》九言而意愈顯。吾故曰是簡之難者也。《書》曰：「能自得師者
> 王，謂人莫己若者亡。」劉向載楚莊王之言曰：「其君賢者也，而又
> 有師者王；其君下者也，而羣臣又莫若君者亡。」語意煩簡殊迥，
> 不如是何以別經傳之文。〔註61〕

舉《春秋》、《公羊傳》、《論語》、《尚書》等經文說明文簡而理周之原則。又
如言上下同目之法曰：

> 載事之文，有上下同目之法，謂其事斷可書，其人斷可美也。如《論
> 語》載孔子之美禹、顏，《戴禮》之記文王、周公，《公羊》之傳孔
> 父、仇牧、荀息，皆其法也。〔註62〕

〔註60〕 陳騤，《文則》，頁3。
〔註61〕 陳騤，《文則》，頁6。
〔註62〕 陳騤，《文則》，頁18。

亦舉《論語》、《戴禮》、《公羊傳》之例以爲說明。此書亦已經建立後來細部批評的基本原則，只是文中所舉之例以經傳爲主，雖及於諸子史漢，於唐宋古文殊少措意。其後自呂祖謙起，則以唐宋文爲主要批評對象，並評選文章編輯成書。宋人古文選本流傳較廣者，以呂祖謙《古文關鍵》、樓昉《崇古文訣》、眞德秀《文章正宗》、謝枋得《文章軌範》爲代表。〔註63〕從此以後，細部批評迅速發展，批評對象由唐宋古文而經傳諸子，甚至兵法小說莫不可評。

呂祖謙《古文關鍵》錄韓愈、柳宗元、歐陽修、蘇洵、蘇軾、蘇轍、曾鞏及張耒等八家文章。卷首有導論〈總論文法〉〔註64〕，分爲看文法、作文法、文字病三部分。看文法包括〈總論看文字法〉、〈看韓文法〉、〈看柳文法〉、〈看歐文法〉、〈看蘇文法〉及〈看諸家文法〉。末兩節則爲〈論作文法〉及〈論文字病〉。〈總論看文字法〉曰：「學文須熟看韓柳歐蘇，先見文字體式，然後遍攷古人用意下句處。蘇文當用其意，若用其文，恐易厭人，蓋近世多讀故也。」其程序則是：「第一是看大概主張。第二看文勢規模。第三是看綱目關鍵：如何是主意首尾相應，如何是一篇鋪敘次第，如何是抑揚開合處。第四看警策句法：如何是一篇警策，如何是下句下字有力處，如何是起頭換頭佳處，如何是繳結有力處，如何是融化屈折、翦截有力處，如何是實體貼題目處。」〔註65〕其後分看各家文法，除韓、柳、歐蘇之外，〈看諸家文法〉列出看曾文、子由文、王文、李文、秦文、張文、晁文等之法。〈論作文法〉則曰：「文字一篇之中，須有數行齊整處，須有數行不齊整處。或緩或急，或顯或晦，緩急顯晦相間，使人不知其爲緩急顯晦，常使經緯相通，有一脈過接乎其間然後可。蓋有形者綱目，無形者血脈也。」〔註66〕《古文關鍵》不僅抹截圈點之記號具備，題目下與內文之各種評語，及導論之看文字法，已具備相當完整的細部批評架構。並且所選之文全爲唐宋古文，確定唐宋古文家之文學地位。呂祖謙弟子樓昉所編之《崇古文訣》，雖收錄之文自秦漢至宋範圍

〔註63〕《四庫全書總目》卷一八七，評樓昉《崇古文訣》曰：「宋人多講古文，而當時選本存於今者不過三四家，眞德秀《文章正宗》以理爲主……」又曰：「世所傳誦，惟呂祖謙《古文關鍵》、謝枋得《文章軌範》及昉此書而已。」

〔註64〕此文胡鳳丹輯刊之金華叢書本列於凡例之後，目錄之前，名爲「看古文要法」，然原文不止看古文法，尚有論作文法及論文字病。《四庫全書總目》云：「（《古文關鍵》）卷首冠以總論看文、作文之法」。瞿鏞《鐵琴銅劍樓藏書目錄》曰：「卷首總論文法」。瞿說較近，故從之。

〔註65〕呂祖謙，《古文關鍵》，頁17。

〔註66〕呂祖謙，《古文關鍵》，頁21。

擴大，其批評格式反倒簡略，只在題目之後總評一篇作意。謝枋得《文章軌範》則收錄漢晉唐宋之文六十九篇，占較多者如韓愈之文居三十二，柳宗元文、歐陽修之文各五，蘇洵之文四，蘇軾之文十二。唐宋以外，僅錄諸葛亮及陶淵明各一文而已。文分七卷，前二卷題曰〈放膽文〉，後五卷題曰〈小心文〉，各有批注圈點。

　　呂祖謙與陳騤同時代，《古文關鍵》與《文則》的出現代表細部批評的主要形式之建立，即選本及文話兩種批評法已成形。

　　細部批評的發展亦受宋朝經義取士之風的影響。《文章軌範》本爲舉業而作。王守仁〈文章軌範序〉曰：「宋謝枋得氏取古文之有資於場屋者，自漢迄宋凡六十有九篇，標揭其篇章句字之法，名之曰《文章軌範》。蓋古文之奧不止於是，是獨爲舉業者設耳。」〔註67〕但王守仁並不因此輕視此書，他說：「伊川曰：自灑掃應對可以至聖人。夫知恭敬之實在於飾羔雉之前，則知堯舜其君之心不在於習舉業之後矣。知灑掃應對之可以進於聖人，則知舉業之可以達於伊傅周召矣。」〔註68〕

　　《文章軌範》卷二《放膽文》卷頭曰：「初學者熟此必雄于文，千萬人場屋中，有司亦當刮目。」〔註69〕卷三《小心文》卷頭則曰：「場屋程文論當用此樣文法。」〔註70〕又於卷四卷頭曰：「學者熟之，作經義、作策，必擅大名于天下。」〔註71〕卷五則曰：「場屋中日晷有限，巧遲者不如拙速。論策結尾略用此法度，主司亦必以異人待之。」又宋朝制義多考論，《四庫全書總目》曰：「考宋禮部貢舉條式，元祐法以三場試士，第二場用論一首。紹興九年定以四場試士，第三場用論一首，限五百字以上成。經義、詩賦二科同。又載紹興九年國子司業高閌箚子，稱太學舊法，每旬有課，月一周之，每月有試，季一周之，皆以經義爲主，而兼習論策云云。是當時每試必有一論，較諸他文應用之處爲多。」〔註72〕因此《文章軌範》亦屢言作論，如「熟于此，必能作論」〔註73〕、「後生只熟讀暗記此一篇，義理融明，音律諧和，下筆作論，必驚世絕俗」〔註74〕、

〔註67〕 王守仁，〈文章軌範序〉，見謝枋得，《文章軌範》。
〔註68〕 王守仁，〈文章軌範序〉，《文章軌範》。
〔註69〕 謝枋得，《文章軌範》卷二，頁1。
〔註70〕 謝枋得，《文章軌範》卷三，頁1。
〔註71〕 謝枋得，《文章軌範》卷，頁1。
〔註72〕 見《四庫全書總目》總集類二，《論學繩尺》條，頁1702。
〔註73〕 謝枋得，《文章軌範》卷一，頁24。
〔註74〕 謝枋得，《文章軌範》卷三，頁12。

「人不能知，能知此者，必長於作論」〔註75〕等等。然而《文章軌範》卷六卷七則似乎不只著眼於舉業。卷六曰：「此集才學識三高，議論關世教，古之立言不朽者如是。夫葉水心曰：文章不足關世教，雖工無益也。人能熟此集，學進、識進而才亦進矣。」〔註76〕卷七則曰：「韓文公、蘇東坡二公之文，皆自《莊子》覺悟。此集可與《莊子》並驅爭先。」〔註77〕可見《文章軌範》之出版或受舉業激勵，然亦可以有超乎舉業制義之用意存焉。

　　眞正爲場屋應試之用者，當如更早編印之魏天應《論學繩尺》。此書「編輯當時場屋應試之論，冠以〈論訣〉一卷。所錄之文，分爲十卷。凡甲集十二首，乙集至癸集俱十六首，每兩首立爲一格，共七十八格，每題先標出處，次舉立說大意，而綴以評語。又略以典故分註本文之下。」〔註78〕所選皆當時應試之論。書首冠以〈論學繩尺論訣〉一卷，分爲〈諸先輩論行文法〉、〈止齋陳傅良云〉、〈福唐李先生論家指要〉、〈歐陽起鳴論評〉、〈林圖南論行文法〉等各節。

　　〈諸先輩論行文法〉輯錄呂祖謙、戴溪、陳亮、林執善、吳琮、馮椅、危稹、吳鎰等人論行之文法，所論各法均切要實用。

　　〈止齋陳傅良云〉，節錄陳傅良〈止齋論訣〉內容，包括〈認題〉、〈立意〉、〈造語〉、〈破題〉、〈原題〉、〈講題〉、〈使證〉、〈結尾〉諸段。陳傅良作《止齋論祖》，據《四庫全書總目》曰：「初傅良講學城南茶院時，以科舉舊學，人無異辭，於是芟除宿說，標發新穎，學者翕然從之。此論五卷，蓋即爲應舉而作也。首列〈作論要訣〉八章，中分四書、諸子、通鑑、君臣、時務五門，凡爲論九十二篇。」〔註79〕《論學繩尺》即節錄此書之〈止齋論訣〉。〔註80〕

　　〈福唐李先生論家指要〉則分爲〈論主意〉、〈論間架〉、〈論家務持體〉、〈論題目有病處〉、〈論用字法〉、〈論制度題〉、〈論人物題〉、〈全篇總論〉等段。

〔註75〕謝枋得，《文章軌範》卷三，頁 13。
〔註76〕謝枋得，《文章軌範》卷六，頁 1。
〔註77〕謝枋得，《文章軌範》卷七，頁 1。
〔註78〕《四庫全書總目》總集類二，頁 1702。
〔註79〕《四庫全書總目》別集類存目一，頁 1541。
〔註80〕參見《蛟峰批點止齋論祖》（台北：莊嚴文化事業，1997 年 6 月，《四庫全書存目叢書》集部二十），頁 4。此書名爲《蛟峰批點止齋論祖》，傅宗山〈序〉曰：「論學率祖止齋。」可知「論祖」之義。書前附〈蛟峰批點止齋論訣〉一文，即《四庫全書總目》所云：「首列〈作論要訣〉八章。」

〈歐陽起鳴論評〉〔註81〕含〈論頭〉、〈論項〉、〈論心〉、〈論腹〉、〈論腰〉、〈論尾〉等。

〈林圖南論行文法〉先列出「有抑揚、有緩急、有死生、有施報、有去來、有冷艷、有起伏、有輕清、有厚重」等要項，再分別深論〈揚文〉、〈抑文〉、〈急文〉、〈緩文〉、〈死文〉、〈生文〉、〈報施文〉、〈折腰體〉、〈蜂腰體〉、〈掉頭體〉、〈單頭體〉、〈雙關體〉、〈三扇體〉、〈征雁不成行體〉、〈鶴膝體〉等要訣。

其中各家之論行文法，雖以論之作法爲對象，卻成爲明清評點古文之重要課題。更重要的，是現存題歸有光著《文章指南》之批評語，多與此書所列之論行文法相同。不只如此，《文章指南》以體則爲架構，分綴古文，其體制或即源自此類論訣中之文格。此類論訣雖爲舉業而作，卻是古人文法之重要成果。儘管論訣只以研究論之作法，擴大於各體古文亦有可通之處。再者，與古文法之研究相較，論訣之書必須更簡明扼要，且具體易施，對古文細部批評之發展，助益極大。

第三節　元明：體則文格與批評理論

細部批評於宋朝奠定基礎，由於道學的討論思索方式、對文法的省覺與歸納、文話及古文評點選本之出現、制義論訣的建構與實習等多項因素，使得細部批評之內涵逐漸充實。

在元朝，程端禮《程氏家塾讀書分年日程》訂定嚴整的讀書作文法，並據館閣及黃勉齋點經法，參考謝枋得批點法（稱爲疊山法），發展成精密詳細的批點記號法，稱爲「廣疊山法」〔註82〕。包括畫截、側抹、中抹、側圈、側點、正大圈、正大點等七種符號及黑、紅、青、黃四種顏色，組合成十六種記號，堪稱繁複。程氏此書對明朝細部批評影響極大。〔註83〕歸有光之五色圈點《史記》法，號爲古文秘傳，當源於此。

〔註81〕《四庫全書總目》錄《論範》曰：「題元進士歐陽起鳴撰。起鳴不知何許人，其書雜取經史諸子之語爲題，各繫以論，而史事爲多，共六十篇。所見多乖僻不足採錄。」見別集類存目一，頁1716。

〔註82〕程端禮，《程氏家塾讀書分年日程》（台北：世界書局，民國70年，《中國學術名著》第五輯），頁25。

〔註83〕清陸隴其作〈程氏家塾讀書分年日程跋〉，説此書「當時曾頒行學校，明初諸儒讀書，大抵奉爲準繩。」

　　但是細部批評理論之建立，及確定唐宋古文價值者，則是明朝文士努力的結果。明朝古文細部批評代表作爲歸有光《文章指南》，唐順之《文編》及茅坤《唐宋八大家文鈔》。

　　歸有光以古文與制義名於世，〈己未會試雜記〉中有一段記載曰：

> 予自石佛閘與鉛山費楙文步行至濟州城外，遇泉州舉子數人，共憩布肆中。數人者問知予姓名，皆悚然環揖，言：「吾等少誦公文，以爲異世人，不意今日得見。」往往相目私語。〔註84〕

可見時人之推崇。章學誠亦曰：「歸氏之於制藝，則猶漢之子長，唐之退之，百世不祧之大宗也，故近代時文家之言古文者，多宗歸氏。」〔註85〕而歸有光文章之奧妙，全在他對文章法度之講求。雖然章學誠認爲歸有光之文「不能至古文」，但亦不能不同意文章法度之用。章學誠曰：

> 時文當知法度，古文亦當知有法度。時文法度顯而易言，古文法度隱而難喻，能熟於古文，當自得之。……歸震川氏取《史記》之文，五色標識以示義法，今之通人如聞其事，必竊笑之，余不能爲歸氏解也。然爲不知法度之人言，未嘗不可資其領會。〔註86〕

《文章指南》一書凡分六十六體則，各體則皆有評說。體則近似《論學繩尺》之文格，屬作文法之解說。如「立論正大則」曰：

> 凡學者作文，須要議論正大，有臺閣氣象方佳。如蘇子瞻〈孔子從先進論〉，以「始進以正」立論，方遜志〈釋統〉舉秦隋而並黜之，議論何等正大。場中有此等文字，主司自當刮目。〔註87〕

又如「用意奇巧則」曰：

> 文章用意庸庸，易起人厭。須出人意表，方爲高手。如李斯〈諫逐客書〉，借人揚己，以小喻大，另是一種巧思。能打破此等關竅，下筆自驚世駭俗矣。永叔〈朋黨論〉亦可參看。〔註88〕

此書或亦爲舉業而作，然其中各項體則，是筆法之理論解說及示例，當係鎔

〔註84〕歸有光，《震川先生集》（台北：臺灣商務印書館，民國54年）別集卷六，頁464。

〔註85〕章學誠，〈文理〉，《章學誠遺書》（北京：文物出版社，1985年8月）卷二，頁17。

〔註86〕章學誠，〈文理〉，《章學誠遺書》，卷二，頁18。

〔註87〕歸有光，《文章指南》（台北，廣文書局，民國74年10月再版），頁38。

〔註88〕歸有光，《文章指南》，頁46。

鑄各家文格法則而成，於細部批評發展上意義深遠。

　　唐順之對細部批評最重要的貢獻，是提出關於細部批評的重要理論，探討「文法」、「說明文法者」與後續評論者之關係。他認爲雖然漢以前與唐以後之文的文法表現並不相同，但是文必有法，曰：

> 漢以前之文，未嘗無法，而未嘗有法，法寓於無法之中，故其爲法也，密而不可窺。唐與近代之文不能無法，而能毫釐不失乎法，以有法爲法，故其法也，嚴而不可犯。密則疑於無所謂法，嚴則疑於有法而可窺。然而文之必有法，出乎自然而不可易者，則不容異也。且夫不能有法，而何以議於無法？有人焉，見夫漢以前之文，疑於無法，而以爲果無法也，於是率然而出之，決裂以爲體，饾飣以爲詞，盡去自古以來開闔首尾、經緯錯綜之法，而別爲一種臃腫侷澀浮蕩之文。〔註89〕

文必有法，且出乎自然不可易者。文法即《文則》以來學者所肯定且努力闡明的法則或條例。唐順之以《文編》爲掌握文法的最佳途經。〈文編序〉曰：

> 陽歐子述楊子雲之言曰：斷木爲棋，梡革爲鞠，莫不有法，而況於書乎？然則不況於文乎？以爲神明乎吾心而止矣，則 〓 〓〓 之畫亦贅矣。然而畫非贅也，神明之用所不得已也。畫非贅，則所謂一與言爲二，二與一爲三，自茲以往，巧歷不能盡，而文不可勝窮矣。文而於不可勝窮，其亦有不得已而然者乎？然則不能無文，而文不能無法。是編者，文之工匠，而法之至也。聖人以神明而達之於文，文士研精于文，以窺神明之奧；其窺之也，有偏有全，有小有大，有駁有醇，而皆有得也，而神明未嘗不在焉。所謂法者，神明之變化也。易曰：剛柔交錯，天文也。文明以止，人文也。學者觀之，可以知所謂法也。〔註90〕

他反復說明文必有法，而《文編》一書是文之工匠，法之至也，學者觀《文編》則可以知所謂文法也。這是說明編纂《文編》的用意。唐順之更進一步省覺到文法的作用與變化。他引莊子「一與言爲二，二與一爲三」之文，說明「神明」與「文」與「文法」三者之關係。《莊子·齊物論》曰：

〔註89〕唐順之，〈董中峰侍郎文集序〉，《荊川先生文集》（台北：臺灣商務印書館，民國54年）卷十，頁208。

〔註90〕唐順之，〈文編序〉，《荊川先生文集》卷十，頁200。

天下莫大於秋毫之末，而太山爲小；莫壽於殤子，而彭祖爲夭。天
地與我並生，而萬物與我爲一。既已爲一矣，且得有言乎？既已謂
之一矣，且得無言乎？一與言爲二，二與一爲三。自此以往，巧曆
不能得，而況其凡乎！故自無適有，以至於三，而況自有適有乎！
無適焉，因是已。〔註91〕

當中「一與言爲二」句，釋德清註曰：「謂無形之一，今稱謂之爲一，則是兩
一成二矣。」〔註92〕「二與一爲三」句，釋德清註曰：「今又以言說彼兩一，
則相待而爲三矣。」〔註93〕套用在文法上，文章所欲表達的內容本無形，以
文字寫出即爲有形，檢視與說明文字與內容間之關係即爲文法，若再說明文
法與文章的關係，即可無窮盡的發展下去。無形的內容爲一，無形的內容與
文字爲二，內容、文字與文法即成三。若進一步說明文法，則可至於無窮。
此論述充分說明評點特殊之處。評點者之批評可以是第一個「三」，說明「一」
（內容）與「二」（文字）的關係，或是第二個「三」，對「一」與「二」的
關係提出另一種說法；亦可以是第一個「四」說明第一個「一」、「二」及「三」。
以此類推，以至無窮。因爲評點不是定論，任何第二人對此評點的意見，可
以建構自己的三（即文法），或成爲四（即評論前人之評點）。評點的特點是
所有評點者不僅可以評點文章，亦可評點前人之評點。當很多人均評點同一
文章時，則只是「很多個三」同時出現，一旦批評及於其他人之評點（當然
亦可能是自己以往之評點），則出現四。而這種評點再評點的情況，也正是細
部批評的主要趨勢。

　　茅坤主張「以古調行今文」〔註94〕，熟讀古文有益於舉業。其選編之《唐
宋八大家文鈔》，則確立了唐宋古文的地位。《明史》曰：「坤善古文，最心折
唐順之。順之喜唐、宋諸大家文，所著文編，唐、宋人自韓、柳、歐、三蘇、
曾、王八家外，無所取，故坤選《八大家文鈔》。其書盛行海內，鄉里小生無
不知茅鹿門者。鹿門，坤別號也。」〔註95〕此書流傳久遠，《四庫全書總目》

〔註91〕王先謙，《莊子集解》（北京：中華書局，1987年10月），頁19。
〔註92〕釋德清，《莊子內篇註》卷二，頁28。《無求備齋莊子集成續編》（台北：藝文
　　　　印書館，民國63年）第25冊。
〔註93〕同上註。
〔註94〕茅坤，〈文訣五條訓緝兒輩〉，《茅鹿門先生文集》卷三十二，頁151。
〔註95〕《明史‧文苑傳》，頁7375。另，《四庫全書總目》補充曰：「考明初朱右已採
　　　　錄韓、柳、歐陽、曾、王、三蘇之作爲《八先生文集》，實遠在坤前。然右書
　　　　今不傳，惟坤此集爲世所傳習。」見卷一八九，頁1718。

謂「一二百年來，家弦戶誦」〔註96〕，可見影響之深。

第四節　清：桐城義法與對話趣味

　　清朝桐城文派即由歸氏之法度，發展出義法之說。義法一詞始見《史記·十二諸侯年表序》：「孔子明王道，干七十餘君莫能用，故西觀周室，論史記舊文，興於魯而次春秋。上記隱，下至哀之獲麟，約其辭文，去其煩重，以制義法。」方苞據此提倡義法之說，曰：「蓋諸體之文，各有義法。」〔註97〕所謂義法，方苞解釋曰：「《春秋》之制義法，自太史公發之，而後深於文者亦具焉。義即《易》之所謂『言有物』也，法即《易》之所謂『言有序』也。義以爲經，而法緯之，然後爲成體之文。」〔註98〕以言有物與言有序解釋義與法。而所謂「言有序」，方苞曰：「而前後措注，又各有所當如此，是之謂言有序，所以至賾而不可惡也。」〔註99〕其意言有序即是敘事前後措注各有所當，其法即爲文之法度。儘管方苞亦曾以言有序與言有物評騭歸有光之文，是將有物與有序分爲二項不同標準，然而方苞之所謂義法者，似較偏重文章法度。故〈古文約選序〉曰：「古文所從來遠矣。六經、《語》、《孟》，其根源也。得其枝流而義法最精者，莫如《左傳》、《史記》；然各自成書，具有首尾，不可以分剟。其次《公羊》、《穀梁傳》、《國語》、《國策》，雖有篇法可求，而皆通紀數百年之言與事，學者必覽其全而後可取精焉。惟兩漢書疏，及唐宋八家之文，篇各一事，可擇其尤，而所取必至約，然後義法之精可見。」〔註100〕當中迭用「義法」、「篇法」，蓋所指一也。又曰：「退之、永叔、介甫，俱以誌銘擅長，但序事之文，義法備於《左》、《史》。退之變左氏之格調，而陰用其義法。」〔註101〕此處更見義法者側重於文法、筆法。義法不必是義與法，也可以是「義之法」，即意義之順序與結構。從呂祖謙《古文關鍵》的立意起承、抑揚轉換、關鎖應結開始，細部批評本來即不只討論修辭，更重要的是敘述方法，即意義之前後順序，與意義之間架結構。而敘述方式的選定安排，

〔註96〕《四庫全書總目》，頁1719。
〔註97〕方苞，〈答喬介夫書〉，《方望溪全集》，卷六（台北：世界書局，民國49年），頁67。
〔註98〕方苞，〈又書貨殖傳後〉，《方望溪全集》，卷二，頁29。
〔註99〕方苞，〈又書貨殖傳後〉，《方望溪全集》，卷二，頁29。
〔註100〕方苞，〈古文約選序〉，《方望溪全集》，集外文卷四，頁303。
〔註101〕方苞，〈古文約選序〉，《方望溪全集》，集外文卷四，頁304。

即是敘述策略。《古文關鍵》以下的評點皆含敘述策略之說明，然而待清末林紓之出，才使敘述策略之研究更具規模。

　　古文於形式上並無格式可論，於是古文美學除修辭鍊句之外，則以意義之結構或順序爲研究對象，可稱爲「意義之格式」。意義格式開展成兩條路向，一是體則文格之研究，施於古文上即如歸有光之體則研究，發展到極端則成爲制義八股文之格式。另一個路向，是研究如何安排敘述順序，其重要範疇即是敘述策略研究。古文評點論及敘述策略甚多，如儲欣、孫琮、林紓、林雲銘等均是。其中以林紓之《韓柳文研究法》最具代表，堪稱敘述策略批評之典範。此著分爲《韓文研究法》及《柳文研究法》兩部分，以韓文部分最著重敘述策略之闡明。而此書雖名爲研究法，其實並非文學研究之方法論，而是文學批評法示例，其中包含敘述策略說明及批評方法示範。林紓致力闡釋韓愈文之敘述策略，實因韓愈爲文「摧陷廓清」、「抑絕掩蔽」、「狡猾」、「好弄神通」，非他人所及。而此即敘述策略之極致。

　　方苞以降，均重視選文評點，方苞、劉大櫆、姚範、姚鼐、呂璜、方東樹、方宗城、吳德旋、吳汝綸等人，都有評點著作。檢閱桐城諸作，評點之作略佔其半，超過一百多種〔註102〕，可見他們均極肯定圈點之功用。如姚鼐認爲圈點的作用，有超越文字所能表達者，曰：

　　　　夫文章之事，有可言喻者，有不可言喻者。可言喻者，韓、柳諸公
　　　　所言論文之旨，彼固無欺人語；後人論文者，豈有更有以喻之哉？
　　　　若夫不可言喻者，則在乎久爲之自得而已。震川有《史記》評閱本，
　　　　於學文最有益。圈點啟發人意，有愈於解說者矣。可借一部臨之，
　　　　熟讀必覺有大勝處。〔註103〕

圈點之啟發人意，有愈於解說者。方東樹亦曰：「古人著書爲文，精神識議固在於語言文字，而其所以成文義者或在於語言文字之外，則又有識精者爲之圈點，抹識批評，此所謂筌蹄也。能解於意表而得古人已亡不傳之心，所以可貴也。」〔註104〕

　　姚鼐最要的著作爲《古文辭類纂》。此書將文體分爲十三類，並神、理、

〔註102〕參見尤信雄，《桐城文派學述》（台北：文津出版社，民國78年1月），頁115。
〔註103〕方苞，〈答徐季雅書〉，《姚惜抱尺牘》，頁26下。
〔註104〕方東樹，〈書歸震川史記圈點評例後〉，《攷槃集文錄》卷五，頁40。《續修四庫全書》（上海，上海古籍出版社，2002年）集部，別集類，第1497冊。

氣、味、格、律、聲、色八者說明學文程序，神理氣味者，爲文之精也；格律聲色者，爲文之粗也。然而學者之於古人，必始而遇其粗，中而遇其精，終則御其精者而遺其粗者。格律聲色即是文法，雖不是學文之高境界，卻是古文門徑。《古文辭類纂》與前後大量出現的評點之選本，使細部批評邁入另一境域。唐順之以莊子「一與言爲二，二與一爲三」建立的批評理論，在一家評點之中，只知文必有法，故點明其法。但是「二與一爲三」之義則不易彰顯，必待較多評點相互比較，才能自此以往，巧曆不能得。當評點數量增加時，同一文章有不同評語，相互對話，細部批評便不只是批評者個人對作品的個人意見表達而已。批評者評點之時，必須同時與「二」及多個「三」對話。也就是不但要與作品對話、與作者對話外，亦與其他評點對話，包括過去的評點，及未來評點者的挑戰，甚至以後的自己亦可能重新評點。各種評點形成超越時空的對話，這便是細部批評重要的文學趣味。對讀者而言，諸評並列，在「二與一爲三」之中，就很容易成爲「自此以往，巧曆不能得」裏的一環。讀者能夠也必須在眾多不同意見中比對出文法，並且意識到文法之變化無窮。

第四章　古文細部批評之圈點記號

　　古文細部批評，可用圈點記號或文字批評。此二者均可用以標明文章的句讀、段落、章法、旨意及警句，不同的是文字批評可運用較長文字以詳述見解，而圈點記號則僅能以特殊符號或顏色註明。相較之下，文字可表達較完整的意思，圈點記號則有簡潔之便。

　　圈點記號不僅發揮標點符號之功用，並且改變文人的閱讀習慣，亦可作爲引領後學的重要工具。直至今日，評點所用之抹畫圈點等記號，仍然常見於現代文人學子閱讀過程中。可見圈點記號不但是文學批評的重要方法，亦已成爲閱讀文化的一部分。

第一節　圈點記號之起源

　　圈點記號之起源，歷來說法不一。有主張漢代已有，如程大中曰：「書以朱墨評點，明時盛行。隋《經籍志》有『賈逵《春秋左氏經傳朱墨例》』，蓋自漢有之矣。」〔註1〕章學誠則辨曰：「按《隋志》所著，似朱墨異書，以分經傳，非評點之類。且賈逵原本，未必隋時尚存，則朱墨或後人傳鈔之本，不得遂指爲漢人已然。劉知幾《史通》斥繁之篇，則實以朱墨點抹古史原文，似可援以爲例。」〔註2〕朱墨異書，以分經傳，當然稱不上評點，章氏所言甚是。然而劉知幾《史通》以朱墨點抹古史原文云云，查《史通·點煩篇》曰：

〔註1〕見章學誠，〈信摭〉引，《章學誠遺書》外編卷一，頁366。
〔註2〕章學誠，〈信摭〉，《章學誠遺書》外編卷一，頁366。

—41—

　　昔陶隱居《本草》，藥有冷熱味者，朱墨點其名。阮孝緒《七錄》，
　　書有文德殿者，丹筆寫其字。由是區分有別，品類可知。今輒擬其
　　事，鈔自古史傳文有煩者，皆以筆點其上。凡字經點者，盡宜去之。
　　如其間有文句虧缺者，細書側注於其右；或回易數字，或加足片言，
　　俾分布得所，彌縫無缺，庶觀者易悟，其失自彰。知我撫實而談，
　　是非苟誣前哲。〔註3〕

其中「鈔自古史傳文有煩者，皆以筆點其上，凡字經點者，盡宜去之」及「其
間有文句虧缺者，細書側注於其右；或回易數字，或加足片言」，均表示劉知
幾所用之記號，當屬「校對」記號，而非評點記號，形式或許近似，用途實
有不同。至於文中談及陶弘景《陶隱居本草》以朱墨點藥名，及阮孝緒《七
錄》以丹黃區別者，均非作為評點之用，更與評點無關。然而亦可見於文章
上標示不同顏色或符號，乃自古即有之事。

　　此外，曾國藩說：「梁世劉勰、鍾嶸之徒，品藻詩文，褒貶前哲，其後或
以丹黃識別高下，於是有評點之學」〔註4〕。認為評點之學乃承劉勰、鍾嶸品
藻詩文、褒貶前哲而來，但是當時並無圈點記號，故曰「其後」以丹黃識別
高下。一如章學誠所說：

　　評點之書，其源亦始鍾氏《詩品》、劉氏《文心》。然彼則有評無點，
　　且自出心裁，發揮道妙。又且離詩與文而別自為書，信哉，其能成
　　一家之言矣。〔註5〕

所謂「有評無點」當是指評論的形式上「有文字而無記號」〔註6〕，因此才能
離詩與文而別自為書。而且曾國藩所謂「以丹黃識別高下」，與後世圈點記號
的用法亦不盡相同。

　　曾國藩又說：

　　前明以四書經藝取士，我朝因之。科場有勾股點句之例，蓋猶古者

〔註3〕 劉知幾，《史通》（台北，新陸書局，民國48年）。
〔註4〕 曾國藩，〈經史百家簡編序〉，《曾國藩全集》，頁43。
〔註5〕 章學誠《校讎通義‧宗劉》，《章學誠遺書》，頁96。
〔註6〕 古人言「評」、「批評」或「批注」多指文字而言；若「點」或「圈點」則多
　　　指記號。實則若以功能而言，文字亦有用作標明句讀、名號者，並非「批評」
　　　之功能，視為「點」亦無不可。相同的，記號用於標示章法、句法，抹出義
　　　理精微之論，以近似「批評」之作用。文字與圈點記號於功能上有相當重疊
　　　處。其中圈點記號所表達之意思，均可以文字取代；而文字所表達較複雜意
　　　義，則非圈點記號可完全勝任。

章句之遺意。試官評定甲乙，用硃墨旌別其旁，名曰圈點。後人不察，輒仿其法，以塗抹古書，大圈密點，狼籍行間。故章句者，古人治經之盛業也，而今專以施之時文。圈點者，科場時文之陋習也，而今反以施之古書。〔註7〕

曾氏認為圈點是「科場時文之陋習」，包括兩種用法，一是「勾股點句」，猶古者章句之遺意，一是「評定甲乙」，用硃墨旌別其旁。但是圈點出自明朝以來科場勾股點句之例的說法，亦不正確，因為早在南宋即有圈點。黃宗羲認為圈點之始源自南宋真德秀及謝枋得，他說：

文章行世，從來有批評而無圈點；自《正宗》、《軌範》肇其端，相沿以至荊川、鹿門八家，一篇之中，其精神筋骨所在，點出以便讀者，非以為優劣也。此後施之字句之間，如孫文融之史漢，波決瀾倒矣。〔註8〕

《正宗》指真德秀《文章正宗》，《軌範》即謝枋得《文章軌範》。所謂自古文章「有批評而無圈點」當亦指「有文字批評」而「無記號圈點」。而圈點之法自《正宗》、《軌範》肇其端，「一篇之中，其精神筋骨所在，點出以便讀者，非以為優劣」，可見圈點之用途與曾國藩所謂「以丹黃識別高下」及「試官評定甲乙」並不相同。更可知圈點記號之用，當早於明清科舉，至少南宋即已有之。〔註9〕

《四庫全書總目》謂抹筆之法起於北宋，乃北宋人讀書之常習；而圈點之法則興於南宋，曰：

宋人讀書，於切要處率以筆抹。故《朱子語類》論讀書法云：「先以某色筆抹出，再以某色筆抹出。」呂祖謙《古文關鍵》、樓昉《迂齋評註古文》，亦皆用抹，其明例也。謝枋得《文章軌範》、方回《瀛奎律髓》、羅椅《放翁詩選》始稍稍具圈點，是盛於南宋末矣。〔註10〕

〔註7〕 曾國藩，〈經史百家簡編序〉，《曾國藩全集》，頁43。
〔註8〕 黃宗羲，《南雷文定》〈凡例〉（台北：世界書局，民國53年）。
〔註9〕 另有一說，如羅根澤等，曰評點之風，濫觴於唐，並以韓愈「丹鉛事點勘」為例，證明韓愈已有抹畫或評點。然而將「點勘」解作「以己意批評」或評點抹畫，畢竟只是推想，並無明確證據。說見羅根澤《中國文學批評史》（台北：學海出版社，民國67年）第三冊，《詩文批評》；及顧易生、蔣凡、劉明今合著《宋金元文學批評史》（上海：上海古籍出版社，1996年6月）下冊，頁729。
〔註10〕 《蘇評孟子二卷》經部，卷三七，四書類存目，頁307。

至於刻書之有圈點，據葉德輝考證，當始於宋中葉以後〔註11〕。葉德輝又曰：

> 孫記宋版西山先生真文忠公《文章正宗》二十四卷，旁有句讀圈點。
> 瞿目刊謝枋得《文章軌範》七卷，目錄後有門人王淵濟跋，謂此集
> 惟〈送孟東野序〉、〈前赤壁賦〉係先生親筆批點，其他篇僅有圈點
> 而無批注，若〈歸去來辭〉、〈出師表〉並圈點並無之。〔註12〕

然而刊刻圈點之濫觴，應只是句讀經文而已。岳珂曰：

> 監蜀諸本皆無句讀，惟建監本始倣館閣校書式，從旁加圈點，開卷
> 瞭然，于學者為便，亦但句讀經文而已。惟蜀中字本、興國本，併
> 點注文，益為周盡。〔註13〕

可知抹筆為宋人讀書習慣，而圈點起初也只是宋人用以句讀經文，其後發展成為繁複之圈點記號法。

第二節　圈點記號之發展

　　宋人之圈點記號法，於文章精神筋骨切要處，抹筆、圈點，開卷瞭然，于讀者為便，因此不斷發展衍生，形成各式繁簡不一之記號體系。徐樹屏〈重刊東萊先生古文關鍵凡例〉曰：

> 古人讀書凡綱目要領，多用丹黃等筆抹出，非獨文字為然。後人亂
> 施圈點，作者之精神不出矣。東萊先生此編，家藏兩宋刻。刻有先
> 後，評語悉同，皆以抹筆為主，而疏密則殊。一本稍前者，每篇抹
> 不過數處，皆綱目關鍵，其稍後一本，所抹較多，并及於句法之佳
> 者。今將二本參酌互用，第恐抹多而汩其面目，大概從前本為多，
> 其接頭處用抹，則從後本。明唐荊川先生《文編》，於接頭處用抹，
> 當是古法也。抹筆今不刻〔註14〕

此說明抹筆之為用，在以丹黃筆抹出綱目要領，亦有并及句法之佳者。此外，接頭處亦用抹。所謂接頭處，當指段落而言。如首篇韓昌黎〈獲麟解〉中，

〔註11〕葉德輝曰：「岳珂《九經三傳沿革例》有『圈點必校』之語，此其明證也」。
　　　　見《書林清話》（台北：世界書局，民國72），頁33。
〔註12〕葉德輝《書林清話》，頁33。
〔註13〕岳珂《九經三傳沿革例》〈句讀〉（台北：臺灣商務印書館，民國54），頁12。
〔註14〕廣文書局版有「抹筆今不刻」五字。《古文關鍵》，頁6。

第一段「麟之爲靈昭昭也，詠於詩，書於春秋，雜出於傳記百家之書，雖婦人小子皆知祥也。」於也字左下方有一記號爲「ㄴ」，即所謂接頭之抹，表明第一段結束，以下另起一段。第二段「然麟之爲物，不畜於家，不恆有於天下。其爲形也不類，非若馬牛犬豕豺狼麋鹿然。然則，雖有麟，不可知其爲麟也。」其下又有記號「ㄴ」，示第二段之終，以下另起一頭爲第三段也。可見所謂接頭之抹，乃標示於分段處，終結上段，另起下段。而文末因無下段可起，遂無抹筆。至於圈點，該書凡例曰：

> 前本不施圈點，偶點其一二用字著力處，圈則竟無之。後本稍用圈
> 點，或一二字，或一二段之下，間有著圈者，點則連行連句有之，
> 要不過什之二三耳。翻嫌太略，未敢輒依。讀者既得其要領，於其
> 開合波瀾、抑揚反覆、轉換變化、起伏繳收種種，自能領取，隨其
> 所得，各施圈點可也。〔註15〕

徐氏所據宋槧二本，前本有點無圈，後本圈點並用。前本偶點於用字著力處，後本則或一二字，或一二段之下著圈；點則連行連句有之。依徐氏說法，圈點當施用於「開合波瀾、抑揚反覆、轉換變化、起伏繳收」處，且由讀者自行圈點即可。綜言之，徐氏所據宋槧《古文關鍵》之評點記號，包括抹筆與圈點。抹筆處有三，一爲綱目關鍵，二爲句法之佳者，三爲接頭。圈點則於用字著力處，且可擴及文章「開合波瀾、抑揚反覆、轉換變化、起伏繳收」處。但是此二本並無句讀，且徐氏本只刻接頭抹筆〔註16〕，評點記號並未完全保留。

　　評點記號較完整的用法，見於同爲宋代的眞德秀所著《文章正宗》。《文章正宗》中〈用丹鉛法〉詳細說明如下：

點　句讀小點　·

　　　語絕爲句，句心爲讀。

　　菁華旁點　、

　　　謂其言之藻麗者，字之新奇者。

　　字眼圈點　○

　　　謂以一二字爲綱領，如劉更生封事中之和字是也。

抹　主意要語　＿＿＿＿＿＿＿＿。

〔註15〕徐樹屏，〈重刊東萊先生古文關鍵凡例〉，《古文關鍵》，頁6。
〔註16〕直書作ㄴ，置於字左下方。

撇 _{轉換} ▬ 。

截 _{節段} ｜ ，如賈生可流涕者｜之類。

　　以上四者皆用丹，正誤則用鉛。〔註17〕

《文章正宗》之評點記號分丹鉛二種，鉛用以正誤。丹又分爲點、抹、撇、截四類。點再分爲句讀小點、菁華旁點、字眼圜點三種。依用法說明而言，句讀小點相當於現今標點符號之逗號及句號。語絕爲句，爲句號；句心爲讀，即逗號。句讀符號相同，一律施於文之右側。如卷十一韓愈〈原性〉開頭爲：

　　性也者與生俱生也．情也者接于物而生也．性之品有三．而其所
　　以爲性者五．情之品有三．而其所以爲情者七．曰．何也．曰．
　　性之品有上中下三．上焉者善焉而已矣．中焉者可導而上下也．
　　下焉者惡焉而已矣．其所以爲性者五．曰仁．曰禮．曰信．曰義．
　　曰智．上焉者之於五也．主於一而行於四．中焉者之於五也．一
　　不少有焉．則少反焉．其於四也混．下焉者之於五也．反於一而
　　悖於四．〔註18〕

又如〈對禹問〉開頭爲：

　　或問曰．堯舜傳諸賢．禹傳諸子．信乎．曰．然．然則禹之賢不及
　　於堯與舜也歟．曰．不然．〔註19〕堯舜之傳賢也．欲天下之得其所
　　也．禹之傳子也．憂後世爭之之亂也．堯舜之利民也大．禹之慮民
　　也深．〔註20〕

由以上兩例可知句讀小點之用途，不只逗號及句號，其功用實包括現代標點符號之冒號（：）、逗號（，）、句號（。）、問號（？）、頓號（、）、分號（；）、上下引號（「」）等等各項。

〔註17〕眞德秀，〈用丹鉛法〉，《文章正宗》（台北：臺灣商務印書館，文淵閣四庫全書版，民國72年）。

〔註18〕眞德秀，《文章正宗》卷十一。第三冊，頁二十四。原文直書，小點位於右側。

〔註19〕原文此處漏一小點。

〔註20〕眞德秀，《文章正宗》卷十三。第四冊，頁一。原文直書，小點位於右側。

　　旁點）施用於言之藻麗及字之新奇等二種情況，謂之菁華旁點。如卷二
十一韓愈〈柳子厚墓誌銘〉中，即有大段菁華旁點：

　　嗚呼·士窮乃見節義·今夫平居里巷相慕悅·酒食游戲相徵逐·詡詡彊

　　笑語以相取下·握手出肺肝相示·指天日涕泣·誓生死不相背負·真若

　　可信·一旦臨小利·僅如毛髮比·反眼若不相識·落陷阱不一引手救·

　　反擠之·又下石焉者·皆是也·此宜禽獸夷狄所不忍爲而其人自視以

　　爲得計·聞子厚之風亦可以少媿矣·〔註21〕

又如卷十四韓愈〈與孟簡書〉〔註22〕第二段云：

　　來示云·有人傳愈近少信釋氏·此傳之者妄也·潮洲時有一老僧號大顚·

　　頗聰明識道理．遠地無可與語者．故自山召至州郭．留十數日．實能外

　　形骸以理自勝．不爲事物侵亂．〔註23〕與之語雖不盡解．要自胸中無滯

　　礙．〔註24〕以爲難得．因與往來．

只在「外形骸以理自勝」數字側施以旁點。

〔註21〕真德秀，《文章正宗》卷二十一。第六冊，頁二。原文直書，旁點位於右側。
〔註22〕本文《古文關鍵》作〈與孟簡尚書書〉題下注云：「一本無簡字」。
〔註23〕原文缺一點。
〔註24〕原文缺一點。

圓點用在標示字眼，亦即文章中為綱領之一二字。如韓愈〈原道〉開頭：

博愛之謂仁．行而宜之之謂義．由是而之焉之謂道．足乎己無待於外之

謂德．〔註25〕

圓點標示於義、道、德三字旁。

表示文章主要意義語句旁，則用抹筆。如韓愈〈送文暢師序〉中：

夫鳥俛而啄．仰而四顧．夫獸深居而簡出．懼物之為己害也．猶且不脫

焉．弱之肉．彊之食．今吾與文暢．安居而暇食．優游以生死．與禽獸

異者．寧可不知其所自邪．〔註26〕

又卷十四韓愈〈與孟簡書〉有抹筆於「故愈嘗推尊孟氏以為功不在禹下者，為此也」〔註27〕之右側。

撇者短直筆，高約半字。如韓愈〈與孟簡書〉第二段開頭「來示云」之來字旁，及「孔子云：丘之禱久矣」中孔子二字側，及「且愈不助釋而排之者」之且字旁，及「孟子雖聖賢」之孟字旁等等均見短撇，表示文意轉換。至於節段以截，雖立其法，實乃罕見。

宋代另一重要古文評點著作謝枋得《文章軌範》，據《四庫全書總目》載，各有批註與圈點：

> 前二卷題曰放膽文，後五卷題曰小心文，各有批註圈點。其六卷〈岳陽樓記〉一篇，七卷〈祭田橫文〉、〈上梅直講書〉、〈三槐堂銘〉、〈表忠觀碑〉、〈後赤壁賦〉、〈阿房宮賦〉、〈送李愿歸盤谷序〉七篇，皆有圈點而無批註。蓋偶無獨見，即不填綴以塞白，猶古人淳實之意。其〈前出師表〉、〈歸去來辭〉，乃併圈點亦無之，則似有所寓意。〔註28〕

元代之圈點，如方回撰《瀛奎律髓》，世有二本。一為石門吳之振所刊，註作夾行，而旁有圈點，前載龍遵敘，述傳授源流至詳。一為蘇州陳士泰所刊，

〔註25〕《文章正宗》卷十二。第三冊，頁十七。原文直書，圈點位於右側。

〔註26〕《文章正宗》卷十四。第四冊，頁四十四。原文直書，圈點及抹筆位於右側。

〔註27〕《文章正宗》卷十四。第四冊，頁三十一。

〔註28〕集部，卷一八七，總集類二。

刪其圈點，遂併註中「所圈是句中眼」等句刪去，又以龍遘原序屢言圈點，亦併刪之以滅蹟。〔註29〕

　　章學誠曾敍述見歸有光之五色圈點法曰：

　　　偶於良宇案間，見史記錄本，取觀之，乃用五色圈點，各爲段落，反覆審之，不解所謂。詢之良宇，啞然失笑。以謂己亦厭觀之矣。其書云出前明歸震川氏，五色標識，各爲義例，不相混亂。若者爲全篇結構，若者爲逐段精彩，若者爲意度波瀾，若者爲精神氣魄，以例分類，便於拳服揣摩，號爲古文秘傳。前輩言古文者，所爲珍重授受，而不輕以示人者也。〔註30〕

歸有光評點《史記》的記號，包括：

　　　史記起頭處來得勇猛者，圈；緩些者，點。然須見得不得不圈、不得不點處，乃得。

　　　黃圈點者，人難曉；硃圈點者，人易曉。硃圈點處，總是意句與敍事好處；黃圈點處，總是氣脈。亦有轉折處用黃圈，而事乃聯下去者。

　　　黑擲是背理處，青擲是不好要緊處，硃擲是好要緊處，黃擲是一篇要緊處。〔註31〕

歸有光五色評點《史記》之原始記號已不得見，惟王拯所纂《歸方評點史記合筆》一書，記錄歸有光評點《史記》之記號及批語，可惜所有記號已改以文字表示，如黃圈則註曰「黃圈」。此外，歸有光《文章指南》〔註32〕，雖圈點如側點「、」、單圈「。」、密圈「。。。」、字邊加兩點「、、」、有「ᴅ」，又橫抹「一」及「ᒪ」，圈點俱在，惟亦不見五色圈點記號。

　　然考五色圈點之法，實非創自歸有光，元程端禮早言之詳矣。程端禮《程氏家塾讀書分年日程》訂定批點凡例，嚴整詳密。其中批點經書之凡例，一曰「館閣校勘法」，句讀之用法爲：「句讀二字，側點爲句，中點爲讀，凡人名、地物名，并長句內小句，並從中點。」〔註33〕。則知句讀同爲一點，而

〔註29〕見《四庫全書總目》集部，卷一八八，總集類三，頁1707。

〔註30〕〈文理〉，見《章學誠遺書》卷二，頁17。

〔註31〕見王拯纂，《歸方評點史記合筆》（望三益齋）附錄〈震川大全集載評點史記例意〉，龔師鵬程藏書。

〔註32〕台北，廣文書局，民74年再版。

〔註33〕程端禮，《程氏家塾讀書分年日程》，頁25。

位置、功用有異。側點爲句，如今標點符號之句號；中點爲讀，兼具逗號、私名號功用。其次爲黃勉齋「批點四書例」如下：

句讀例：

> 句：舉其綱，文意斷。
>
> 讀：者也相應，文意未斷，覆舉上文。上反言而下正，上有呼下字，下有承上字。

點抹例：

> 紅中抹（原註：一本作黃旁抹。）：綱，凡例。
>
> 紅旁抹：警語，要語。
>
> 紅點：字義，字眼。
>
> 黑抹：考訂，制度。
>
> 黑點：補不足。

此爲館閣及黃勉齋點經法，程端禮將之綜合並參考疊山法，而名爲廣疊山法，用以批點韓文。其法分文章爲議論體及敘事體二種，批點法如下：

議論體：

> 一、句讀並依點經法。〔註34〕
>
> 一、大段意盡，黑畫絕。於此玩篇法。〔註35〕
>
> 一、大段內小段，紅畫截。於此玩章法。
>
> 一、小段內細節目及換易句法，黃半畫截。於此玩句法。
>
> 一、論所舉所行事實，及來書之目，及所以作此篇之故，每篇首末常式，黑側抹。
>
> 一、所論援引他書，及考證，及舉制度，及舉前代國名，青側抹。
>
> 一、所論綱要，及再舉綱要，及或問體問目，及提要之語，及斷制之策，黃側抹。
>
> 一、義理精微之論，黃中抹。
>
> 一、凡人姓名初見者，紅中抹。
>
> 一、繳上文，結上文，緊切全句，或發明於事實之下，或先發明事之所以然於事實之上者，紅側圈。
>
> 一、轉換呼應字，及用力字，及繳結句內，雖已用紅側圈，而字合此例

〔註34〕即上述館閣校勘法及勉齋批點四書例。

〔註35〕小字爲原註，下同。

者，每字黃側圈。於此玩字法。

一、假借字先考始音，隨四聲紅圈。

一、有韻之韻，黑側圈。

一、造句奇妙者，紅側圈。

一、補文義不足，反覆提論德行，及推說虛敘，總述其所以然，黑側圈。

一、譬喻，青側點。

一、要字爲骨，初見者，黃正大圈。

一、要字爲骨，再見者，黃正大點。

敘事體

一、句讀並依前議論體例。

一、大段意盡，黑畫截。篇法。

一、大段內小段，紅畫截。章法。

一、小段、細節目，及換易句法，黃半畫截。句法。

一、敘所行事實，及年號，及人名、爵里、謚號、父祖、妻子、兄弟等
　　，及敘所以作此篇之故，銘曰、詩曰，及每篇首末，常式黑側抹。

一、敘教詔對答之語，紅側抹。

一、所敘援引他書，及考證，及舉制度，及舉前代國號，青側抹。

一、所敘綱要，及再舉綱要，及提問之語，所提問難事實，雖已用黑側
　　抹，而合此例者，黃側抹。

一、義理精微之論，黃中抹。

一、凡姓名初見者，紅中抹。

一、繳上文，結上文，切緊全句，或發明於事實之下，或先發明事之所
　　以然於事實之上者。惟敘事此類頗少，不可強求。紅側圈

一、轉換呼應字，及繳結句內雖已用紅側圈，而字合此例者，每字黃側
　　圈。

一、假借字，先考始音，隨四聲，紅圈。

一、有韻之韻，黑側圈。

一、造句奇妙者，紅側圈。

一、反覆提論其德行，及推說其用心，而虛敘總述其所以然，及補文義
　　不足，黑側點。

一、譬喻，青側點。

一、要字爲骨，初見者，黃正大圈。

一、要字爲骨，再見者，黃正大點。〔註36〕

由此凡例可知，程氏圈點法之功用，可分爲以下數種：

一、作爲標點符號者，如側點爲句，即今之句號；中點爲讀，及人名、地名、物名并長句內小句，並從中點，則爲逗號。援引他書，及考證，及舉制度，及舉前代國名，用青側抹，類似私名號。人姓名初見者，用紅中抹，則亦私名號。

二、分析作法，標明篇法、章法、句法、字法者，如「大段意盡，黑畫絕，於此玩篇法」，「大段內小段，紅畫截，於此玩章法」，「小段內細節目及換易句法，黃半畫截，於此玩句法」，「轉換呼應字，及用力字，及繳結句內，雖已用紅側圈，而字會此例者，每字黃側圈，於此玩字法」。又如「造句奇妙者，紅側圈」，「譬喻，青側點」。「要字爲骨，初見者，黃正大圈」，「要字爲骨，再見者，黃正大點」。

三、提示韻腳者，如「有韻之韻，黑側圈」。

四、標示要意者，如「義理精微之論，黃中抹」。

至於所用符號，則分爲：

畫截：其色分爲黑、紅、黃(半畫)

側抹：顏色分爲黑、紅、青、黃

中抹：顏色分爲黃、紅

側圈：顏色包括紅、黃、黑

側點：用黑色、青色

正大圈：只用黃色

正大點：只用黃色

共七種符號，以顏色分則爲黑、紅、青、黃四種顏色

黑：畫截、側抹、側圈、側點

紅：畫截、側抹、中抹、側圈

青：側抹、側點

黃：畫截、側抹、中抹、側圈、正大圈、正大點

四種顏色與七種符號，組合成十六種記號，堪稱繁複。程氏此書於明初

〔註36〕程端禮，《程氏家塾讀書分年日程》，頁31。

影響極大，清陸隴其說此書乃程端禮依朱子讀書法修之，以示學者，而且「當時曾頒行學校，明初諸儒讀書，大抵奉爲準繩。」〔註37〕，因此歸有光五色圈點法，或與此相近。

　　圈點記號法於明代用者至廣，經史子集均見圈點者。例如：

一、沈爾嘉所撰《讀易鏡》六卷，其於經文旁加圈點，講義上綴評語，亦全以時文法行之〔註38〕。

二、茅元儀撰《武備志》，其批點凡例曰：

　　凡　○　乃微妙處。

　　凡　Ɒ　乃緊要處。

　　凡　□□□□□□□　乃一篇綱領

　　凡　■■■■■■■　乃分段條目

　　凡　、、、乃隱微處〔註39〕

三、程宗猷《少林棍法闡宗》，其批點凡例爲：

　　棍勢之名爲　■■■■

　　棍法之名爲　□□□□

　　字中之眼目爲　◎

　　句中之關鍵爲　○

　　斡旋上下而亦不可忽者爲Ɒ〔註40〕

四、凌蒙初撰《言詩翼》六卷，雜採徐光啓、陸化熙、魏浣初、沈守正、鍾惺、唐汝諤六家之評，直以選詞、遣調、造語、鍊字諸法，論三百篇。每篇又從鍾惺之本，加以圈點。〔註41〕

五、凌濛初編《合評選詩》七卷，全錄《文選》諸詩，而雜採各家評語附於上方，以朱墨版印之，所採惟鍾、譚爲多，圈點則一依郭正域本，其宗旨可以崰見也。〔註42〕

六、林兆珂撰《考工記述註》二卷，因《考工記》一書文句古奧，乃取

〔註37〕見《程氏家塾書分年日程》〈跋〉。

〔註38〕見《四庫全書總目》經部，卷八，易類存目二，頁 69。

〔註39〕明茅元儀《武備志》（上海：上海古籍出版社，《續修四庫全書》版，1995 年）第一冊，頁 23。

〔註40〕茅元儀《武備志》第二冊引，並注云：「此卷批點悉照程氏原本」。見頁 160。

〔註41〕見《四庫全書總目》經部，卷一七，詩類存目一，頁 142。

〔註42〕見《四庫全書總目》集部，卷一九三，總集類存目三，頁 1759。

漢、唐注疏，參訂訓詁，以疏通其大意，於記文皆旁加圈點，綴以評語。蓋仿謝枋得批《檀弓》標出章法、句法、字法之例，使童蒙誦習，以當古文選本，於名物制度，絕無所發明。〔註43〕

七、《考工記》另有郭正域撰《批點考工記》一卷，取《考工記》之文，圈點批評，惟論其章法、句法、字法。蓋為論文而作，不為詁經而作也。〔註44〕

八、孫月峰撰《孫月峰評經》十六卷，是編《詩經》四卷，《書》經六卷，《禮記》六卷，每經皆加圈點評語。〔註45〕

九、沈國元編《二十一史論贊》三十六卷，摘錄二十一史論贊，加以圈點評識，全如批撰時文之式。〔註46〕

十、吳宏基撰《史拾載補》，取《史記》八《書》及《儒林》、《循吏》、《游俠》、《酷吏》、《滑稽》、《日者》、《龜策》、《貨殖》、《匈奴》、《西南夷》、《大宛》列傳十一篇，加以圈點，並略附箋註評語於篇後。〔註47〕

十一、胡鎮撰《夢草堂稿》十二卷，其詩以宮、商、角、徵、羽分五集，每卷又以天時、園圃等門分類，各有圈點評議。〔註48〕

元代以來色彩繁多、形式複雜的圈點法，流傳久遠，至清初猶可見〔註49〕。然而在此色彩繁複記號廣為流傳的同時，亦有人另外發展單色的圈點法。如明唐順之《文編》之批點法則為：

長圈 ００００００００　　精華

短圈 ００　　字眼

長點 、、、、、、　　精華

短點 、、、　　字眼

長虛抹 ━━━━━　　敝

短虛抹 ━━━　　故事

〔註43〕見《四庫全書總目》經部，卷二三，禮類存目一，頁183。

〔註44〕見《四庫全書總目》經部，卷二三，禮類存目一，頁183。以《考工記》為古文選本，圈點批評，惟論其章法、句法、字法。此即古文細部批評之重要發展。

〔註45〕見《四庫全書總目》經部，卷三四，五經總義類存目，頁282。

〔註46〕見《四庫全書總目》史部，卷六五，史鈔類存目，頁581。

〔註47〕見《四庫全書總目》史部，卷九○，史評類存目二，頁764。

〔註48〕見《四庫全書總目》集部，卷一八○，別集類存目七，頁1626。

〔註49〕見前引章實齋言。

抹	——————	虛處
撇	——	轉調
截	｜	分段〔註50〕

其中符號種類比程氏多兩種，而只用一種顏色。至清代林銘雲《古文析義》所用記號則更簡化，如凡例言：

是編凡遇主腦結穴處，旁加重圈◎；

埋伏照應竅卻處，旁加黑圈‧；

精采發揮及點襯處，旁加密點、、、、；

神理所注，奇正相生，字句工妙，筆墨變化處，旁加密圈。。。。；

段落住歇處，下加截斷｜，以便省覽。〔註51〕

記號亦只有重圈、黑圈、密點、密圈、截斷五種，加上句讀用之圓圈「。」亦只有六種。十分簡易。另外，唐彪的「書文標記圈點評註法」雖有十二種記號，亦只用單一色彩，其記號如下：

◎◎◎◎	書文綱領與歸重處用此
●●●●●	書文根因處用此
｜	書文大界限大段落用此
｜	書文中大小節次下用此
。、。、。、	文章極佳處用此
。。。。。	文章次佳處用此
、、、、。	文章平佳處用此
——	地名用此
＝＝＝＝	官名用此
▬▬▬▬	帝王名人俱通用此
☐	國名用此
▷▷▷▷▷	照應處用此
▭▭	年號用此〔註52〕

又有針對通篇之品評者，如姚鼐《古文辭類纂》於每題之下，特加圈別。

〔註50〕見徐師曾，《文體明辨序說》（北京：人民文學出版社1998年5月）引〈大明唐順之批點法〉，頁97。

〔註51〕林雲銘，《古文析義》〈凡例〉（台北：廣文書局，民65年10月四版）。

〔註52〕唐彪，《讀書作文譜》（台北：偉文圖書出版社，民65年）卷二，頁23。

有三圈、二圈及一圈者，亦有無圈之文。吳德旋曰：

> 《古文辭類纂》其啟發後人，全在圈點。有連圈多，而題下只一圈
> 兩圈者；有全無連圈，而題下乃三圈者。正須從此領其妙處。末學
> 不解此旨，好貪連圈，而不知文品之高，乃在通篇之古淡，而不必
> 有可圈之句。知此，則於文思過半矣。〔註53〕

可見《古文辭類纂》題下之圈，與文內圈點，著眼不同。

第三節　圈點記號之評價

　　以顏色論，古文評點記號，可分成單色、雙色與多色三種。單色者即只
用黑色，或只用朱墨。單色者不論自行圈點批抹，或付梓印刷，均稱便利。
若以朱筆圈點於黑字旁，印刷時即為雙色。雙色者多為黑朱二色，或稱「丹
鉛法」，如真德秀《文章正宗》點、抹、撇、截用丹，正誤則用鉛。多色者較
為醒目卻不利於刻印。

　　以施用圈點者區分，則可分為讀書者自行圈點，與刻印圈點以出版發行
兩種。讀書者圈點的目的，或使眉目清楚，或以示後學，或尚友作者。刻印
出版者，則便利閱讀。圈點記號法濫觴於宋朝，元明已稱完備，然而至於清
末，不施圈點的版本依舊可見。除有人堅決反對圈點之外，更重要理由，是
因為圈點本即閱讀的重要過程和工夫。圈點完善的書籍雖可以啟發後學，但
圈點書籍，正是推敲斟酌的要緊功課，如曾國藩每日均完成圈點功課，並以
此要求其弟〔註54〕。此外，圈點過程的樂趣，也是研讀的主要樂趣之一，即
所謂「讀者既得其要領，於其開合波瀾、抑揚反覆、轉換變化、起伏繳收種
種，自能領取，隨其所得，各施圈點可也」。若印刷完備，讀者則無從享受此
種樂趣。

　　評點記號存在與發展的最重要理由，是因為圈點記號有文字無法取代之
優點，即立象以盡其意。記號之啟發人意，往往有愈於文字解說者。以韓愈
〈獲麟解〉為例，若以不同圈點記號及文字評點，可並列如下：(為便於比較，
引文改為直書)

〔註53〕吳德旋，《初月樓古文緒論》（北京：人民文學出版社，1998年），頁20。
〔註54〕詳見後文。

第一類，不施圈點，純粹白文：

麟之為靈昭昭也詠於詩書於春秋雜出於傳記百家之書雖婦人小子皆知其為祥也然麟之為物不畜於家不恆有於天下其為形也不類非若馬牛犬豕豺狼麋鹿然然則雖有麟不可知其為麟也角者吾知其為牛鬣者吾知其為馬犬豕豺狼麋鹿吾知其為犬豕豺狼麋鹿惟麟也不可知不可知則其謂之不祥也亦宜雖然麟之出必有聖人在乎位麟為聖人出也聖人者必知麟麟之果不為不祥也又曰麟之所以為麟者以德不以形若麟之出不待聖人則謂之不祥也亦宜

第二類，只用句讀小點：

麟之為靈．昭昭也．詠於詩．書於春秋．雜出於傳記百家之書．雖婦人小子皆知其為祥也．然麟之為物．不畜於家．不恆有於天下．其為形也不類．非若馬牛犬豕豺狼麋鹿然．然則雖有麟．不可知其為麟也．角者吾知其為牛．鬣者吾知其為馬犬豕豺狼麋鹿．吾知其為犬豕豺狼麋鹿．惟麟也不可知．不可知則其謂之不祥也．亦宜雖然．麟之出．必有聖人在乎位．麟為聖人出也．聖人者必知麟．麟之果不為不祥也．又曰．麟之所以為麟者．以德不以形．若麟之出不待聖人．則謂之不祥也．亦宜

（真德秀《文章正宗》）

第三類，使用新式標點符號：

麟之為靈昭昭也，詠於《詩》、書於《春秋》、雜出於傳記、百家之書。雖婦人小子，皆知其為祥也。

然麟之為物，不畜於家、不恆有於天下。其為形也不類，非若馬、牛、犬、豕、豺狼、麋鹿然。然則，雖有麟，不可知其為麟也。角者，吾知其為牛；鬣者，吾知其為馬；犬、豕、豺狼、麋鹿，吾知其為犬、豕、豺狼、麋鹿；惟麟也不可知。不可知，則其謂之不祥也亦宜。

雖然，麟之出，必有聖人在乎位，麟為聖人出也。聖人者，必知麟，麟之果不為不祥也。

第四類，只用評點記號：

麟之為靈昭昭也。詠於詩。書於春秋。雜出於傳記百家之書。雖婦人小子皆知其為祥也。然麟之為物。不畜於家。不恆有於天下。其為形也。不類。非若馬牛犬豕豺狼麋鹿然。然則雖有麟。不可知其為麟也。角者吾知其為牛。鬣者吾知其為馬。犬豕豺狼麋鹿吾知其為犬豕豺狼麋鹿。惟麟也不可知。不可知。則其謂之不祥也亦宜。雖然麟之出。必有聖人在乎位。麟為聖人出也。聖人者必知麟。麟之果不為不祥也。又曰麟之所以為麟者。以德不以形。若麟之出不待聖人則謂之不祥也亦宜

（採用林雲銘《古文析義》記號部分）

第五類，圈點記號與文字併用：

麟之為靈昭昭也。詠於詩，書於春秋，雜出於傳記百家之書，雖婦人小子皆知其為祥也。然麟之為物，不畜於家，不恆有於天下。其為形也不類，非若馬牛犬豕豺狼麋鹿然。然則雖有麟不可知其為麟也。角者吾知其為牛，鬣者吾知其為馬，犬豕豺狼麋鹿，吾知其為犬豕豺狼麋鹿。惟麟也不可知，不可知則其謂之不祥也亦宜。雖然，麟之出必有聖人在乎位。麟為聖人出也。聖人者必知麟，麟之果不為不祥也。又曰：麟之所以為麟者，以德不以形。若麟之出不待聖人，則謂之不祥也亦宜。

（歸有光《文章指南》）

第六類，以文字為主：（文中僅用截「」一種記號）

獲麟解

麟之為靈昭昭也。詠於詩，書於春秋，雜出於傳記百家之書，「雖婦人小子皆知其為祥也。然麟之為物，不畜於家，不恆有於天下。其為形也，不類，非若馬牛犬豕豺狼麋鹿。然則雖有麟不可知其為麟也。」角者吾知其為牛，鬣者吾知其為馬，犬豕豺狼麋鹿，吾知其為馬。「大抵此一段議論文字。」犬豕豺狼麋鹿，吾知其為犬豕豺狼麋鹿。惟麟也不可知，不可知則其謂之不祥也亦宜。」雖然，麟之出必有聖人在乎位。麟為聖人出也。聖人者必知麟，麟之果不為不祥也。」又曰：麟之所以為麟者，以德不以形。若麟之出不待聖人，則其謂之不祥也亦宜。

（呂祖謙《古文關鍵》）

　　由以上不同評點方式比較可知，圈點記號有便利之優勢，如菁華旁點或主意要語，均可能施用於長段文字旁，清楚標示欲評論之起止處。這是單用文字評點不易表達者。相反的，字眼圈點或人名書名，可能只是一、二字，若單爲此一二字而夾註行間，又如牛刀割雞，浪費太多篇幅，反成累贅。

　　圈點記號的另一項優勢是不干擾正文。評點文字很可能對正文產生干擾，因爲同樣是文字，評點文字往往喧賓奪主，比正文更醒目，甚至篇幅更長，使讀者在閱讀過程，混淆正文與評點兩種文字的不同性質與地位。使用圈點記號則無此缺點。評點記號若作爲標點符號之功用，可以使正文之句讀段落分明，方便閱讀。即使用於標示文法，亦以施於字右爲主，不致影響閱讀。

　　其次，評點文字若穿插在正文之間，往往切割正文，影響閱讀之速度與韻律，阻絕文氣之流暢。圈點記號不僅不會阻絕文氣，甚至可以引導閱讀之輕重緩急、高低起伏，於領略文氣亦有助益。

　　然而評點圈點記號亦有缺點。最大的缺點是未能統一。雖然經過漫長時間及眾人使用，各評點家所用之記號仍未能統一。如眞德秀《文章正宗》之用丹鉛法有小點「•」、旁點「、」、圓點「。」、抹「━━━━」、撇「━」、截「▌」等六種。林雲銘《古文析義》有重圈「◎」、黑圈「•」、密點「、、、、」、密圈「。。。。」、截斷「｜」和句讀用之小圈「。」等六種，而唐彪之「書文標記圈點評註法」之記號，則有「◎◎◎◎」、「•••••」、「｜」、「。、。、。、」、「。。。。。」、「、、、、。」、「——」、「＝＝＝＝」、「━━━━」、「▢」、「ᗡᗡᗡᗡᗡ」、「▭▭▭」等十二種〔註55〕之多，各家記號固然有所重複，但不同處亦甚多。例如唐彪於官名、地名、國名、年號、帝王名均分別以不同符號代表，文章佳處又分爲極佳、次佳、平佳三等，此皆他書所無。

　　至於用法，則相異處更多。光是句讀即有《文章正宗》之小點「•」，《古文析義》之圓點「。」，《文章指南》之圓點「。」、頓點「、」之不同。另外，抹之用法，不分顏色，以長短區分，亦容易混淆。至於字眼，有用圓點「。」如眞德秀《文章正宗》，用短圈「。。」、短點「、、、」如唐順之《文編》或程宗猷《少林棍法闡宗》之以「◎」爲記，或黃勉齋以紅點標示等等各不相同。於是讀者對各家評點之書，均必須經過一段學習的過程，才能了解各

〔註55〕其中書文大界限、大段落用之符號「｜」和大小節次下用之符號似乎相同，故雖有十三種用途，實只有十二種不同符號。

符號代表之意義及用法。偏偏各選評家未必清楚列出其評點凡例，因此讀者摸索各符號用法的過程便更加困難。不僅各家評點記號不統一，同一書內亦有自亂其例者，如《文章指南》書內之句讀或用圓點「。」或用頓點「、」也並不一致。如此均造成讀者莫衷一是之困擾。

建立記號系統的困難，是符號不能太過複雜，以免影響書籍版面之美觀與整齊，也可能造成讀者學習摸索之困難。另一方面，有限數量的符號，所能代表之意義必受限制；如果同一符號所代表的意義太多，又難以辨認。如何完善便利符號系統，是評點學尚未解決的根本問題。

然而圈點記號法最大的問題，是以評點者而言，單用圈點記號不足以完整表達繁複意見。如前引韓愈〈獲麟解〉第五例，歸有光《文章指南》以文字和圈點記號併用例中，文章七轉之處，則非用文字不可。又如韓愈〈送孟東野序〉中「鳴」字出現四十次，歸有光《文章指南》於每個「鳴」字旁均加上細格「＝＝」符號，然而究竟代表何義，則非得靠後文說明不可。文曰：「文章下字重疊，未有不起人厭者。惟退之此序，凡六百二十餘字，鳴字四十，似失之煩。然句法變法二十九樣，愈讀愈可喜，畢竟不覺。誰謂文章之妙，不在轉換間乎。」此中之意，絕非任何記號能表現。因此圈點記號最佳的使用法，並非單獨使用，而是與評點文字並用。凡能以圈點記號表達者，則用圈點記號；凡圈點記號不足以表達者，則於文側或文後另以文字補充說明。如此，圈點記號之功能才可發揮無遺。

對於圈點記號之利弊，章學誠曾論曰：

> 歸震川氏取《史記》之文，五色標識，以示義法，今之通人，如聞
> 其事，必竊笑之，余不能爲歸氏解也。然爲不知法度之人言，未嘗
> 不可資其領會，特不據爲傳授之秘爾。〔註56〕

章氏對圈點並不全盤否認，認爲對「不知法度之人言，未嘗不可資其領會」。但對評點的基本功能，卻十分悲觀。因爲「古文法度隱而難喻」無法示人，而書難以一端盡，文章之變化，非一成之文所能限也。

對於圈點批判更爲嚴格者，尚屬曾國藩。曾國藩認爲圈點是科場陋習，「後人不察，輒仿其法，塗抹古書，大圈密點，狼籍行閒」。〔註57〕曾氏以「科場時文之陋習」一語反對圈點，實因鄙夷時文。又欲避免俗本之囿限，因此他說：

〔註56〕〈文理〉，見《章學誠遺書》，卷二，頁18。
〔註57〕曾國藩，〈經史百家簡編序〉，《曾國藩全集》，頁43。

> 古之爲文者，其神專有所之，無有俗說龐言，清其意趣。自有明以
> 來，制義家之治古文，往往取左氏、司馬遷、班固、韓愈之書，繩
> 以舉業之法，爲之點、爲之圓圍以賞異之；爲之乙，爲之鐵圍以識
> 別之；爲之評注以顯之。讀者圍於其中，不復知點圍評乙之外，別
> 有所謂屬文之法也。雖勤劇一世，猶不能以自拔。〔註58〕

曾氏所擔心的，正是「讀者圍於其中，不復知點圍評乙之外，別有所謂屬文之法」。然圈點自有其用途，曾氏亦不能否定。蓋曾氏不僅自己讀書時圈點，亦教其弟圈點，他說：

> 自七月起，至今已看過《王荊公文集》百卷，《歸震川文集》四十卷，
> 《詩經大全》二十卷，《後漢書》百卷，皆硃筆加圈點，雖極忙，亦
> 須了本日功課。不以昨日耽擱，而今日補做；不以明日有事，而今
> 日預做。諸弟若能有恆如此，則雖四弟中等之資，亦當有所成就，
> 況六弟、九弟上等之資乎？〔註59〕

又曰：

> 樹堂、筠仙自十月起，每十日作文一首，每日看書十五頁，亦極有
> 恆。諸弟試將朱子《綱目》過筆圈點，定以有恆，不過數月後，即
> 圈完矣。〔註60〕

硃筆圈點是曾氏讀書的重要方法，但他認爲圈點是讀者的工夫，且似乎較限於句讀而已。章學誠與曾國藩對圈點的批評，主要是爲區別古文與時文之不同，再者是認爲文章變化精微處，並非圈點所能傳達。

然而圈點的擁護者卻不這麼認爲，唐彪曰：

> 凡書文有圈點，則讀者易於領會，而句讀無訛。不然，遇古奧之句，
> 不免上字下讀，而下字上讀矣。又文有奇思妙論，非用密圈，則美
> 境不能顯；有界限段落，非畫斷，則章法與命意之妙不易知；有年
> 號國號，地名官名，非加標記，則披閱者苦於檢點，不能一目了然
> 矣。〔註61〕

其中句讀無訛及年號國號、地名官名者即標點符號之功能，「奇思妙論」屬賞

〔註58〕曾國藩，〈謝子湘文集序〉，《曾國藩全集》，頁38。
〔註59〕曾國藩，〈致諸弟書〉（看書須有恆），《曾國藩全集》，頁578。
〔註60〕曾國藩，〈致諸弟書〉（看書須有恆），《曾國藩全集》，頁579。
〔註61〕唐彪，《讀書作文譜》卷二，頁23。

析層面。至於畫斷界限段落，似亦屬標點功能，而「章法與命意之妙」則同時包含標點與賞析。當評點記號作為標點符號之用時，如句讀、私名號、書名號等等。消積方面可避免誤讀，不至上字下讀，而下字上讀等等；積極方面則可以點明界限段落，顯現章法與命意之妙。評賞文章則遇主腦結穴，埋伏照應，精采發揮，神理所注，奇正相生，字句工妙，筆墨變化等處，圈點記號確有其簡便清晰之優點。姚鼐更認為圈點的作用極大，有超越文字所能表達者，故曰：「圈點啓發人意，有愈於解說者矣。〔註62〕」而此正是擁護圈點記號者的基本信念。

其實章、曾與唐、姚雙方的說法並非完全衝突。就文章句讀段落等基本法度而言，圈點記號確實有助於閱讀與學習；對於文章某些神思妙論，圈點往往也能顯示美境，其中亦可能有愈於解說者。但是圈點記號必不能完全取代文字，應當與批評文字搭配運用，才能較完整溝通評點者與閱讀者。這正是圈點記號發展的理想方向，也是批判者和擁護者雙方都能同意的。

〔註62〕姚鼐，〈答徐季雅書〉，《姚惜抱尺牘》，頁26下。

第五章　古文細部批評之文字記號

　　古文細部批評的評點形式，除以圈點記號法各種符號及顏色標示之外，另有以文字爲記號的評點形式。

　　文字評點的起源，曾國藩認「梁世劉勰、鍾嶸之徒，品藻詩文，褒貶前哲」〔註1〕爲最早。章學誠也說：「評點之書，其源亦始鍾氏《詩品》、劉氏《文心》。然彼則有評無點，且自出心裁，發揮道妙。又且離詩與文而別自爲書，信哉，其能成一家之言矣。〔註2〕」所謂「有評無點」，即是指當時雖有評點文字，並無評點記號。

　　古文選文之評點著作，以呂祖謙《古文關鍵》爲最早，其後樓昉《崇古文訣》、眞德秀《文章正宗》、謝枋得《文章軌範》等等接踵而作。選文評點遂成爲古文細部批評最重要的形式，古文之美學也隱含於其中。

　　評點所用之文字記號，包括標語式文字及文章文字兩種。標語式文字用法類似圈點記號，多半標於文右。文章文字則可放在題目下、文右側、文後或夾批、眉批等等不同位置，變化甚大，用途亦廣。另有文話，即離文而別自爲書，其內容只要是細細評解作品文辭之美者，均屬細部批評。但亦必須將評點文字中，只單純注釋文字音義者，排除在細部批評之外。

第一節　各類批評文字記號之用法

一、《古文關鍵》

　　以文評文，本係當然。但細部批評評點中，卻使用介於文章與記號之間

〔註1〕　曾國藩，〈經史百家簡編序〉，《曾國藩全集》，頁43。
〔註2〕　章學誠，〈宗劉〉，《章學誠遺書》，頁96。

—65—

的標語式評語法。所謂標語式評語法，是將評論見解藉簡短文詞標示出來，如標示文章起結、伏應、綱目、抑揚等等。其作用略與圈點記號重疊，然圈點記號必須以凡例說明記號的定義及用法，而標語法則多半可望文生義，不必另造凡例。標語法的特點是詞短而義備，方便標示，不致使行間塞擠長篇大論，面目難辨。批評標語大多以小號字置於文側，亦有夾於文中者〔註3〕。呂祖謙《古文關鍵》卷首〈總論文法〉之〈總論看文字法〉，第一是看大概主張，第二看文勢規模，第三是看綱目關鍵，第四看警策句法。原文於第三看綱目關鍵下，說明曰：「如何是主意首尾相應，如何是一篇鋪敘次第，如何是抑揚開合處」。而第四看警策句法下，亦有說明曰：「如何是一篇警策，如何是下句下字有力處，如何是起頭換頭佳處，如何是繳結有力處，如何是融化屈折、翦截有力處，如何是實體貼題目處。」這些代表看文字標語的類別有：

● 大概主張

● 文勢規模

● 綱目關鍵

● 主意首尾相應

● 鋪敘次第

● 抑揚開合處

● 警策句法

● 警策

● 下句下字有力處

● 起頭換頭佳處

● 繳結有力處

● 融化屈折翦截有力處

● 體貼題目處

我們也確實可在《古文關鍵》中找到上述標語之運用，如韓愈〈師說〉中，即用到「大意說兩句起」、「結句處繳」、「本意」、「承接得好處」、「體貼親切」、「抑揚」、「綱目不亂」等等，而〈諫臣論〉中則有「有力」、「含

〔註 3〕 如《文章軌範》之《四庫全書》版即是。見臺灣商務印書館出版之文淵閣《四庫全書》。

蓄下意」、「綱目露於此」、「兩端說」、「又設兩段說」、「意新」、「一段意起於此」、「證一段之意」、「最警策切當之尤者」、「意有餘」、「詞意俱到」、「愈擊愈緊」、「別說前後」、「此意尤好」、「放他一著」等等。〈原道〉則有「綱目」、「一篇之意」、「句長短有法度」、「接有力」、「用得新」、「警策」、「好句法」、「一句生文」、「眼目」、「轉文好」、「陡而有力」、「意外意」、「關鍵」、「引證有力」、「關鎖」、「關鍵鎖盡一篇之意」、「承上幾句有力，一篇精神在此」、「言語下得好」、「主意又見於此」。其中「主意又見於此」批於文末，即所謂主意首尾相應。

　　至於〈論作文法〉部分，列出類似評文標語如下：筆健而不粗、意深而不晦、句新而不怪、語新而不狂、常中有變、正中有奇、題常則意新、意常則語新、辭源浩渺而不失之冗、意思新轉處多則不緩、結前生後、曲折斡旋、轉換有力、反覆操縱、上下、離合、聚散、前後、遲速、左右、遠近、彼我、一二、次第、本末、明白、整齊、緊切、的當、流轉、豐潤、精妙、端潔、清新、簡肅、清快、雅健、立意、簡短、閎大、雄壯、清勁、華麗、縝密、典嚴。計四十五種。並云：「以上格製詳具於下卷篇中」。然而查今傳徐樹屏刊本內所用標語，只有部分與上列相同。如：立句、難、造語、關鎖、應、結、轉換、抑揚、輕重、生意、含蓄下意、直說倒等等。

　　除標語式的評文法之外，《古文關鍵》尚有短文評語。標語式評語如標籤一般，多使用特定術語，如「應、結、抑、揚、主意、生意、含蓄下意」等等，然短文評語則前後成句，少用術語。如〈獲麟解〉中有「作文大抵兩句短句須一句長者承」數語，具普遍性，雖單獨存在其義亦明白。《古文關鍵》中此類短文評語並不多見，較多的是於題目之下，就全篇章段句法，通篇評論，屬題下評語。如韓愈〈獲麟解〉題下，呂祖謙評曰：「字少意多，文字立節，所以甚佳。其抑揚開合只主『祥』字，反覆作五段說」。又，韓愈〈師說〉題下評曰：「此篇最是結段段有力，中間三段自有三意起，然大概意思相承都不失本意」。柳宗元文〈晉文公問守原議〉題下曰：「看回互轉換，貫珠相似，辭簡意多。大抵文字使事，須下有力言語」。〈桐葉封弟辨〉題下曰：「此篇文字，一段好如一段，大抵做文字，須留好意思在後，令人讀一段好一段」。〔註4〕此種全文總評法，或提示篇章結構，或泛敘文法，或說明敘述策略。

―――――――――――――

〔註4〕以上引文見呂祖謙，《古文關鍵》。

二、《文章軌範》

　　謝枋得《文章軌範》的評論文字，共分五類。一是如《古文關鍵》之評點標語；二是文中夾評，非標語式評文，如《古文關鍵》之短文評語者；三是說明各集特色。《文章軌範》全書分爲七集，各集之首均有一文對各集特色之說明；四是於題目之後對全文之評論，即題下評語；五是評於文章之末。

　　文中標語式評點，如卷一韓愈〈與于襄陽書〉中，可見「此輕」、「此重」、「文婉曲有味」(共五見)、「結得健」。其他文中亦有「章法」、「句法」、「字法」、「結」、「主意」等等。

　　文中夾評之短文者，如侯字集韓愈文〈與于襄陽書〉中「故高材多戚戚之窮，盛位無赫赫之光。是二人者之所爲皆過也」之下，評曰：

> 韓公作文專占地步，如人要在高處立，要在平處行，要在闊處坐。下之人負其能，不肯詔其上，不害爲君子；上之人負其位，不肯顧其下，不免爲小人。高材多戚戚之窮，則是君子而安貧賤；盛位無赫赫之光，則是庸人而苟富貴。韓公之所以自處者，可謂高矣。〔註5〕

所言乃屬體則格製。又同集韓愈〈後二十九日復上宰相書〉「休徵嘉瑞麟鳳龜龍之屬，皆已備至」之下，評曰：

> 十四字句。此一段連下九個皆已字，變化七樣句法，字有多少，句有長短，文有反順，起伏頓挫，如層瀾驚濤怒波，讀者但見其精神，不覺其重疊。此章法、句法也。〔註6〕

則是指明字法、句法、章法。

　　《文章軌範》書分七卷，前二卷題爲「放膽文」，後五卷題曰「小心文」。各卷又以「侯、王、將、相、有、種、乎」七字爲序，題各集之名。每一卷各於卷首說明本卷文章特色。如第一卷侯字集放膽文卷首曰：

> 凡學文初要膽大，終要心小。由麤入細，由俗入雅，由繁入簡，由豪蕩入純粹。此集皆麤枝大葉之文，本于禮義，老于世事，合于人情。初學熟之，開廣其胸襟，發舒其志氣，但見文之易，不見文之難，必能放言高論，筆端不窘束矣。〔註7〕

初要膽大，終要小心，故膽大文在前，小心文在後。侯字集之文，特挑選麤

〔註5〕謝枋得，《文章軌範》卷一，頁2。

〔註6〕謝枋得，《文章軌範》卷一，頁4。

〔註7〕謝枋得，《文章軌範》卷一，頁1。

枝大葉，可令初學者放膽爲文、放言高論之文章，故名爲放膽文。此集收錄韓愈〈與于襄陽書〉、〈後二十九日復上宰相書〉、〈代張籍與李淛東書〉、〈上張僕射書〉、〈與陳給事書〉、〈後十九日復上宰相書〉、〈應科目時與人書〉、〈與陳商書〉、〈送石共處士序〉、〈送溫處士赴河陽同序〉、〈送楊少尹序〉、〈送高閑上人序〉、〈送殷員外使回鶻序〉、〈原毀〉等共十四篇文章。放膽文的第二卷，即王字集，爲辯難文章，亦是引導初學者勇於爲文。故於卷首曰：「辯難攻擊之文，雖屬聲色，雖露鋒鋩。然氣力雄健，光焰長遠，讀之令人意強而神爽，初學熟此，必雄于文。千萬人場屋中，有司亦當刮目。」此集收韓愈〈爭臣論〉、〈諱辯〉、柳宗元〈桐葉封弟辯〉、〈與韓愈論史書〉、〈晉文公問守原議〉、歐陽修〈朋黨論〉、〈縱囚論〉、〈春秋論〉共三人八篇文章。可見《文章軌範》各集之評文，是先將文章加以整輯後，再說明編排原理並評論諸文之特點。這種對數篇文章一起總評的方式恰爲本書特色。

　　《文章軌範》全書六十九篇文章中，題後有評者計三十三篇，文末有評者共十八篇，其中於同一文章前後俱有評注或論述者，只有九篇。題下評語是在部分文章題目之後，另作短文闡釋此文風格與主意，尤提醒讀者閱讀之前之基本立場和認識。如侯字集韓愈〈送溫處士赴河陽軍序〉題目之後云：「文有氣力，有光焰，頓挫豪宕，讀之快人意，可以發人才思」。〔註8〕又如將字集蘇軾〈晁錯論〉題後云：「此論先立冒頭，然後入事，又是一格。老于世故，明于人情，有憂深思遠之智，有排難解紛之勇，不特文章之工也」〔註9〕。

　　評於文章之後者。如將字集蘇軾〈范增論〉文後，謝枋得評曰：

此東坡海外文字，一句一字增減不得。句句有法，字字盡心，後生只熟讀暗記此一篇，義理融明，音律諧和，下筆作論必驚世絕俗。此論最好處在「方羽殺卿子冠軍時，增與羽比肩事義帝」一段，當與〈晁錯論〉並觀。

又曰：

凡作史評斷古人是非得失，存亡成敗，如明官判斷大公案，須要說得人心服。若只能責人，亦非高手。須要思量，我若生此人之時，

────────────

〔註8〕謝枋得，《文章軌範》卷一，頁17。同樣文字亦出現於〈送楊少尹序〉題後。見卷一，頁20。

〔註9〕謝枋得，《文章軌範》卷三，頁13。

居此人之位，遇此人之事，當如何應變？當如何全身？必有至當不
易之說。如奕棋然，敗棋有勝著，勝棋有敗著。得失在一著之間，
棋師旁觀，必能覆棋歷說，勝者亦可敗，敗者亦可勝，乃爲良工。
東坡作史評，皆得此說。人不能知；能知此者，必長於作論。〔註10〕

文分二段，前段贊論此文之佳，並指出最好一段。後段則引申泛論作史評要
訣。此文於書中屬較長的評論。題後評論多用以引導、鼓舞學者，或略述題
旨；文末評論則內容引申或泛論文法。蘇洵〈高祖論〉題後論曰：

此論因高祖命平勃即軍中斬樊噲事有所見，遂作一段文字。知有呂
氏之禍而用周勃，不去呂后，二事皆是窮思極慮，刻苦作文，非淺
學所到，必熟讀暗記，方知其好。〔註11〕

文末評則曰：

此篇以高帝命平勃即軍中斬樊噲一事立一篇議論，斬樊噲如一篇題
目，命周勃爲太尉一事，如論之原題。高帝不去呂后者，正爲惠帝
計，斬樊噲可以去呂氏之黨，制呂氏之變，論之主意。〔註12〕

題後之評論略述創作動機，並鼓舞學者「必熟讀暗記」。文末之評論則分析題
目表面意義和論之主意之相異處。另外，歐陽修〈上范司諫書〉題後只簡單
曰：「當與韓文公〈諍臣論〉並觀」。文末則總評歐陽修文章曰：

歐陽公文章爲一代宗師，然藏鋒斂鍔，韜光沈馨，不如韓文公之奇
奇怪怪，可喜可愕。學韓不成亦不庸腐；學歐不成必無精彩。獨〈上
范司諫書〉、〈朋黨論〉、〈春秋論〉、〈縱囚論〉氣力健、光焰長，少
年熟讀可以發才氣，可以生議論。〔註13〕

然而題下與文末之評語，也未必不相混淆。如卷三蘇軾〈留侯論〉題目之下
評曰：

主意謂子房本大勇之人，唯年少氣剛，不能涵養忍耐，以就大功名。
如用力士提鐵鎚擊秦始皇之類，皆不能忍。老父之圯下始命之取履
納履，與之期五更相會，數怒罵之，正以折其不能忍之氣，教之以
能忍也。〔註14〕

〔註10〕謝枋得，《文章軌範》卷三，頁 12。
〔註11〕謝枋得，《文章軌範》卷三，頁 3。
〔註12〕謝枋得，《文章軌範》卷三，頁 6。
〔註13〕謝枋得，《文章軌範》卷四，頁 23。
〔註14〕謝枋得，《文章軌範》卷三，頁 15。

是評本文之主意。然於次篇蘇軾〈秦始皇扶蘇論〉，則在文後評曰：

> 此論主意有兩說，斯、高矯詔，立胡亥殺扶蘇、蒙恬、蒙毅。其禍
> 不在于蒙毅之去左右，而在于始皇之用趙高。後世人主用宦官者，
> 當以爲戒。一說李斯、趙高敢于矯詔殺扶蘇、蒙恬而不憂二人之復
> 請者，其禍不在于斯、高之亂，而在于商鞅之變法、始皇之好殺。
> 後人主之果于殺者，當以爲戒。前一段說始皇罪在用趙高，附入漢
> 宣任恭顯事，後一段說始皇之果于殺，其禍反及其子孫，附入漢武
> 殺戾太子事。此文法尤妙。〔註15〕

亦是評述主意，卻在文章之後，可見體例不一。

　　同時期的眞德秀《文章正宗》則無如此詳細文字評語。《四庫全書總目》
評《文章正宗》曰：

> 是集分辭令、議論、敘事、詩歌四類。錄《左傳》、《國語》以下至
> 於唐末之作。案總集之選錄《左傳》、《國語》自是編始，遂爲後來
> 坊刻古文之例。其持論甚嚴，大意主於論理而不論文。〔註16〕

此書論理而不論文，然圈點抹截，丹鉛具存，所謂言之藻麗者、字之新奇者，
所謂字眼綱領者，所謂主意要語者，皆用記號標示清楚，不必以文字添蛇足，
因此所用之評論文字甚少，文中夾注者，多訓詁或解釋句意而已。若謂不以
文字論文則可，謂不論文，則不知圈點抹截何用也。

三、《文章指南》

　　明歸有光《文章指南》的文章式批語，除於文內及文章前後之外，亦有
眉批。眉批記於書眉，多指明一段文章之大意。如蘇軾〈潮州韓文公廟碑〉
第一段批曰：「此段泛言古今聖賢之沒，必能爲神」。第二段批曰：「此段言古
今聖賢沒後爲神，有其所以爲神之理」。第三此段批曰：「此段言文公關係於
世甚大，而平日所行皆從浩然之氣發出，自然獨存其靈而不滅」。第四段批曰：
「此段言公有此精誠，純乎以天用事，而不雜以一毫人事之僞，所以能獨存
於天地之間。上段言其然，此則言其所以然也」。亦有論作文法者，如同文有
眉批云：「上止說當爲神，未曾提出潮州，此處忽作一問一答，乃補題法」。
或批明句法字法，如宋濂〈七儒解〉之眉批分別爲：「之字，句法」、「其字，

〔註15〕謝枋得《文章軌範》卷三，頁 21。
〔註16〕集部，總集類二，頁 1699。

句法」、「也字，句法」、「然字，句法」、「以字、無字，句法」、「而字、焉字，句法」，一文之中，只批八字爲句法。亦有註解字義者，如於韓愈〈進學解〉「毀於隨」上之書眉批曰：「隨，落也，任其自然不著意也」。又於「焚膏繼晷」上書眉批曰：「晷，日影」〔註 17〕。此外，《文章指南》歸納全書一百一十八篇文章爲六十六種體則，即六十六種述敘格式。除分別標示各文章體則之外，並對此六十六種體則分別評說，置於卷首。卷首集說，當係整理書中的各則說明而成，因此往往爲行文之便，略加更動。如體則第一條爲通用則。通用則共分爲義理、養氣、才識三條，並附關世教、占地步二條，計五則。第一則爲義理通用則曰：

> 文章以理爲主，理得而詞順，文章自然出群拔萃，如程伊川〈周易傳序〉、王陽明〈博約說〉，此皆義禮之文，卓見乎聖道之微者〔註 18〕。

此則亦見於第一篇選文程頤〈易傳序〉之後曰：

> 震川云：文章以理爲主，理得而詞順，文章自然出群拔萃，如此序、陽明〈博約說〉，此皆義理之文，卓見乎聖道之微者〔註 19〕。

兩文除後者頭加「震川云」三字之外，前文「理得而詞順」，後文爲「理得而辭順」；前文「義禮之文」，後文則爲「義理之文」；前文言「王陽明」，後文僅言「陽明」。至於前文云：「如程伊〈周易傳序〉」，後文僅言「如此序」，當爲行文之便。

所謂體則，包括敘述理論、修辭學、結構章法等等文章格式或寫作技巧。此六十六體則包括通用則（分爲義理、養氣、才識、關世教、占地步等五種）、立論正大則、用意奇巧則、遣文平淡則等等。一篇文章當然未必只用一種體則，然而書中最多只在文章題目之下標示一種體則，並在文末加以闡釋。但亦有未標體則，文末亦無評論者。如蘇軾〈稼說送張琥〉，除圈點之外，題下未標示體則，文末亦無隻字片語之評〔註 20〕。然此文張伯行曰：「以稼喻學，字字名言」〔註 21〕，則此文當屬譬喻則。又以文章排列而論，前文爲柳宗元〈梓人傳〉屬譬喻則，後篇爲韓愈〈送溫處士赴河陽軍序〉亦譬喻則，此文

〔註 17〕歸有光，《文章指南》，頁 118。
〔註 18〕歸有光，〈論文章體則〉，《文章指南》，頁 1。
〔註 19〕歸有光《文章指南》，頁 2。
〔註 20〕歸有光《文章指南》，頁 108。
〔註 21〕張伯行，《唐宋八大家文鈔》（台北：臺灣商務印書館，《叢書集成簡編》，民國 55 年）卷八，頁 179。

夾在當中應屬譬喻則，亦可見選文編輯排序時，有意將同體則者編爲同帙。
又如韓愈〈與浮屠文暢師序〉亦然，題下文末均未標體則，而觀文內容及前
後文體則，當屬抑揚則無疑。

四、《古文辭類纂》以後之選評本

　　方苞倡古文義法之說，以《古文約選》見義法之精。其序曰：「惟兩漢書
疏及唐宋八家之文，篇各一事，可擇其尤，而所取必至約，然後義法之精可
見。」此書不分門類，以時之先後爲次，然而其影響則不如姚鼐《古文辭類
纂》。《古文辭類纂》最大特點是於文章題目之下，施以圓圈，或三圈或二或
一，表示文章高下。此外，亦於文側加以圈點。吳德旋曰：

　　《古文辭類纂》其啓發後人，全在圈點。有連圈多，而題下只一圈
　　兩圈者；有全無連圈，而題下乃三圈者，正須從此領其妙處。末學
　　不解此旨，好貪連圈，而不知文品之高，乃在通篇之古淡，而不必
　　有可圈之句，知此，則文思過半矣。〔註22〕

說明此書題下之圈與文側評點連圈之區別。題下之圈所評的是文品高低，而
文品以古淡爲高。文側之連圈多者，其文未必古淡，故文品亦未必高。至於
批評，偶舉眞德秀、茅坤、方苞等人之語，或以己意評之，然而書中批評之
語並不多見。但是後繼者如王先謙《續古文辭類纂》或徐樹錚《諸家評點古
文辭類纂》，即集錄眾家評語。諸評並陳，即成爲細部批評最重要的形式之一。
如于光華《古文分類集評》、高步瀛《唐宋文舉要》、徐樹錚《諸家評點古文
辭類纂》及近人葉百豐《韓昌黎文彙評》等等，其特色已不再是編者個人評
語，而是運用諸家評語間相互比較，呈現出多角度解讀方向，讓不同解讀相
互對話，成爲細部批評最成熟之形式。

五、文　話

　　以上各種批評文字，或匯於卷首，或解於篇目，或置於題下，或標於文
側，或夾爲小字，或提爲眉批，或論於文末，不論內容爲何，全都附屬於選
文。此外亦有單行的批評文章。單行的批評文章來源有三：一是原批記於所
讀書上，後謄錄爲單行者。如何焯《義門讀書記》，編輯者蔣維鈞作〈凡例〉

〔註22〕吳德旋，《初月樓古文緒論》，頁 20。

云：「義門讀書，丹黃並下，隨有所得，即記於書之上下方以及旁行側裏。卷帙既多，本文不能全載，故全刻用經疏之例，僅標章句，茲亦依其舊也」〔註23〕。即是由原讀書上下方及旁行側裏之批註，謄錄而成。二是讀書筆記或指導後進，口講指畫，非批註於書上，而是另紙記錄，集而成篇。如陳騤之著《文則》，其序曰：「徒諷誦而弗考，猶終日飲食而不知味。余竊有考焉，隨而錄之，遂盈簡牘。古人之文，其則著矣，因號曰《文則》」，此是一例。又如李耆卿《文章精義》卷末于欽曰：「予十八九時，從性學先生〔註24〕學，每讀書講究理之暇，則論古今文章。予資質魯鈍，恐其遺忘，故隨筆之於簡帙。凡二百□八條〔註25〕，於是表其書之首曰《性學李先生古今文章精義》」。〔註26〕再如《初月樓古文緒論》即是吳德旋講論，呂璜條記成書〔註27〕，文計六十條，文末云：「右若干條，皆先生就璜所問而答者。璜退，以片紙書之，先生別去，乃稍比次而書於冊」。〔註28〕第三種是有意創作之單行論文，如林紓《春覺齋論文》，於〈述旨〉、〈流別論〉之後，有〈應知八則〉、〈論文十六忌〉、〈用筆八則〉、〈用字四法〉，其內容已包含文學批評及文學理論的建構。

第二節　各類評點文字記號舉例比較

各家評點使用不同的文字，批評之內容及結果亦大不相同。以下舉韓愈〈獲麟解〉為例，比較諸家評點文字之異同，以見文字記號之運用。原文甚短，全文如下：

> 麟之為靈昭昭也，詠於《詩》，書於《春秋》，雜出於傳記、百家之書。雖婦人小子，皆知其為祥也。

> 然麟之為物，不畜於家，不恆有於天下。其為形也不類，非若

〔註23〕何焯，《義門讀書記》，〈凡例〉（北京：中華書局，1987年）。
〔註24〕本文末曰：「先生姓李名塗，字耆卿。性學，當代名公鉅卿扁其齋之號」。（台北：莊嚴出版社，民國68年），頁82。
〔註25〕原書註云：「『百』下原殘缺一字，今此書僅一百一條，此云『二百□八條』，不知何故」。
〔註26〕〈校點後記〉云：「今據北京圖書館藏元至順三年（一三三二）于欽刊本為底本，校以文津閣《四庫全書本》（簡稱文津本），整理重印」，頁84。
〔註27〕《初月樓古文緒論》，頁19。
〔註28〕《初月樓古文緒論》，頁33。

馬、牛、犬、豕、豺狼、麋鹿然。然則，雖有麟，不可知其爲麟也。角者，吾知其爲牛；鬣者，吾知其爲馬；犬、豕、豺狼、麋鹿，吾知其爲犬、豕、豺狼、麋鹿；惟麟也不可知。不可知，則其謂之不祥也亦宜。

　　雖然，麟之出，必有聖人在乎位，麟爲聖人出也。聖人者，必知麟，麟之果不爲不祥也。

　　又曰：麟之所以爲麟者，以德不以形。若麟之出不待聖人，則謂之不祥也亦宜。〔註29〕

若集呂祖謙《古文關鍵》、謝枋得《文章軌範》、歸有光《文章指南》、金聖嘆《才子古文》，林雲銘《古文析義》之評論，可比較如下：

獲麟解

　　《古文關鍵》：字少意多，文字立節，所以甚佳，其抑揚開合只主
　　　　　　　　　祥字，反復作五段説。

　　《文章軌範》：麟，仁獸，狎身牛尾一角，角上有肉。不食生物，
　　　　　　　　　不踐生草。王者有道則麟出。毛蟲三百六十，麟爲
　　　　　　　　　之長，爲四靈之一。

　　《文章指南》：竿頭進步。

　　《才子古文》：一篇，只是一正、一反；再一正，再一反。每段又
　　　　　　　　　自作曲折。

麟之爲靈

　　《古文關鍵》：起得好。

　　《文章指南》：靈伏德字。

昭昭也，

　　《古文關鍵》：先立此一句。

　　《文章軌範》：言麟之爲靈物，甚分明。

詠於《詩》

　　《古文關鍵》：承得上好。

　　《文章軌範》：毛詩周南有〈麟之趾〉。○一句三字。

書於《春秋》，

〔註29〕段落及標點符號據葉百豐，《韓昌黎文彙評》，（台北：正中書局）

《文章軌範》：《春秋》魯哀公十四年西狩獲麟。〇二句四字。

雜出於傳記、百家之書。

    《文章軌範》：歷代史傳所記及諸子百家書皆說麟。〇三句九字。
           此是章法。

    《古文析義》：三句證其昭昭可據。

雖婦人小子，

    《古文關鍵》：此見昭昭處。

皆知其爲祥也。

    《文章軌範》：雖婦人小子，不出戶庭，無高見遠識，亦知麟出爲
           王者之祥瑞。

    《才子古文》：祥。

    《古文析義》：言其爲祥，固是公論。

然

    《古文關鍵》：難。

麟之爲物，

    《文章指南》：第二轉。

不畜於家，

    《文章軌範》：然麟之爲物，不可畜養于人家。

不恆有於天下。

    《文章軌範》：麟爲四靈之一，王者之嘉瑞。王者有道，則麟出。
           不常見于天下。

其爲形也不類，

    《文章軌範》：麟之形與尋常山澤之獸不相類。

非若馬、牛、犬、豕、豺狼、麋鹿然。

    《文章軌範》：非如六畜之有馬牛犬豕，野獸之有豺狼麋鹿，常見
           其形，不難辨認。

然則，雖有麟，不可知其爲麟也。

    《文章軌範》：雖有麟出山澤間，不可知其爲麟也。

    《古文析義》：麟雖見於紀載，究竟人未目覩其形，即有麟立乎其

前，亦不知是何物也。

角者，

《文章指南》：第三轉。

吾知其爲牛；

《古文關鍵》：造語健，蘇文〈樂論〉學此。

《文章軌範》：牛有角可辨認，角類于牛者，吾知其爲牛。

鬣者，

《古文關鍵》：下句。

吾知其爲馬；

《文章軌範》：馬有駿鬣，類于馬者，吾知其爲馬。

犬、豕、豺狼、麋鹿，

《古文關鍵》：作文大抵兩句短須一句長者承。

吾知其爲犬、豕、豺狼、麋鹿；

《文章軌範》：犬豕豺狼麋鹿六者，形狀皆可辨認，出于世間，吾
皆知爲犬豕豺狼麋鹿。

《古文析義》：此皆畜於家，恒有於天下，其爲形人所熟覩，故可
知。

惟麟也

《古文關鍵》：序前意盡。

不可知。

《文章軌範》：惟麟不常出于天下，吾亦不知其爲麟。○《史記‧
老子傳》：「孔子曰：鳥，吾知其能飛；魚，吾知其
能游；獸，吾知其能走；至于龍，則不可知。」韓
文公正是學《史記‧老子傳》句法，韓文公以蹈襲
前言，剽竊陳編爲恥，變化句法，便成新奇。

不可知，

《文章指南》：第四轉。

則其謂之不祥也

《古文關鍵》：不祥。

亦宜。

　　《文章軌範》：有麟而人不可知其為麟，則其人謂之不祥也亦宜。

　　《才子古文》：不祥。此是第一正反。○此不祥，是天下不知麟
　　　　　　　　　也，非麟之咎也。

　　《古文析義》：既為不可知之物，於其見也，即謂之不祥，亦無不
　　　　　　　　　可。

雖然，

　　《文章指南》：第五轉。

麟之出，

　　《古文關鍵》：說祥。

必有聖人在乎位，麟為聖人出也。

　　《文章軌範》：雖然，五帝三王太平之時，麒麟在郊藪。麟之出必
　　　　　　　　　有五帝三王之聖人在乎位，麟乃為聖人而出非無故
　　　　　　　　　而出也。

　　《古文析義》：帝王之世，麟在郊藪是也。

聖人者，必知麟，麟之果不為不祥也。

　　《文章軌範》：《春秋》：哀公十四年春，西狩獲麟。《左傳》：西狩
　　　　　　　　　于大野，叔孫氏之車子鉏商獲麟以為不祥，以賜虞
　　　　　　　　　人。仲尼曰：麟也，然後取之。○聖人如孔子者，
　　　　　　　　　必能知麟，有聖人知之，可見麟之果不為不祥也。

　　《才子古文》：祥。

　　《古文析義》：常人雖不知麟，而聖人知麟，則麟非不可知之物，
　　　　　　　　　何以為不祥。

又曰：

　　《古文關鍵》：意高。

麟之所以為麟者，

　　《古文關鍵》：百尺竿頭進一步。

　　《文章指南》：第六轉。

以德不以形。

　　《文章軌範》：此一段又高，麟乃仁獸，為四靈之一。麟之所以為

　　　　　麟者，以其有德，不必論其形之不類。

《文章指南》：主。〔註30〕

《古文析義》：以出處之德同乎聖人，不在形之可知不可知也。

若麟之出

《文章指南》：第七轉。

不待聖人，則謂之不祥也亦宜。

《文章軌範》：若麟之出不待聖人在位之時，上無五帝三王，下無
　　　　　　　孔子，必無人知之，則其謂之不祥之物也，亦宜矣。

《才子古文》：不祥。此是第二正反。此不祥，眞麟之罪也，非天
　　　　　　　下之咎也。嗚呼！先生于出處之際，爲戒深矣。

《古文析義》：既與聖人同德，自當待聖人在位，如古帝王之世方
　　　　　　　出，乃謂之祥。今夫子雖有德而無位，西狩之獲，
　　　　　　　叔孫氏以爲不祥也，不亦宜乎。

《文章軌範》：此篇僅一百八十餘字，有許多轉換往復，變化議論
　　　　　　　不窮。第一段說麟爲靈物，雖婦人小子皆知其爲
　　　　　　　祥。第二轉說雖有麟，不知其爲麟。第三轉說馬牛
　　　　　　　豕豺狼麋鹿，吾皆知之，惟麟不可知。第四轉說麟
　　　　　　　既不可知，則其謂之不祥也亦宜。第五轉說麟爲聖
　　　　　　　人而出，聖人者必知麟，既有聖人知之，則麟果不
　　　　　　　爲不祥也。第六麟說麟之所以爲麟者，以其爲仁
　　　　　　　獸，爲靈物，不必論其形。第七轉說若麟之出，不
　　　　　　　待聖人在位之時，則人謂之不祥也亦宜。人能熟讀
　　　　　　　此等文字，筆便圓活，便能生議論。

《文章指南》：震川云：文章於結末處，最嫌軟弱，又須要百尺竿
　　　　　　　頭更進一步，如畫工書畫，愈出愈奇，方爲妙手，
　　　　　　　如此篇可以爲式。

《古文析義》：林西仲曰：按魯哀公十四年，西狩獲麟，傳稱叔孫
　　　　　　　以爲不祥棄諸野。孔子往觀之，曰：麟也。然後取
　　　　　　　之。韓公此解，即借不祥二字，翻駁成文，其意謂

〔註30〕特指「德」一字。

> 叔孫所以爲不祥者，由於不知是麟。但不至受不祥
> 之名矣。彼春秋之世乾坤爲何等時，顧乃見於魯
> 郊，其出處如此，不特形不可知，而德亦有不可知
> 者，即明知是麟，謂之不祥亦未爲過也。豈叔孫無
> 識而云然乎。是一篇翻案文字，凡四轉，由折開闔，
> 變換不窮。

由以上集評可見，文字記號確有圈點記號不可取代處。

首先，文字評點之彙集諸家評點，並排羅列，這是圈點記號所難以表現的。一篇文章一次未必只能排印表現一家圈點記號，然而一旦記號紛雜，難免相互干擾，影響閱讀。因此雖亦有於同一頁面以不同顏色排印多人之圈點，多至五色而各家記號依舊可辨（如某人之圈點一律印成藍色，另一人之圈點印成紅色或黃色等等），然而若顏色過於近似，則不易辨認，因此顏色種類不可能太多，五色以上即屬不易，不能如文字法之能羅列十數家評語而不相混。這是文字批評法優於記號法之一端。

其次，文字法的另一項優點，是可以詳細解說，如章法、句法、體則文格、典故出處、大意要旨，或筆法較複雜曲折、含意幽微，如敘述策略、筆法高妙處等等。以上引韓愈〈獲麟解〉爲例，呂祖謙《古文關鍵》於「犬豕豺狼麋鹿，吾知其爲犬豕豺狼麋鹿」旁評曰：「作文大抵兩句短，須一句長者承。」說明短長相承之句法，及「麟之所以爲麟」旁評曰：「百尺竿頭進一步。」標示章法。這都是評點記號不能完全取代的。

但是文字評點法亦明顯有缺點，其一是評點文字若穿插於正文之間，切割文氣，造成閱讀之不連貫，是很大的缺點。故只能列於行間或移至書眉，列於行間則空間過小，只容得下聊聊數語，失去文字法可詳細說明之優勢。如《古文關鍵》於「麟之所以爲麟」旁批曰：「百尺竿頭進一步」，《文章指南》則於文本另文評曰：「文章於結末處，最嫌軟弱，又須要百尺竿頭更進一步，如畫工書畫，愈出愈奇，方爲妙手」。二者相較，前者過簡略不若後者清楚，而後者則又不如前者明確注明所謂「更進一步」是指「麟之所以爲麟」以下之文而言。至於若將批評之文移至書眉，則距所評之文較遠，須另行註明評論對象，無異另文書寫。再者當文字用作標語使用時，難以精確表明所欲標示正文之起訖點。如上引文之例中，《古文關鍵》於「角者」二字旁批曰：「造語健。」三字，批文字小，三字之長度約同於正文二字，此處「造語健」三

字批語，即無法明確表示究竟指那些字而言。最佳使用方式是記號與文字並用，先建立簡易明瞭之記號系統及使用規則，凡是記號能標示者，以記號爲優先；記號不能表示之意見，則用文字表達。二者搭配，互補其短。

此外，各家意見不同、看法各異的評語，可以撐開成爲網狀詮釋結構。換言之，不同評語之排列並陳，不僅不是缺點，更可解除「單一本意」、「單一作法」、「單一讀法」的局限，開展詮釋路數的更多可能性。再以上引韓愈〈獲麟解〉爲例，第一段「麟之爲靈昭昭也，詠於《詩》，書於《春秋》，雜出於傳記、百家之書。雖婦人小子，皆知其爲祥也。」《古文關鍵》注意開頭二句之起承關係，故曰：「起得好」，又曰：「承得上好。」而《文章軌範》除略作注釋之外，亦重視長短文句排列而成之章法，故有「一句三字」、「二句四字」、「三句九字。此是章法」之說。《文章指南》注意開頭「靈」字與文章主意「德」字之關係。故曰：「靈伏德字。」又在最後一段中「以德不以形」句的「德」字旁批曰：「主。」表示以德字爲文章之主，而文章開頭之靈字乃伏德字。而《才子古文》僅於「皆知其爲祥也。」之下批一「祥」字，至第二段末才又曰：「不祥。此是第一正反。」著眼於祥與不祥之正反成文。各家標舉之文法各有偏重，由《古文關鍵》重視的起承關係、《文章軌範》著眼於章法、《文章指南》標明伏應、《才子古文》彰顯文章的正反對比，形成對同一段文字不同層面的多元解讀。

第六章　論風格神味

　　風格神味，討論文章表現出之整體的特色與韻味。如《古文關鍵》中評韓愈文「簡古」，歐文「平淡」，蘇文「波瀾」〔註1〕，均是就文章整體特色與韻味而言。

　　茅坤分別以格與神兩方面論之。格即指文章風格。茅坤曰：「格者，譬則風骨也。」又曰：「個中風味，須於六經及先兩漢書疏，與韓蘇諸大家之文，涵濡磅礴於胸中，將吾所爲文，打得一片湊泊處，則格自高古典雅。即不能高古，至於典雅二字，決不可少。」〔註2〕茅坤認爲文之格以高古典雅爲最佳，退而求其次，縱使不能高古，亦不可無典雅。至於神，則指文章深邃之韻味，故曰：「神者，文章中淵然之光，窅然之思，一唱三歎，餘音嬝娜，即之不可得，而味之又無窮者也。」〔註3〕茅坤認爲作文當凝神而使之味無窮，林紓則稱之爲神味，曰：

　　神者，精神貫徹處永無漫滅之謂；味者，事理精確處耐人咀嚼之謂。
　　晉張茂先曰：「讀之者盡而有餘，久而更新。」宋呂本中曰：「東坡云：『意盡而言止者，天下之至言也。』然言止而意不盡，尤爲極至。」
　　張、呂二公所言，知味之言也。〔註4〕

風格神味並非針對文章中特定字句，而是指一篇文章的整體表現。除高古典雅之外，光燄、才識、理氣、正大、奇巧、平淡、蒼勁、典贍、委婉、飄逸等等都是風格之不同標準。而且不論何種風格，均以神凝味永爲最佳。

〔註1〕見呂祖謙，〈看韓文法〉、〈看歐文法〉、〈看蘇文法〉，《古文關鍵》，頁18。
〔註2〕茅坤，〈文訣五條訓緝兒輩〉，《茅鹿門先生文集》卷三十二，頁151。
〔註3〕茅坤，〈文訣五條訓緝兒輩〉，《茅鹿門先生文集》卷三十二，頁151。
〔註4〕林紓，《春覺齋論文》（北京：人民文學出版社，1998年），頁87。

第一節　氣力光燄

　　呂祖謙評歐陽修〈縱囚論〉曰：「文最緊，曲折辨論，驚人險語，精神聚處，詞盡意未盡。」〔註5〕「文最緊，曲折辨論，驚人險語」是論文章風格，「精神聚處，詞盡意未盡」則如林紓所謂神味。

　　文章風格緊湊曲折而驚險意長，謝枋得稱爲「有氣力、有光燄」。謝枋得論文章風格神味，喜言氣力光燄，如評歐陽修〈縱囚論〉曰：「文有氣力，有光燄，熟讀之可發人才氣，善於立論。」〔註6〕又如評韓愈〈送溫處士赴河陽軍序〉曰：「文有氣力，有光燄，頓挫豪宕，讀之快人意，可以發人才思。」〔註7〕同樣的評語亦用於評韓愈〈送楊少尹序〉〔註8〕。光燄即文字之光彩，故評蘇軾〈潮州韓文公廟碑〉曰：「後生熟讀此等文章，下筆有氣力，有光彩。」〔註9〕此外，又與法度、精神並舉，如評蘇洵〈春秋論〉曰：「此文有法度，有氣力，有精神，有光燄，謹嚴而華藻者也。讀孟子熟方有此文章。」〔註10〕。

　　後人亦有氣力之說，如金聖歎評歐陽修〈縱囚論〉曰：「此論，有刀斧氣，橫斫豎斫，略無少恕。讀之，增人氣力。」〔註11〕刀斧氣爲文章氣力之一種。孫琮更詳細評析曰：

> 古人作文，有用寬衍之筆，有用嚴緊之筆。如此文，純是嚴緊。一起劈立二句，斷定一篇主意；隨即分寫兩段，緊緊扣住；然後入縱囚一事，又緊緊點合；止將不近人情一句斷煞，字僅及百，大意已盡，何等斬截，何等堅勁；下又再起一波，斷其不是施恩德與知信義；末復設爲戲論，繳收不近人情，又反覆寫得嚴緊，尤妙在一起二句，陡然而下，一結二句，陡然而往。如此筆力，如刀斧斫截，快利無雙。〔註12〕

〔註5〕　呂祖謙，《古文關鍵》，頁112。
〔註6〕　謝枋得，《文章軌範》卷二，頁16。
〔註7〕　謝枋得，《文章軌範》卷一，頁17。
〔註8〕　謝枋得，《文章軌範》卷一，頁18。
〔註9〕　謝枋得，《文章軌範》卷四，頁14。
〔註10〕　謝枋得，《文章軌範》卷三，頁8。
〔註11〕　金聖歎，《才子古文》（湖北：湖北人民出版社，1986年）卷十三，頁466。
〔註12〕　孫琮，《山曉閣唐宋八大家選·歐陽廬陵》卷二。見《廬陵文鈔》，高海夫主編《唐宋八大家文鈔校注集評》（西安：三秦出版社，1998年），頁1999。

可見所謂「刀斧斫截，快利無雙」的筆力，即指文章之嚴緊、斬截、堅勁而言。

第二節　才識與理氣

才識與理氣，就創作者而言，是作者的才識與理氣。但是細部批評所討論的，是作品中表現出作者的才識與理氣。前者論作者自身的涵養，後者論文學作品中所表現的作者涵養。但要討論文學作品中的表現的作者的涵養，通常免不了要連帶討論作者的涵養。〔註 13〕因此關於才識與理氣的批評，多半對作者涵養與作品表現交互討論。

謝枋得《文章軌範》卷六種字集開頭曰：「此集才、學、識三高。」〔註14〕是論作品之表現。評李格非〈書洛陽名園記後〉曰：「名園特遊觀之末，今張大其事，恢廣其意，謂園囿之興廢，乃洛陽之盛衰之候；洛陽之盛衰，乃天下治亂之候。是至小之物，關係至大，有學、有識方能為此文。」〔註 15〕是重視作者之學與識。另評蘇軾〈前赤壁賦〉曰：「此賦學《莊》、《騷》，文法無一句與《莊》、《騷》相似，非超然之才，絕倫之識不能為。」〔註 16〕可見謝枋得所重者，在才、學、識三者。

歸有光《文章指南》則以「理、氣、才識」三者為文章通用之體則〔註17〕，三者只要得一，文章自然高明。

《文章指南》以理則說明程頤〈易傳序〉及王守仁〈博約說〉二文之高明處。評〈易傳序〉曰：「文章以理為主，理得而辭順，文章自然出羣拔萃。如此序、陽明〈博約說〉皆義理之文，卓見乎聖道之微者。〔註 18〕」於〈博約說〉文後則曰：「與易傳序同看」。以義理為主之文章，縱使不講

〔註13〕作者表現在作品中，與作品中表現出的作者，二者並不相同。也就是作品中呈現出的作者，未必不等同於作者其人。要由作品中的才識理氣了解作者的涵養，也往往隱藏陷阱，但是細部批評者似乎未正視此問題。朱熹批評韓愈「無實用功處」、「言語似六經，便以為傳道」即是試圖拆解作品與作者間的對應關係。

〔註14〕謝枋得，《文章軌範》卷六，頁 1。

〔註15〕謝枋得，《文章軌範》卷六，頁 10。

〔註16〕謝枋得，《文章軌範》卷七，頁 11。

〔註17〕歸有光，《文章指南》，頁 1。

〔註18〕歸有光，《文章指南》，頁 2。

究文辭之雕琢，只要理得而辭順，文章自然能出羣而拔萃。然而其不易處也正是在「理得」與「辭順」二者。「理得」之難，本爲作文之最大難處。《論語‧衛靈公》子曰：「辭，達而已矣。」朱熹註曰：「辭取達意而止，不以富麗爲工」。王夫之則以爲「辭達意」只道中第一層義，另一層爲「意達於理」。故曰：

> 「達」有兩義：言達其意而意達於理也。然此兩者又相爲因，意不
> 達於理，則言必不足以達其意。云「而已矣」，則世固有於達外爲辭
> 者矣。於達外爲辭者，求之言而不恤其意，立之意而不恤其理也。
> 〔註19〕

言達其意而意達於理，並非易事。常人易犯之錯誤有二，王夫之曰：「其病，大端有二：一則於言求工，或無意而乖於理；一則於意求明，則理不著而言亦鄙」。言爲求工，可能乖於理，相反的爲求意之明，亦可能未達於理而言語亦陷於粗鄙。這是求工與求明雙方可能犯的錯誤。因此，言之深淺文質，本應以達於理爲準繩，否則都只是不求之達而徒爲辭，並無高低之分。故王夫之曰：

> 理在淺，而深言之以爲奇；理在深，而故淺言之以爲平；理本質，
> 而文言之以麗；理本文，而故質言之以爲高。其不求之達而徒爲辭，
> 一也。〔註20〕

王夫之也不滿意朱熹「不以富麗爲工」的說法，認爲「只偏墮一邊」，因爲「豈不富而貧、不麗而陋者之遂足以達哉」！〔註21〕朱熹所言「不以富麗爲工」只道及達之必要條件，而非充要條件，故王夫之輕易即找到反面例證。二人之差別，在於朱熹只談辭與意之關係，而王夫之討論的是辭、意、理三者的關係。相對而言，王夫之所言較爲周延。亦足見達於理之不易也。

　　至於文氣，諸葛亮之〈前出師表〉及胡銓〈上高宗封事〉，歸有光併選評爲通用中之「氣則」。歸有光並於〈前出師表〉文後評云：

> 爲文必在養氣。氣之充於中而文溢於外。蓋有不自知其然者。此表
> 與胡澹菴〈上高宗封事〉，皆沛然肺腑中流出，不期文而自文，謂非

〔註19〕王夫之，《讀四書大全說》（北京：中華書局，1975年），頁447。
〔註20〕王夫之，《讀四書大全說》，頁447。
〔註21〕王夫之曰：「《集註》云：『不以富麗爲工』，則只偏墮一邊。」見《讀四書大全說》，頁447。

正氣之所發乎。〈後表〉亦可參看。〔註22〕

氣充中而文溢於外，只要養足氣，似乎自然而然「沛然肺腑中流出，不期文而自文」，連作者自己都不自知其然。又於胡銓〈上高宗封事〉文後云：

　　胡銓字邦衡，廬陵人。以進士仕樞密院編脩官。上封事，力排和議，
　　坐謫海外三十年。後入爲工部侍郎，入經筵，自號澹菴老人。劉豫
　　事虜封王，後金人入汴，執豫廢之。時金人陰遣檜歸，意在謀宋。
　　聞胡銓上疏，以千金求其書。三日得之，君臣失色曰：「南朝有人」！
　　乾道初，虜使來，猶問胡銓今安在。〔註23〕

歸有光於〈上高宗封事〉文後，只敘述胡銓其人其事，並未評論其文。對〈前出師表〉和〈上高宗封事〉兩文之評論，均在前文之後。其意另一種爲文通用法則爲「氣充於中而文溢於外」，所謂「沛然肺腑中流出，不期文而自文」。

　　劉大櫆也重視行文之氣，他說：「古文行至不可阻處，便是他氣盛。」〔註24〕又曰：「氣最重要。」〔註25〕然而論行文之道，則以神爲主，氣輔之，而以「義理、書卷、經濟」三者爲行文之實。曰：「氣隨神轉，神渾則氣灝，神遠則氣逸，神偉則氣高，神變則氣奇，神深則氣靜，故神爲氣之主。至專以理爲主者，則猶未盡其妙也。」〔註26〕又曰：「譬如大匠操斤，無土木材料，縱有成風盡堊之手段，何處設施？然即士木材料，而不善設施者甚多，終不可爲大匠。故文人者，大匠也；義理、書卷、經濟者，匠人之材料也。」〔註27〕劉大櫆認爲行文之道，有超乎義理世用，另有個「能事」在。這個能事，即神氣。故曰：「神者，文家之寶。文章最要氣盛；然無神以主之，則氣無所附，蕩乎不知其所歸也。神者氣之主，氣者神之用。神只是氣之精處。」〔註28〕神只是氣之精處，因此神氣只是氣之精者。劉大櫆之神氣說將神氣置於理義世用之上，以神氣駕馭義理、書卷、經濟，與歸有光理氣並列說並不相同，是關於文氣之另一種理論。

〔註22〕歸有光，《文章指南》，頁9。

〔註23〕歸有光，《文章指南》，頁15。

〔註24〕劉大櫆，《論文偶記》（北京：人民文學出版社，1998年），頁4。

〔註25〕劉大櫆，《論文偶記》，頁5。

〔註26〕劉大櫆，《論文偶記》，頁3。

〔註27〕劉大櫆，《論文偶記》，頁3。

〔註28〕劉大櫆，《論文偶記》，頁4。

《文章指南》通用則之第三則爲「才識」。才識固屬作者能力，表現於文章之中，仍可視爲文章風格之一類。才識俱備之人，方可作出才識俱高之文。以司馬遷〈太史公自序〉爲例，歸有光曰：

> 文章非識不足以厚其本，非才不足以利其用。才識俱備，文字自會高人。如司馬子長〈太史公自序〉所以發《史記》之大意，而其辨駁之才，淹貫之識，盡見於此矣。〔註29〕

才識可細分爲才與識二者。才識俱備，文字自會高人。作者之才識，乃由其文章得見。故曰：「其辨駁之才，淹貫之識，盡見於是矣。」

據歸有光之說，理、氣、才識三者，只要得其一，則文章自然高明。理是「理得而詞順，文章自然出羣拔萃」；氣是「沛然肺腑中流出，不期文而自文」；才識是「才識俱備，文字自會高人」。此三者可稱爲作好文章的充分條件，得其一足矣。《文章指南》之通用則除理氣與才識三則之外，另附關世教與占地步二則，因爲此二者「亦作文之要旨」〔註30〕，然又不如通用則之通用。如「關世教則」謂「文章不足以關世教，雖工無益」，可見文章之工不工與是否關世教無關。文章是否關世教只與「益不益」有關，即與是否益世教有關。關世教之文未必工，此與「理得而詞順，文章自然出羣拔萃」、「沛然肺腑中流出，不期文而自文」或「才識俱備，文字自會高人」不同。占地步雖亦作文要旨，但更不能保證文章出羣拔萃或文字高人。且此二則實與敍述謀篇之法有關，故於此略而不論。

第三節　立論正大

古文當立論正大，歸有光評論蘇軾〈孔子從先進論〉云：

> 凡學者作文，須要議論正大，有臺閣氣象方佳。如此論以「始進以正」立論，方遜志〈釋統〉舉秦隋而並黜之，議論何等正大。場中有此等文字，主司自當刮目。〔註31〕

立論是一篇文章論述之基準點。蘇軾此文開頭即曰：「君子之欲有爲於天下，莫重乎其始進也。始進以正，猶且以不正繼之，況以不正進者乎！〔註32〕」

〔註29〕歸有光，《文章指南》，頁1。
〔註30〕歸有光，《文章指南》，頁2。
〔註31〕歸有光，《文章指南》，頁38。
〔註32〕《東坡文鈔》，《唐宋八大家文鈔校注集評》，頁3511。

不僅重乎其始進，並且強調始進必須以正。又將古人之欲有爲於天下者，分爲三等：一、有欲以其君王者也。二、有欲以其君伯者也。三、有欲彊其國者也。蘇軾曰：

> 是三者，其志不同，故其術有淺深，而其成功有巨細，雖其終身之所爲不可逆知，而其大節必見於其始進之日。何者？其中素定也。
> 未有進以彊國而能伯者也，未有進以伯而能王者也。〔註33〕

其大節必見於其始進之日，故始進必正。以「始進」解釋孔子「先進於禮樂，野人也；後進於禮樂，君子也。如用之，則吾從先進」中之「先進」，不免相隔遠阻而費詞句，故就注疏而論，未必精當。然而單從「始進以正」之立論說來，就堪稱正大。

　　而方孝孺〈釋統〉分歷史上之得天下者爲正統與變統二類，三代與漢、唐、宋爲正統，晉宋齊梁、秦隋與苻堅武氏爲變統。三代是「仁義而王，道德而治」故爲正統。漢唐宋是「智力而取，法術而守者」，「雖不敢幾於三代，然其主皆有恤民之心，則亦聖人之徒也。附之以正統，亦孔子與齊桓、仁管仲之意」。至於變統者，有三類。第一類爲「取之不以正，如晉、齊、宋、梁之君，使全有天下，亦不可爲正矣」。第二類爲「守之不以仁義，戕虐乎生民，如秦與隋，使傳數百年，亦不可爲正矣」。第三類爲「夷狄而僭中國、女後而據天位，治如苻堅，才如武氏，亦不可爲繼統矣」。若單以成敗論之，秦與隋曾全有天下，雖時年不永，亦可列於史上之一朝。而方孝孺卻將此二朝歸屬爲「強致而暴失之者」之變統，其標準有高於成王敗寇者，亦即三代「仁義而王，道德而治」與漢唐宋「其主皆有恤民之心，則亦聖人之徒」是也。此即歸有光以「舉秦隋而並黜之」爲立論正大之原因。

　　至於「臺閣氣象」，指文章之雍容典雅。《四庫全書總目》曰：「考明自洪武以來，運當開國，多昌明博大之音。成化以後，安享太平，多臺閣雍容之作」〔註34〕。又曰：「(吳)伯宗名佑，以字行，金谿人。詩文皆雍容典雅，有開國之規模。明一代臺閣之體，胚胎於此」〔註35〕。

〔註33〕見《東坡文鈔》，《唐宋八大家文鈔校注集評》，頁3511。
〔註34〕見〈空同集〉提要，《四庫全書總目》集部，別集類二四，頁1497。
〔註35〕見〈榮進集〉提要，《四庫全書總目》集部，別集類二二。頁1477。關於臺閣體，論者多持負面評價。然《四庫全書總目》曰：「平心而論，凡文章之力足以轉移一世者，其始也必能自成一家，其久也亦無不生弊，微獨東裏一派，即前、後七子，亦孰不皆然。不可以前人之盛，併回護後來之衰，亦不可以

　　歸有光之論正大，是以正爲大。劉大櫆亦有「文貴大」之說，卻以洪博遠大論大。他說：

> 文貴大，道理博大，氣脈洪大，邱壑遠大。邱壑中，必峯巒高大，波瀾闊大，乃可謂之遠大。古文之大者莫如史遷。震川論《史記》，謂爲「大手筆」，又曰：「起頭處來得勇猛。」又曰：「連山斷嶺，峰頭參差。」又曰：「如畫長江萬圖。」又曰：「如大塘上打緯，千船萬船，不相妨礙。」此氣脈洪大，邱壑遠大之謂也。〔註36〕

第四節　用意奇巧

　　李斯〈諫逐客書〉歸有光評爲「用意奇巧」云：

> 文章庸庸，易起人厭。須出人意表，方爲高手。如此篇借人揚己，以小喻大，另是一種巧思。能打破此等關竅，下筆自驚世駭俗矣。永叔〈朋黨論〉亦可參看。〔註37〕

借人揚己是指李斯稱述秦用客而富強之例，亦隱然將自己比擬爲前賢。李斯此文列舉用客而強之四君，一曰秦穆公：

> 昔繆公求士，西取由余於戎，東得百里奚於宛，迎蹇叔於宋，來丕豹、公孫支於晉。此五子者，不產於秦，而繆公用之，并國二十，遂霸西戎。〔註38〕

二曰秦孝公：

> 孝公用商鞅之法，移風易俗，民以殷盛，國以富彊，百姓樂用，諸侯親服，獲楚、魏之師，舉地千里，至今治彊。

三曰秦惠王：

> 惠王用張儀之計，拔三川之地，西并巴蜀，北收上郡，南取漢中。包九夷，制鄢、郢，東據成皋之險，割膏腴之壤，遂散六國之從，使之西面事秦，功施到今。

四曰秦昭王：

後來之衰，併掩沒前人之盛也。亦何容以末流放失，遽病士奇與榮哉！」此說似較持平。見〈楊文敏集〉提要，頁1484。
〔註36〕劉大櫆，《論文偶記》，頁7。
〔註37〕歸有光，《文章指南》，頁46。
〔註38〕李斯此文見《史記》（北京：中華書局，1982年第二版）卷八十七，頁2541。

> 昭王得范睢，廢穰侯，逐華陽，彊公室，杜私門，蠶食諸侯，使秦
> 成帝業。

此四君皆以客之功而強大。「由此觀之，客何負於秦哉」？歸有光之意爲，李斯借四君得客之力以強大，而自己即彷彿四君所用之客也，用己則國強矣。故曰「借人揚己」。

至於以小喻大，則是李斯文之第二大段，列舉非秦所出而爲秦所樂用之物，喻用人應以才能爲尙，不論是否秦人。文曰：

> 今陛下致昆山之玉，有隨和之寶，垂明月之珠，服太阿之劍，乘纖
> 離之馬，建翠鳳之旗，樹靈鼉之鼓。此數寶者，秦不生一焉，而陛
> 下說之，何也？必秦國之所生然後可，則是夜光之璧不飾朝廷；犀
> 象之器不爲玩好；趙、衛之女不充後庭；駿良駃騠不實外廏；江南
> 金錫不爲用，西蜀丹青不爲采。所以飾後宮，充下陳，娛心意，悅
> 耳目者，必出於秦然後可，則是宛珠之簪，傅璣之珥，阿縞之衣，
> 錦繡之飾，不進於前，而隨俗雅化，佳冶窈窕，趙女不立於側也。
> 夫擊甕叩缶，彈箏搏髀，而歌呼嗚嗚快耳者，眞秦之聲也；鄭、衛、
> 桑間、昭、虞、武、象者，異國之樂也。今棄擊甕叩缶而就鄭衛，
> 退彈箏而取昭虞，若是者何也？快意當前，適觀而已矣！

「快意當前，適觀而已」是指色樂珠玉以功能爲準，不必考慮原產地。比諸人才，反倒不如。李斯曰：「今取人則不然，不問可否，不論曲直，非秦者去，爲客者逐。然則是所重者在乎色樂珠玉，而所輕者在乎民人也。此非所以跨海內，制諸侯之術也」。

李斯此文以色樂珠玉比喻賓客，確實「出人意表」。畢竟色樂珠玉只是歡娛耳目之具，而賓客卻是有尊嚴之士，豈可等量齊觀。但是如此一比，卻可提醒秦王，不論表面上如何對待來附諸人，起用賓客乃有其「實用」之目的，也就是欲借眾人之力「跨海內，制諸侯」。在此前提之下，取人標準自然當爲才能而非來處。如果不考量現實功能，反倒爲無義之「秦人與否」所限，則是「逐客以資敵國，損民以益讎」，其結果不僅不能實現「跨海內、制諸侯」之夢想，甚至「求國無危，不可得也」。因此自比於色樂珠玉雖然比擬不倫，卻清楚明白且頗能針對秦王之感受，所以歸有光稱之爲「另是一種巧思」。比起易惹人厭的庸庸文章，出人意表、驚世駭俗之文，確實能引人注意。此即爲「用意奇巧」。

第五節　遣文平淡

曾鞏〈戰國策目錄序〉，呂祖謙《古文關鍵》評曰：

> 此篇節奏從容和緩，且有條理，又藏鋒不露，初讀若太羹元酒，當
> 仔細味之。若他練字好，過換處不覺，其間又有深意存。〔註39〕

而歸有光延用其說，並將此文列爲「遣文平淡則」，並評云：

> 文章意全勝者，辭愈樸而文愈高；意不勝者，辭愈華而文愈鄙。如
> 此序，無一奇語，無一怪字，讀之如太羹玄酒，不覺至味存焉，眞
> 大手筆之文也。宋潛溪〈六經論〉亦可參看。〔註40〕

意謂文章首重意義，「意全勝者」辭藻愈樸質則文愈高，反之若意不通達，則
愈講求辭藻則文愈鄙下。曾鞏此序從批判劉向之言發端，終於評論《戰國策》
之價值。曾鞏先論及劉向敍《戰國策》之觀點曰：「向敍此書，言周之先，明
教化，修法度，所以大治。及其後，謀詐用，而仁義之路塞，所以大亂。其
說既美矣。」然而「卒以謂『此書戰國之謀士度時君之所能行，不得不然』，
則可謂惑於流俗而不篤於自信者也。」曾鞏不同意劉向以「謀士度時君之所
能行，不得不然」作爲藉口，認爲這是惑於流俗而不篤於自信。理由很簡單，
「孔孟之時，去周之初已數百歲，其舊法已亡，舊俗已熄久矣」。孔孟當然也
亦可以「度時君之所能行，不得不然」爲藉口放棄先王之道，然孔孟「因其
所遇之時，所遭之變而爲當世之法，使不失乎先王之意而已」。曾鞏並提出法
道因革的基本看法：

> 二帝三王之治，其變固殊，其法固異，而其爲國家天下之意，本末
> 先後，未嘗不同也。二子之道，如是而已。蓋法者所以適變也，不
> 必盡同；道者所以立本也，不可不一，此理之不易者也。

此種看法四平八穩，亦老生常談，並無特異。而基於此立場，曾鞏對戰國游
士之言行，深不以爲然。他說：「戰國之遊士則不然，不知道之可信，而樂於
說之易合，設心注意，偷爲一切之計而已。」終至「蘇秦、商鞅、孫臏、吳
起、李斯之徒以亡其身，而諸侯及秦用之者，亦滅其國，其爲世之大禍明矣，
俗猶莫之寤也」。因此《戰國策》所載，不異害正之邪說，曾鞏又何必大費周
張「訪之士大夫家，始盡其書，正其誤謬而疑其不可考者，然後《戰國策》
三十三篇復完」？曾鞏提出兩個理由。一是：

〔註39〕呂祖謙，《古文關鍵》，頁 303。
〔註40〕歸有光，《文章指南》，頁 49。

　　君子之禁邪說也，固將明其說於天下，使當世之人皆知其說之不可
　　以，然後以禁則齊，使後世之人皆知其說之不可爲，然後以戒則明，
　　豈必滅其籍哉？放而絕之，莫善於是。

這樣說當然有些狡辯，於是又舉孟子書中「有爲神農之言者，有爲墨子之言
者，皆著而非之」爲例，以堅強其說。然而孟子之引用神農之言與墨子之言，
其比重皆遠低於孟子非之之言，與《戰國策》通本爲「邪說」大不相同，豈
可相提並論。可見其說之說服力並不強。而曾鞏所說保留《戰國策》的第二
項理由，是：

　　此書之作，則上繼春秋，下至楚漢之起，二百四十五年之間，載其
　　行事，固不可得而廢也。

作爲史料，保存二百四十五年間之事，這才是《戰國策》不可廢的合理說明。
但也由於《戰國策》內邪說充斥，更顯出曾鞏此序之意義。如張伯行曰：

　　先王之道萬世無弊，不以時君能行不能行而有改也。孔孟明先王之
　　道，爲當世之法，趨時立本，理自不易。篇中所謂「法不必盡同」、
　　「道不可不一」，眞能得孔孟之旨，折倒劉向之說者。至指斥從橫禍
　　害，尤能使遊士無處躲避。蓋戰國之文雄偉巧變，惟其中於功利詐
　　謀之習，是以與道背馳而不自覺。陷溺人心莫有甚焉。識此篇議論，
　　方許讀《戰國策》。〔註41〕

要識得此篇議論，方許讀《戰國策》，則此篇爲《戰國策》之序，蓋亦宜矣。
歸有光所看重而許以「意全勝」者，當指曾鞏序中舉孔孟與遊士對比，以明
先王之道「因時適變，爲法不同，而考之無疵，用之無弊」，而孔孟「不惑乎
流俗而篤於自信」之文。歸有光認爲有此全勝之意，則文辭不必華麗，愈樸
而愈高。如太羹玄酒，滋味薄而咀嚼愈有味。故樓昉也評曰：「議論正，關鍵
密，質而不俚。太史公之流亞也，咀嚼愈有味。」〔註42〕亦是平淡之意也。

第六節　造語蒼勁

　　揚雄〈解嘲〉，歸有光評云：「〈答賓難〉、〈解嘲〉、〈答賓戲〉三篇，漢文

〔註41〕張伯行，《唐宋八大家文鈔》卷十四。
〔註42〕樓昉，《崇古文訣》（台北：臺灣商務印書館，文淵閣四庫全書版，民國72年）
　　　　卷二十七。

之祖，餘獨取〈解嘲〉者，以意祖曼倩，文過孟堅，有合前後而一之意。」
只提及意祖曼倩，文過孟堅，至於如何造語蒼勁，則未說明。然而在〈北山
移文〉後，歸有光即詳細論曰：

> 學文之初，先學鍊句，雖不貴於佶屈聱牙，使人不可句讀。亦要脫
> 去稚筆方好。如編內所錄秦漢唐宋名家之文，雖有所取，味其辭法，
> 皆勁健者。後生能隨篇逐句以求其妙，作文自無弱句矣。子雲〈解
> 嘲〉與此篇，不惟句語老練，而議論亦高古，特表而出之。〔註43〕

歸有光提出學文的基本功夫在「鍊句」，而最低要求，在於「脫去稚筆」。至
於較高標準，則是辭法勁健，句語老練。此外，歸有光又曰：「六朝雖尚雕刻，
然屬對尚未盡工，下字尚未盡險。至此篇則無不入髓。」則是辭法句語之進
一步說明。又在〈北山移文〉開頭文字處眉批曰：「句必淨，字必巧，真是精
絕，此唐文所祖。」〔註44〕再提出句淨字巧原則。此處雖論及造語、鍊句，
但是所言非具體鍊句技巧，而是著重脫去稚筆使句語老練，故亦屬風格神味
之論。

第七節　敘事典贍

歸有光以《左傳》〈鄭伯克段於鄢〉一文說明「敘事典贍」，並評云：

> 學者作文最難敘事，古今稱善敘事者，惟左氏、司馬氏而已。此篇
> 尤左氏筆力之最高者。子瞻〈表忠觀碑〉，王荊公謂其可與司馬氏馳
> 騁上下。學者能熟此二篇，敘事自有體矣。〔註45〕

〈鄭伯克段於鄢〉一文，出自隱公元年夏五月，歸有光稱之為「左氏筆力之
最高者」，而古今稱善敘事者，惟左氏、司馬氏而已。足見歸有光對本文之推
崇。但是既然善敘事者，惟左氏、司馬氏而已，除舉左氏之文外，卻不舉司
馬氏之文，雖王安石謂〈表忠觀碑〉與司馬氏馳騁上下，似乎不盡合理。而
王氏之言見謝枋得《文章軌範》曰：

> 潘子真云，東坡作《表忠觀碑》，王荊公置坐隅，葉致遠、楊德逢二
> 人在坐。有客問曰：「相公亦喜斯人之作也？」公曰：「斯作絕似西

〔註43〕歸有光，《文章指南》，頁64。
〔註44〕歸有光，《文章指南》，頁58。
〔註45〕歸有光，《文章指南》，頁67。

漢。」坐客歎譽不已。公笑曰：「西漢誰人可擬？」德逢對曰：「王褒蓋易之矣。」公曰：「不可草草。」德逢復曰：「司馬相如、揚雄之流乎？」公曰：「相如賦〈子虛〉、〈大人〉，洎〈喻蜀文〉，〈封禪書〉耳，雄所著《太玄》、《法言》以准《易》、《論語》，未見其敘事典贍若此也。直須與子長馳騁上下。」坐客又從而贊之。公曰：「畢竟似子長何語？」坐客悚然。公徐曰：「楚漢以來諸侯王年表也。」
〔註46〕

《文章指南》「敘事典贍」一詞，或即據王安石之言。但《文章指南》並未解釋何謂敘事典贍，只道「熟此二篇，敘事自有體」。典贍當指文字典雅而豐富。

至於王安石謂此文似《史記》之〈諸侯王年表〉，章學誠則不以爲然。章學誠曰：

> 蘇子瞻〈表忠觀碑〉，全錄趙抃奏議，文無增損，其下即綴銘詩，此乃漢碑常例，見於金石諸書者，不可勝載，即唐宋八家文中，如柳子厚〈壽州安豐孝門碑〉，亦用其例，本不足奇。王介甫詫謂是學《史記・諸侯王年表》，眞學究之言也。李耆卿謂其文學《漢書》，亦全不可解。此極是尋常耳目中事，諸公何至怪怪奇奇，看成骨董。且如近日市井鄉閭，如有利弊得失，公議興禁，請官約法，立碑垂久，其碑即刻官府文書告諭原文，毋庸增損字句，亦古法也。豈介甫諸人於此等碑刻，猶未見耶。當日王氏門客之訾摘駁怪，更不直一笑矣。〔註47〕

章學誠此語，似指蘇軾此碑之文「全錄趙抃奏議，文無增損」，且此是金石常例，本不足奇，然而章學誠自己又接著說：

> 以文辭而論，趙清獻請修表忠觀原奏，未必如蘇氏碑文之古雅。史家記事記言，因襲成文，原有點竄塗改之法。蘇氏此碑，雖似鈔纂成文，實費經營裁製也。〔註48〕

與前文比對，顯然自相矛盾。若蘇氏此文費經營裁製，且有點竄塗改之法，而使此文比趙抃原奏古雅，則不是「全錄趙抃奏議，文無增損」，王安石之「詫謂是學《史記・諸侯王年表》」即非「學究之言」，李耆卿謂其文學《漢書》，

〔註46〕 謝枋得，《文章軌範》卷七。頁8。
〔註47〕 章學誠，〈古文公式〉，《章學誠遺書》，頁18。
〔註48〕 章學誠，〈古文公式〉，《章學誠遺書》，頁18。

亦非全不可解。章學誠之文何以前後矛盾若此,真不可解。方苞也不相信此文全錄趙抃奏議而無增損的說法,故曰:「趙公奏本軒豁老健,故可用《史記·三王世家》體。然趙果能此,則其他文傳世行後者宜多,豈奏故子瞻代爲耶。」〔註49〕但是懷疑此文乃蘇軾代筆,似無明證。吳闓生則較傾向刪約潤色之說,認爲方苞所謂蘇軾代筆之說迂滯可笑,他曰:

> 方望溪謂趙公奏本軒豁老健,故可用,又疑原奏乃子瞻代爲,其說殊迂滯可笑。文雖用趙奏,至其詞,子瞻豈不能刪約而潤色之,何必奏本軒豁老健方可用?又何必原奏爲子瞻代爲邪?〔註50〕

然而吳闓生亦不贊成此文用〈三王世家〉體之說,曰:

> 世多謂此文用〈三王世家〉體,非也。碑刻豈能用史傳體?漢碑中如史晨樊毅無極山碑,皆直錄奏語,其例甚多。子瞻自用漢碑體,何必〈三王世家〉邪?〔註51〕

碑刻豈能用史傳體,自是一說。然而王安石所言要點有二,一是蘇軾此文敘事典贍,與司馬遷馳騁上下,一是似《史記》楚漢以來諸侯年表。所謂「似」,當是指其「敘事典贍」而言,並非文體。所以歸有光《文章指南》將之與《左傳》文並舉,亦是就其「敘事典贍」而言。

第八節　詞氣委婉

詞氣委婉可以《左傳·晉侯使呂相絕秦》及樂毅〈報燕惠王書〉二文爲例。歸有光於〈晉侯使呂相絕秦〉文後評云:

> 秦漢以下,去聖人漸遠,故其辭氣往往有迫切之病。惟左氏所載諸國往來之辭,與君臣相告謀之語辭,不迫切而意亦獨至。今錄此篇,兼取其文也。樂毅〈報燕王書〉味其辭氣亦庶幾者,故並錄之。〔註52〕

歸有光所謂詞氣委婉,以評文內容視之,當指「辭氣不迫切」。他認爲辭氣迫切爲文章之病,起因於去聖人漸遠。而秦漢以下,唯《左傳》所載語辭及樂毅〈報燕惠王書〉爲不迫切之文。

〔註49〕王文濡,《評校音注古文辭類纂》(台北:臺灣中華書局,民56年)卷四十引,頁15。

〔註50〕高步瀛,《唐宋文舉要》甲編,卷八引,頁1109。

〔註51〕高步瀛,《唐宋文舉要》引,頁1097。

〔註52〕歸有光,《文章指南》,頁75。

　　樂毅〈報燕惠王書〉姚鼐評曰：「詞氣淵雅似西漢人，於戰國文嶢然而出其類。」〔註53〕淵雅亦有委婉之意。而王文濡則曰：「極寫先王之明與先王之立功，便暗中襯出惠王之暗與惠王之致敗。文能自占身分，又復婉而多風，故佳。」〔註54〕提出本文三項特點，一是文能自占身分，二是婉，三是多風。其中婉一項，即詞氣委婉也。林雲銘論之甚詳，曰：

　　　　茲篇委婉纏綿，用意忠厚。敘前此伐齊之功，語語歸之先王，毫不矜伐。及敘騎劫代將，懼誅奔趙，只閒閒將吳王子胥成敗往事作弔古感慨之詞，隨即披歷自己衷曲，明其無他，絕不侵犯燕惠一語。而去燕入趙之故，其出於勢迫無可如何，此意可矢之天日矣。尤妙在說自己處，不但不肯居功，亦不敢辭罪，故篇首云數之以罪，篇中云可幸無罪，篇末云臨不測之罪，其不敢侵犯燕惠也，正是交絕不出惡聲處。其不敢辭己罪也，正是去國不潔其名處。此等文字，總是一腔心血揮灑，而成真有德者之言也。〔註55〕

林雲銘所謂「委婉纏綿」是指辭氣，「忠厚」則為用意。然亦因為用意忠厚，故所為之文，辭氣自然委婉。如敘功則歸之先王，毫不矜伐；敘奔則不侵犯燕惠一語，均是用意忠厚而辭氣自然委婉。林雲銘特別強調「說自己處，不但不肯居功，亦不敢辭罪」之妙，及「其不敢侵犯燕惠也，正是交絕不出惡聲處。其不敢辭己罪也，正是去國不潔其名處」，其曲折纏綿，由此可見。

第九節　神思飄逸

　　謝枋得評蘇軾〈前赤壁賦〉曰：「瀟灑神奇，出塵絕俗，如乘雲御風而立乎九霄之上，俯視六合，何物茫茫？非惟不掛之齒牙，亦不足入其靈臺丹府也。」〔註56〕此種瀟灑神奇、出塵絕俗的風格，歸有光稱為「神思飄逸」，並云：

　　　　論古今人物風流，惟兩晉為盛。故發之文章，神思自然飄逸，如陶淵明〈歸去來辭〉於舉業雖不甚功，觀其詞義，瀟灑夷曠，無一點風塵俗態，兩晉文章，此其傑然者。蘇子瞻二〈赤壁賦〉之趣，自

〔註53〕王文濡，《評校音注古文辭類纂》卷二十五引，頁十三。
〔註54〕王文濡，《評校音注古文辭類纂》卷二十五，頁十三。
〔註55〕林雲銘，《古文析義》，頁94。
〔註56〕謝枋得，《文章軌範》卷七，頁11。

此文脫出。〔註57〕

「觀其詞義，瀟灑夷曠，無一點風塵俗態」即爲神思飄逸。

關於陶淵明〈歸去來辭〉，林雲銘認爲陶淵明的歸去之歎，是有託而逃，有其時代與環境之因素，曰：

> 陶元亮作令彭澤，爲五斗米折腰，竟成千秋佳話，豈未仕之先，茫不知有束帶，謁見之時，孟浪受官，直待郡遣督郵，方較論祿之微薄，禮之卑屈耶。蓋元亮生於晉祚將移之時，世道人心皆不可問，而氣節學術，無所用之，徒勞何益。五斗折腰之說，有託而逃，猶張翰因秋風而思蓴鱸，斷非爲饞口垂涎起見。故於詞內前半段以心爲形役一語，後半段以世與我遺一句微見其意也。〔註58〕

陶淵明生於晉祚將移之時，世道人心皆不可問，而氣節學術，無所用之，徒勞何益。此文蓋陶淵明逃世之作，林雲銘曰：

> 篇首曰獨悲，篇中曰自酌，篇末曰孤往。如人飲水，冷煖自知。不但世人不能共諒，即僮僕稚子、親戚農人輩，亦不能少窺，及結出乘化歸盡，樂乎天命等語，則素位而行，夭壽不貳，本領盡情拈出矣。此篇自首至尾，凡五易韻，爲騷之變體。細味其中音節，騷哀而曲，此和而直，蓋靈均于楚爲宗親，宜存一副思君熱腸；元亮於晉爲遺老，第留一雙逃世冷眼。一則爲箕、比，一則爲夷、齊，所處不同故也。〔註59〕

陶淵明有一雙逃世冷眼，故能「瀟灑夷曠，無一點風塵俗態」，而神思飄逸矣。

至於蘇軾〈前、後赤壁賦〉，茅坤曾謂：「予嘗謂東坡文章仙也。讀此二賦，令人有遺世之想。」〔註60〕然前後二賦有所不同。過珙也說：「造物無盡藏，惟江上之清風，與山間之明月，人但不能領耳。坡公此賦，寫得落落飄飄，眞有御風遺世之致，一肚皮不合時宜，未知爾時消歸何所。」〔註61〕而如何寫出「瀟灑神奇，出塵絕俗」與「落落飄飄，眞有禦風遺世之致」？方苞以爲只是處境情景造就而成，他說：「所見無絕殊者，而文境邈不可攀。良

〔註57〕歸有光，《文章指南》，頁75。
〔註58〕林雲銘，《古文析義》，頁198。
〔註59〕林雲銘，《古文析義》，頁199。
〔註60〕見。《東坡文鈔》，《唐宋八大家文鈔校注集評》，頁5802。
〔註61〕蔡鑄，《古文評注補正》卷九引過珙言。見《東坡文鈔》，《唐宋八大家文鈔校注集評》，頁5804。

由身閑地曠，胸無雜物，觸處流露，斟酌飽滿，不知其所以然而然，豈惟他人不能摹效，即使子瞻更爲之，亦不能如此調適而暢遂也。」〔註62〕然而「身閑地曠，胸無雜物」是遊覽時之心境與環境，未說明此文創作方法。又所謂此作是不知其所以然而然，即使蘇軾再作亦不能如此之說，亦不見得合理。且「所見無絕殊者」更未必盡然。吳汝綸即曰：『胸襟既高，識解亦迥絕非常，不得如方氏之說，謂「所見無絕殊」也。』〔註63〕本文之作法，當張伯行所說：「憑吊江山，恨人生之如寄；流連風月，喜造物之無私。一難一解，悠然曠然。」〔註64〕其方法乃是用一難襯托出一解之悠然曠然。金聖歎更深入說明曰：

> 遊赤壁，受用現今無邊風月，乃是此老一生本領，卻因平平寫不出
> 來，故特借洞簫嗚咽，忽然從曹公發議，然後接口一句喝倒，痛陳
> 其胸前一片空闊了悟，妙甚。〔註65〕

由洞簫嗚咽而痛陳胸前一片空闊了悟，蘇軾之瀟灑神奇，不是平平寫出。

蘇軾七月遊赤壁，十月復遊，故繼〈前赤壁賦〉而有〈後赤壁賦〉之作。〈後赤壁賦〉比起前賦，更爲飄逸。過珙曰：「再遊赤壁，仍將山水風月說個不了便是印板文字。看其節節變換，絕不雷同。前賦已入悟界，猶未仙也，此則翩翩乎仙矣。」〔註66〕浦起龍則曰：「後賦，並刷盡文章色相矣。來不相期，遊仍孤往，向後空空，人境俱奪。」〔註67〕後賦之翩翩乎仙，乃超乎前賦，稱爲神思飄逸，殆不爲過。

〔註62〕王文濡，《評校音注古文辭類纂》卷七十一引，頁1789。
〔註63〕王文濡，《評校音注古文辭類纂》卷七十一引，頁1790。
〔註64〕張伯行，《唐宋八大家文鈔》卷八。
〔註65〕金聖歎，《才子古文》卷十五，頁523。
〔註66〕蔡鑄，《古文評注補正》卷九引過珙言。見《東坡文鈔》，《唐宋八大家文鈔校注集評》，頁5811。
〔註67〕浦起龍，《古文眉詮》卷六十九。見《東坡文鈔》，《唐宋八大家文鈔校注集評》，頁5811。

第七章　說相題謀篇

相題謀篇是根據題目的特質以規劃文章內容或敘述程序。

分析題目的特質，稱爲認題或相題。茅坤作〈文訣五條訓緝兒輩〉即以「認題」爲首，曰：「題須從一章本旨處識得眞種子，因而一句一字以求其雋永之深。」〔註1〕又曰：「題旨既得，然後布勢、調格、鍊辭、凝神以下，一一俱解。」〔註2〕可見認是之重要。但認題亦非易事，茅坤曰：「世之善爲文者，猶時時有之，至於認題則罕矣。」〔註3〕

認題之要在深入題意，吳因之說：「作文先以看題透徹爲主。題有皮膚，有筋骨，吾捨其皮膚而操其筋骨，自有一段精深議論。」〔註4〕看題透徹後，據以抒發精深議論，即相題以謀篇。

題目有易作不易作之分，林紓曰：「作文須求好題目，有正言，亦易於立幹，易於傅色。」〔註5〕遇到好題目則容易謀篇與措詞，但是題目好與不好，或易作與不易作，卻又因人而易，不可一概而論。因此吳德旋認爲與其期待好題目，不如相題行文，才能自主。吳德旋曰：「作文遇好題目，自易動人；然此乃偶然湊手，非己所能主張。惟有相題行文，還他質而不俚，是能自主者。」〔註6〕也就是遇到好題目有好題目的作法，遇到不好的題目亦有作好之道，這才是相題謀篇應當講求的技巧。

〔註1〕茅坤，〈文訣五條訓緝兒輩〉《茅鹿門先生文集》卷三十二，頁151。
〔註2〕同上。
〔註3〕同上。但是茅坤並未說明不知認題者何以尚能稱爲「善爲文者」？
〔註4〕見唐彪，《讀書作文譜》卷六引，頁68。
〔註5〕林紓，《春覺齋論文》，頁47。
〔註6〕吳德旋，《初月樓古文緒論》，頁22。

相題謀篇技法可分爲三類。第一類是相題以行文之方法。第二類進一步討論相題以外的謀篇技巧。所謂相題以外的謀篇技巧，並非與相題毫無干係，只是即使同一題目亦可以有不同的謀篇法。換言之，第一類的謀篇法是針對題目特性而定，第二類的謀篇法是除了考慮題目特性之外，其他尚可運用之技巧，如關世教、占地步、設爲難解、含意不露、設爲問答、辨史放寬等。第三類是針對譬喻與引證兩種特殊謀篇法，分析特色及用法。此類雖與第二類一樣均屬相題以外的謀篇技巧，但是另有特點。即以「彼物」與「正意」的不同比例，形成各類譬喻篇法；及引述古事或經傳爲證時，以不同引證方式造成不同的效果，這些關於譬喻與引證謀篇技巧的討論，與第二類各有偏重，故另立一類。

第一節　相題行文

相題行文是根據題目的特質以衡量行文的方法。考量內容可包括題目與主意關係、題目可否引伸、題目之特殊與平凡、題目之偏枯與正大、題目議論的對象，此外題目能否藉以發揮己意，根據這些考量，即可發展不同的行文筆法。

文章之敘事議論，首當立定主意，並且以主意貫穿全文，以免散漫。但若議論文章之正意已說明透徹，卻可在同一題意之下另覓話頭，發展另一段議論，如死中求活一般，亦是一種筆法。當題意平常時，必須於題外另生議論，方可顯現文章之精采。題目偏枯時，不可依題而作，當據理以駁難。若題目是議論聖人之是非，則應當以正理爲聖人回護。亦有些題目可以假借古人口吻以發揮自己的議論，雖古人之意未必如此，然而正好駕空而自出新意。此外，尚有一種借用字樣以暗示題意，雖非正式，亦具巧思。

一、立意貫說

一篇文章之敘事議論，當立定主意，然後依主意發揮，以免散亂無章。歸有光云：

> 作文須尋大頭腦，立得意定，然後遣詞發揮，方是氣象渾成，如韓退之〈代張籍與李浙東書〉，以盲字貫說。蘇子瞻〈留侯論〉以忍字貫說是也。柳子厚駁伏讎議，以「旌誅」二字作骨子，可以參看，

餘可類推。〔註7〕

韓愈〈代張籍與李浙東書〉,「以盲字貫說」是以「盲」之意貫穿全文,如林雲銘評曰:

> 先敘中丞之賢,次說自己之能,作數折而下。且把俗輩與行古道並講,盲於心與盲於目並講,不但抹煞天下人,自高位置,見得金玉其外、敗絮其中者即是俗士;相士以貌、相馬以皮者即是俗眼,欲其不以盲而棄耳。至「善於古詩」一段,言盲者有盲之用,無事之時,亦可效聲音之娛,不至虛縻贍養。末以報恩語作結,極其淋漓懇至,讀之覺哀音動人。〔註8〕

韓愈以盲為中心,就盲與不盲、盲於心與盲於目、盲者之用、復見天地目月等各不同角度發揮,立意一貫,氣象渾成。

蘇軾〈留侯論〉則以「忍」字貫說,曰「古之所謂豪傑之士者,必有過人之節」,即忍常人之所不能忍,能「卒然臨之而不驚,無故加之而不怒」,能「忍小忿而就大謀」,此張良之所教漢高祖也,蘇軾曰:

> 觀夫高祖之所以勝,而項籍之所以敗者,在能忍與不能忍之間而已矣。項籍唯不能忍,是以百戰百勝,而輕用其鋒;高祖忍之,養其全鋒,以待其弊,此子房教之也。當淮陰破齊而欲自王,高祖發怒,見於詞色。由此觀之,猶有剛強不能忍之氣,非子房其誰全之?

以忍字貫說,全文立意亦一貫矣。此即立意貫說。

二、死中求活

議論文章若正意已說透徹,餘論往往只能順正意而下,補強其說而已。但若能在同一題意之下,另覓話頭,則文尚有發展處,此謂死中求活。歸有光云:

> 凡文字議論已到至處,更出一段議論,不溺於題意之尋常,是謂死中求活,此文法之最妙者。如蘇子瞻〈范增論〉:「方羽殺卿子冠軍」一段,〈晁錯論〉「當此之時一段」是也。熟此二篇,文字自有佳思矣。〔註9〕

〔註7〕　歸有光,《文章指南》,頁24。
〔註8〕　林雲銘,《古文析義》,頁697。
〔註9〕　歸有光,《文章指南》,頁23。

蘇軾〈范增論〉記范增之去項羽，曰：「漢用陳平計，間疏楚君臣，項羽疑范增與漢有私，稍奪其權。增大怒曰：『天下事大定矣，君王自爲之，願賜骸骨，歸卒伍。』歸未至彭城，疽發背死。」然范增之去，固勢所必然，卻爲時太晚。蘇軾曰：「然則當以何事去？增勸羽殺沛公，羽不聽，終以此失天下，當於是去耶？曰：「否」。「增之去，當於羽殺卿子冠軍時也。」其理由如下：

> 義帝之立，增爲謀主矣；義帝之存亡，豈獨爲楚之盛衰，亦增之所與同禍福也；未有義帝亡而增獨能久存者也。羽之殺卿子冠軍也，是弑義帝之兆也；其弑義帝，則疑增之本也，豈必待陳平哉。

以范增與義帝，義帝與卿子冠軍間的連帶關係，當項羽殺卿子冠軍時，即埋下懷疑范增之因。因此蘇軾更就范增、義帝、卿子冠軍三人之連帶利害關係，進一步分析曰：

> 羽既矯殺卿子冠軍，義帝必不能堪；非羽弑帝，則帝殺羽，不待智者而後知也。增始勸項梁立義帝，諸侯以此服從。中道而弑之，非增之意也。夫豈獨非其意，將必力爭而不聽也。不用其言，而殺其所立，羽之疑增必自是始矣。

議論至此，正意已明，並無可續。然而蘇軾忽又放開一步，再從范增與項羽關係論起，曰：

> 方羽殺卿子冠軍，增與羽比肩而事義帝，君臣之分未定也。爲增計者，力能誅羽則誅之，不能則去之，豈不毅然大丈夫也哉？增年已七十，合則留，不合則去，不以此時明去就之分，而欲依羽以成功名，陋矣！

亦即當項羽殺卿子冠軍之時，范增與項羽並非君臣關係，不必被動地以項羽舉措爲憑，可選擇誅殺項羽或離開。此時離開，不是因爲項羽之懷疑，而是基於自己的判斷和立場。此段議論與上文以項羽爲中心的思考確有不同，相同議題而另出議論，歸有光稱爲死中求活則。

三、題外生意

作文章時，題意若佳，自可就而發揮；若題意平常，陷溺其中，文章往往無味，因此有題外生意法。歸有光云：

> 題意平常，若溺此發揮文字，卻無味矣。須於題外另生議論，以相

題之不及方佳。如宋潛溪〈閱江樓記〉謂「斯樓之建，所以寫致治
之思，非徒閱夫長江而已」，這樣議論，非淺見薄識所能到。〔註10〕
宋濂〈閱江樓記〉文記明太祖起建閱江樓之事，題本平常，若專述建樓事與
閱江攬勝，雖華無味。宋濂於記述完建樓緣起及登覽之樂以後，筆鋒一轉曰：
「斯樓之建，皇上所以發舒精神，因物興感，無不寓其致治之思，奚止閱夫
長江而已哉！」〔註11〕賦予建樓與此記更重大意義。雖題目尋常，此文終能
超越題目局限。此即題外生意之法。

四、駁難本題

　　若題目不僅平常，乃至偏枯，依題而作不免失正，便可據理駁難。歸有
光云：

> 凡題目意見偏枯，便當駁難歸正。如王子充〈樗隱記〉，當時寓意者，
> 謂樗之不材，可以全其天年，此本莊周有激之言，非通論也。是作
> 據理駁難，可以爲作論之式。〔註12〕

王禕〈樗隱記〉，述胡居敬〔註13〕以「樗隱」名其廬之故，曰：「樗隱者，
吾之託以自志也。樗，不材木也，無所可用，是以能終其天年也。吾聞之
莊周氏。」王禕聞而深不以爲然，曰：「異哉，子之託以自志者，何其非類
也。」於是加以駁難。認爲樗既不材而無用，則不足道。曰：「夫世之所重
者材也，而樗乃以不材稱；材之所貴者用也，而樗獨以無用全。奚足道也」。
又以胡居敬之身分，比諸樗乃甚不類，曰：「先生之起家也，爲名進士，歷
官也，爲名御史，謂之不材而無用，非余所敢知也。而欲託於樗以隱稱，
烏在其爲知類也。」繼而反駁莊子之不材無用能全其天年之說，爲「一曲
之談，非通論也」。再反過來引莊子論道之說以反駁材不材之論。最後胡居
敬矍然而悟。此文名爲「樗隱記」，內容卻反駁樗隱之名，此法稱爲駁難本
題法。

〔註10〕歸有光，《文章指南》，頁22。
〔註11〕宋濂，《宋學士全集》（台北：藝文印書館，百部叢書集成版，民國59年）卷
　　　　三，頁2。
〔註12〕歸有光，《文章指南》，頁22。
〔註13〕《文章指南》作「明居敬」，頁326。據《王忠文公文集》改。下引〈樗隱記〉
　　　　文，亦據《王忠文公文集》（北京：書目文獻出版社，北京圖書館古籍珍本叢
　　　　刊版，1988年）卷九，頁166。

五、回護題意

　　為聖人辯護，不當以聖人私利或欲望、衝動為藉口，應以聖人之公而忘私之心，形勢難免之事，則回護自然有力。歸有光云：

> 凡議論聖人不是處，須以正理回護。蓋聖人心本正大，其間不足者，遭於遇耳。如呂伯恭〈武王論〉謂伐紂出於不得已，非為己也，為天下也。如此立論，則聖人之心事白矣。蘇子瞻〈周公論〉亦可與此參看。〔註14〕

呂祖謙〈武王伐紂論〉為武王伐紂事辯護。武王伐紂而伯夷恥之，事見《史記》：

> ……伯夷、叔齊聞西伯昌善養老，盍往歸焉。及至，西伯卒，武王載木主，號為文王，東伐紂。伯夷、叔齊叩馬而諫曰：「父死不葬，爰及干戈，可謂孝乎？以臣弒君，可謂仁乎？」左右欲兵之。太公曰：「此義人也。」扶而去之。武王已平殷亂，天下宗周，而伯夷、叔齊恥之，義不食周粟，隱於首陽山，采薇而食之。及餓且死，作歌。其辭曰：「登彼西山兮，采其薇矣。以暴易暴兮，不知其非矣。神農、虞、夏忽焉沒兮，我安適歸矣？于嗟徂兮，命之衰矣！」遂餓死於首陽山。〔註15〕

伯夷、叔齊義不食周粟，斥武王之伐紂為以暴易暴，呂祖謙此文則為武王出脫。他認為武王之伐紂與伯夷之責難，各有其理，故曰「天下不可一日無君。一日無君者，固武王之憂，亦伯夷之憂也。」所不同者，「武王憂今日之無君，而伯夷憂後世之無君」。武王之所以任無君之非，不逃後世之議，是「以天下之責而萃於一身」，「誠不忍視天下之病，而自居其身以忠也」。可見武王之不得已而伐紂，非為己也，乃為天下也。以「不得已」，「非為己也，為天下也」之理由，為武王辯護，可論得正大。此即回護聖人之法。

六、駕空立意

　　為古人申論，不得起古人於地下，只能揣摩其意，發揮而議論之。古人之意未必如此，然藉以抒發己意，亦是一法。歸有光云：

> 蘇明允〈春秋論〉揣摩以天子權與魯之意，作一段議論；〈高祖論〉

〔註14〕歸有光，《文章指南》，頁 23。
〔註15〕《史記・伯夷列傳第一》，頁 2122。

揣摩不去呂氏之意，作一段議論。當時夫子與高祖之意，未必如此，

皆是駕空自出新意，文法最高，熟之必長於論。〔註16〕

蘇洵〈春秋論〉論孔子何以無天子諸侯之位，而行天子諸侯賞罰之事，孔子既無此身分，如何有此權？蘇洵揣摩孔子之意，作兩層議論。一是《春秋》非孔氏之書也，乃魯史也。故曰：「此魯之書也，魯作之也。有善而賞之，曰魯賞之也；有惡而罰之，曰魯罰之也。」因此《春秋》之賞罰，非孔子之賞罰，乃魯之賞罰。然而魯之賞罰當只及於其國，何以能廣及天下？於是又生一議論，曰「天子之權在周，夫子不得已而與魯也」。理由是周公爲存周室，亦曾攝天子之位以賞罰天下。故孔子亦可仿之曰：「天下不可以無賞罰。而魯，周公之國也；居魯之地者，宜如周公不得已而假天子之權以賞罰天下，以尊周室，故以天下之權與之也。」因此魯可假天子之權以賞罰天下，即孔子可以托魯史以賞罰天下。其中所謂孔子之意，皆只是蘇洵之推想。〈高帝論〉言漢高祖之能，若論挾數用術，以制一時之利害，則不如陳平，若以揣摩天下之勢，舉指搖目以劫制項羽，則不如張良。然而天下已定之時，後世子孫之計，則陳平、張良智所不及，高帝早規劃妥當。故高帝之智，是「明於大而暗於小」。暗於小即前指不如陳平、張良者；明於大者，即預知呂氏之禍並早爲規劃。蘇洵認爲漢高祖早知呂氏必爲禍害，不早除去呂后，乃爲鎮壓大臣之邪心，以待嗣子之壯。然呂后既不可去，又知必爲禍，只好削其黨以損其權，「使雖有變而天下不搖」。而呂氏之族皆庸才，獨樊噲豪健，是故以樊噲之功，一旦遂欲斬之而無疑。此文中爲高祖代言者，如早知呂氏之禍，不除呂后之理由，及削除呂黨等等情結構想，均蘇洵揣摩推想而來，於理可通，於文則無據。此皆駕空出新意，稱爲駕空立意法。

七、相題用字

借用字樣以暗示題目，若用得巧，可收點睛之妙。歸有光云：

近見舉業文字，每因題之所宜，借用字樣，雖非正式，亦是巧思所在。如賈誼論積貯，末用廩廩字，正是此法。熟此自能相題而施。

〔註17〕

〔註16〕歸有光，《文章指南》，頁23。
〔註17〕歸有光《文章指南》，頁21。

賈誼〈論務農積貯疏〉〔註18〕力主積貯之重要曰:「夫積貯者,天下之大命也,苟粟多而財有餘,何爲而不成,以攻則取,以守則固,以戰則勝,懷敵附遠,何招而不至。」因此,提出毆民而歸農之論曰:

> 今毆民而歸之農,皆著於本,使天下各食其力,末技游食之民,轉而緣南畝,則蓄積足而人樂其所矣,可以爲富安天下,而直爲此廩廩也,竊爲陛下惜之。〔註19〕

其中「廩廩」二字,姚鼐注曰:「李奇曰:『廩廩,危也』。鼐按,此即『凜凜』。」借倉廩之「廩」字,代用爲「凜凜」之意,以暗合「蓄積足、倉廩實」之意,此用字法,即歸有光所謂「因題之所宜,借用字樣,雖非正式,亦是巧思所在」。然因非正式,畢竟只是取巧。

第二節　謀篇技法

謀篇之技法是對整篇文章大方向之規劃。如關世教法,不論題目原本與世教關係如何,如果作者能夠從與世教相關的方向著手,則較易獲取好評。作者表達議論之時,如果最主要的訴求能以公理正義爲憑藉,則作者的立場亦較易受認同。至於文章的型態,未必要直接敘述正意,可以用問難或問答的方式表達。除可以直截了當說明正意之外,也可以不下結論,讓讀者思索。此外,批評或反駁古人史事之文,即使證據明確、理論清楚,行文之時也可以放寬一步,不必步步緊逼,雖下結論,亦留餘裕。

一、關世教

謝枋得《文章軌範》卷六種字集曰:「此集才、學、識〔註20〕三高,議論關世教,古之立言不朽者如是。夫葉水心曰:『文章不足關世教,雖工無益也。』」〔註21〕並且於評李覯〈袁州學記〉時,再引此言,曰:

〔註18〕 《古文辭類纂》作〈賈生論積貯疏〉,見王文濡《評校音注古文辭類纂》卷十二,頁13。

〔註19〕 歸有光,《文章指南》,頁322。

〔註20〕 《新唐書》卷一百三十二,列傳第五十七,〈劉子玄傳〉:「史有三長:才、學、識,世罕兼之,故史者少。夫有學無才,猶愚賈操金,不能殖貨;有才無學,猶巧匠無楩柟斧斤,弗能成室。善惡必書,使驕君賊臣知懼,此爲無可加者。」(北京:中華書局)

〔註21〕 謝枋得,《文章軌範》卷六,頁1。葉水心原文爲:「讀書不知接統緒,雖多無

> 本朝大儒作〈學記〉多矣。三百年來人獨喜誦〈袁州學記〉,非曰筆
> 端有氣力、有光燄,超然不羣。其立論高遠宏大,不離乎人心天理,
> 宜乎讀者樂而忘倦也。葉水心云:爲文不足關世教,雖工無益也。
> 可與知者道。〔註22〕

又於「天下治,則擅禮樂以陶吾民。一有不幸,猶當伏大節,爲臣死忠,爲子死孝」文下評曰:「此等文章關係世教,萬世不磨滅。」〔註23〕此外,謝枋得又評范仲淹〈嚴先生祠堂記〉曰:「有關世教,非徒文也。」足見關世教之重要。

歸有光認爲文章關世教比文章之「工」重要,他舉李覯〈學記〉一文說明云:

> 文章不足以關世教,雖工無益也。此篇議論臣子之分,懇惻切至,
> 讀者輒起忠孝之思,謂非文之關世教者乎。〔註24〕

李覯〈學記〉因「議論臣子之分,懇惻切至」,能使人「起忠孝之思」,大有關乎世教。又以王守仁〈象祠記〉爲例曰:「頗有感發人處。可與袁州〈學記〉參看」。感發人,即與「讀者輒起忠孝之思」同樣效果。

關世教的謀篇法,是認爲文章內容如果能關乎世教,則容易獲得好評與認同,使讀者於欣賞文詞之美之外,亦能產生道德上之肯定。並且將此道德肯定,轉移成對文章價值的肯定。因此文章不妨從關乎世教者講起或立論。由此觀之,關世教當然可視爲謀篇之技法。此外,世教與社會價值或道德判斷有關,亦隨時代而改易,因此觀點或文章是否關乎世教,往往有時代性與文化性差異。然而關於世教的時代性與文化性差異,卻是古文細部批評者未曾論及的。

二、占地步

謝枋得《文章軌範》評韓愈〈與于襄陽書〉時,舉占地位之法曰:

> 韓公作文專占地步,如人要在高處立,要在平處行,要在闊處坐。「下

益也:爲文不能關教事,雖工無益也;篤行而不合於大義,雖高無益也;立
志不存於憂世,雖仁無益也。」見〈贈薛子長〉,《水心集》(台北:中華書局,
民國 54 年)卷二十九,頁 11。
〔註22〕謝枋得,《文章軌範》卷六,頁 9。
〔註23〕謝枋得,《文章軌範》卷六,頁 10。
〔註24〕歸有光,《文章指南》,頁 23。

之人負其能，不肯諂其上」，不害爲君子；「上之人負其位，不肯顧
其下」，不免爲小人。「高材多戚戚之窮」，則是君子而安貧賤；「盛
位無赫赫之光」，則是庸人而苟富貴。韓公之所以自處者，可謂高矣。
〔註25〕

謝枋得認爲韓愈之所以自處者，是「下之人負其能，不肯諂其上」，即使有過，
亦不害爲君子；「上之人負其位，不肯顧其下」之過，則不免爲小人。「高材
多戚戚之窮」即使有過，亦只是「君子而安貧賤」；「盛位無赫赫之光」之過，
則是「庸人而苟富貴」。因此韓愈是占著君子之地步，而在上位之于襄陽，則
只能「不爲小人」。此即是占地步處之法。又評韓愈〈後二十九日復上宰相書〉
占地步，迻錄如下：

今天下一君，四海一國，舍乎此則夷狄矣，去父母之邦矣。謝枋得評
曰：「此一段以古道自處，節節占地步，文章絕妙。」故士之行道者，不得于
朝，則山林而已矣。謝枋得評曰：「此一轉尤高，占地步。」山林者，士之
所獨善自養，而不憂天下者之所能安也。謝枋得評曰：「此一段尤占地步。」
〔註26〕

所謂占地步，即是指韓愈以古道自處，自許爲行古道者，故所爲不爲己，皆
爲古道也。又，評韓愈〈送孟東野序〉「三子者之命，則懸于天矣。其在上也，
奚以喜？其在下也，奚以悲？」文下評曰：「此二句占地步」以三子之命懸於
天，在上在下，非己力能及，故無以悲喜。故曰占地步。

《文章指南》亦舉韓愈〈與于襄陽書〉說明占地步則，其文與《文章軌
範》相同曰：「古文作文，專占地步。如人要在高處立，平處坐、闊處行。如
此文隱以君子之道自許是也。〔註27〕」此語前半說明占地步之義，後半則指
出韓愈此文占地步處。

另歸有光在蘇洵〈上田樞密書〉文後曰：「已上二條，亦作文之要旨，故
附於通用則之後。直以天之與我自任是占地位處。」〔註28〕說明二件事，一
是關世教與占地步二條附於通用則之後，是因爲二者「亦作文要旨」，故雖未
能與通用則並列，亦可附於其後。第二件事，是指明〈上田樞密書〉文中「占

〔註25〕謝枋得，《文章軌範》卷一，頁2。
〔註26〕謝枋得，《文章軌範》卷一，頁5。
〔註27〕歸有光，《文章指南》，頁29。
〔註28〕歸有光，《文章指南》，頁34。

地步」處，在以「天之與我」自任。然歸有光此說恐亦沿襲自《文章軌範》。謝枋得於蘇洵〈上田樞密書〉開頭一句「天之所以與我者，豈偶然哉？」文下評曰：「一篇之骨在此一句，說「天之所以與我者」占得地步高。亦從《論語》中夫子言語變化來。」〔註29〕所指占地步處與歸有光相同，而說明略詳。

三、設爲難解

呂祖謙評韓愈〈爭臣論〉曰：「此篇是箴規攻擊體，是反題難文字之祖。」〔註30〕此類文字故設問難，再以己意分解。歸有光云：

> 凡作論辨文字，須設爲問難，而以己意分解。如此，非惟說理明透，而文字亦覺精神，如歐陽永叔〈春秋論〉、王陽明〈元年春王正月論〉是也。柳子厚〈與韓愈史書〉，皆是據韓愈一偏之見，而歷以正理折之，亦是辨論體，故附於此。韓退之〈爭臣論〉、蘇明允〈春秋論〉亦可與此參看。〔註31〕

他認爲論辨文章設爲問難體，而以己意分解，有二種優點，一是說理明透，一是文字精神。有時直接敘述不易突顯問題核心，設爲問難反而可以作爲提出正論之階梯。如歐陽修〈春秋論下〉〔註32〕之後幅爲許止不嘗藥說翻案，認爲當不只是「不嘗藥」，必有弒君之事，否則孔子不至於以「弒君」之罪加諸其身。曰：「許世子止實不嘗藥，則孔子決不書曰『弒君』。孔子書爲『弒君』，則止決非『不嘗藥』。」然而爲詳論其理，假設難者三問，分別爲：「聖人借止以垂教爾」、「然則盾曷復見於經，許悼公曷爲書葬？」、「三子之說，非其臆出也，其得於所傳如此，然則所傳者皆不可信乎？」借回答此三問，預先回答讀者可能提出之問題，並能更深入分析許止弒君之各相關問題。因此所設之問難，固爲發揮己意而設，亦即先有其解，再設其難。

四、設爲問答

答文章最大的優點，是可以標示各段之「問題」，使每段欲澄清或敘述之道理能眉目清楚。歸有光云：

〔註29〕謝枋得，《文章軌範》卷四，頁16。
〔註30〕《古文關鍵》作〈諫臣論〉，頁30。
〔註31〕歸有光，《文章指南》，頁18。
〔註32〕此論分爲上、中、下三篇，此處指下篇而言。

> 又有一等文字，不直發揮，乃學孟子文法，隨問而隨答者。亦是一
> 格，如韓退之〈對禹問〉、王陽明〈龍場生問答〉是也。

韓愈〈對禹問〉全文爲問答形式，起筆即曰：「或問：堯舜傳諸賢，禹傳諸子，
信乎？」通篇計有五問五答。王陽明〈龍場生問答〉亦是全文問答形式，以
龍場生之問起筆，借由通篇六問六答，而事理明透。

五、含意不露

論辯文章除直截了當說明己意之外，亦可於理說明白之後，不下結論，
故作反問句。這種問句，表面上不下結論，然語意已十分清楚，讀者自可分
辨。謝枋得評韓愈〈諱辯〉曰：「一篇辯明，理強氣直，意高辭嚴，最不可及
者，有道理可以折服人矣，全不直說破，盡是設疑，佯爲兩可之辭，待智者
自擇，此別是一樣文法。」〔註33〕此文法即「含意不露」。《文章指南》據以
作「含意不露則」。歸有光云：

> 有一等辨論文字，全不直說破，盡是設疑，佯爲兩可之詞，待智者
> 自擇。此別是一樣文字，如韓退之〈諱辨〉是也。

韓愈〈諱辨〉討論李賀應否避父名之諱而不舉進士。文章首段說明問題緣起。
第二段先澄清與諱相關之律爲二名與嫌名，而均與李賀無涉。然韓愈不直接
說出結論，卻反問曰：「今賀父名晉肅，賀舉進士，爲犯二名律乎？爲犯嫌名
乎？」並且進一步譬喻曰：「父名晉肅，子不得舉進士；若父名仁，子不得爲
人乎？」答案當然是「否」。第三段、第四段分別舉古人不避諱之例，及無法
避之例。如「周之時有騏期，漢之時有杜度，此其子宜如何諱？」答案也很
清楚，然韓愈不說出，反倒又問曰：「將諱其嫌，遂諱其姓乎？將不諱其嫌者
乎？」至第五段，李賀不必爲避諱而不舉進士，其理甚明，然而韓愈卻又反
問曰：「今考之於經，質之於律，稽之以國家之典，賀舉進士，爲可邪？爲不
可邪？」再以佯作問句，此即含意不露之法。

六、辨史放寬

古史所記人事，往往時日過久，史實湮滅，加上傳錄訛誤，難免出現於
理不洽之事。欲爲此類史事翻案，就理論事，可以抽絲剝繭，細加揀擇分辨，

〔註33〕謝枋得，《文章軌範》卷二，頁7。

將各種可能狀況均一一討論反駁。然而即使道理全然明顯，亦不妨在文末放寬一步，以善意著想。雖史籍所載之事，未必盡合情理，卻不妨假設作史之人亦有所本，將不合情理之記載，歸咎記錄或傳抄之誤。因此反駁辨解之餘，亦可放寬一步使文章意味悠長。歸有光云：

> 凡作辨史文字，前面雖把正理，難得他無逃避處，末當放寬一步，不可十分執結。蓋以當時作史者必有所據。如柳子厚〈桐葉封弟辨〉可以為式。

柳宗元〈桐葉封弟辨〉筆筆鋒刃，無堅不破，卻在文末結語以「或曰：封唐叔，史佚成之」數字，為周公出脫。即封唐叔之事，或真有其事，促成者卻非周公，乃是史佚。是以人物之誤取代事理之繆，然亦只是「或曰」，只放寬一步，不可退卻也。

第三節　譬喻引證謀篇法

譬喻法與引證法運用廣泛，用於字句詞語之中屬修辭鍊字功能，用於決定文章篇法，則屬謀篇之法。

一、譬喻謀篇法

文中設喻，可使難喻之事理簡單易曉。呂闓生論〈韓非子難舜篇〉曰：「凡文中設喻，最是奇麗生動之處，戰國人最能為此等文字。罕譬曲喻，足以達難顯之情，令人目眩耳回，心意震蕩。但如此喻奇妙確切，亦誠罕有。」〔註34〕此譬喻法之妙用也。譬喻之法用於議論謀篇之中，其方法簡言之即是「引用彼物以說明此物」。彼物或為虛構故事，或為實有其人，也可以是經傳詩文、古人言行。書寫之法包括譬喻則，以彼物譬喻此物；引證則，引證經傳或引證古人；將無作有則，牽引擴大解釋引文，以方便議論；化用經傳則，引用經傳，點化疏通，添字減字；引事論事則，引用類似之古人古事，相較得失，以彰顯形似實異處。

韓愈〈後十九日復上宰相書〉文末《文章軌範》評曰：「此書譬喻格，從孟子來。」〔註35〕又評韓愈〈應科目時與人書〉為「譬喻」，並曰「一篇皆是

〔註34〕吳闓生，《桐城吳氏古文法》（台北：文津出版社，民國68年）。
〔註35〕謝枋得，《文章軌範》卷一，頁12。

譬喻」〔註36〕。說明此文是以譬喻為謀篇之法。

《文章指南》著墨最多之一則即是譬喻則,並將譬喻謀篇之法分為七類〔註37〕。歸有光以詩之比興二體,先將譬喻法亦分為比興二體,又將此法上推至孟子,曰:「詩有比興。比者,以彼物比此物也。興者,以彼物引起此物也。體雖有二,而取喻之意則同。孟子文法,多本於此,故後世文章皆例用之。」〔註38〕比法又可細分為六類,一、「或不說出正意,專以彼物發揮者,如退之〈雜說〉上下篇是也」。二、「或專以彼物發揮,而末含一句正意者,如退之〈應科目時與人書〉是也」。三、「或專以彼物發揮,而末繳數句正意者,如子厚〈捕蛇者說〉是也」。四、「或以彼物、正意相半發揮者,如退之〈後十九日復上宰相書〉、子厚〈郭橐駝傳〉、〈梓人傳〉子瞻〈稼說〉是也」。五、「或以彼物輕輕發揮,而歸重正意者,如退之〈送溫處士赴河陽軍序〉是也」。六、「或首尾發揮正意,而中間以彼物形容,明允〈明論〉是也」。興體則是「以彼物輕說,引起正意發揮者。子瞻〈李氏山房藏書記〉是也,退之〈進學解〉中以匠氏醫師引起宰相意,亦是此法」。〔註39〕

歸有光的比體譬喻分類,是以「彼物」與「正意」之間的關係與比重為基準。第一類不說出正意,第二類末含一句正意,第三類末繳數句正意,第四類一半正意,第五類以正意為主,第六類則首尾正意,中間以彼物形容。興體則是著重於由彼物「引發」正意。

(一)不說出正意

不說出正意,專以彼物發揮者,如韓愈〈雜說一〉與〈雜說四〉。汪份也說:「龍與馬兩篇,只就譬喻說,不說出正意。」〔註40〕龍篇即〈雜說一〉,馬篇即〈雜說四〉。〈雜說一〉篇幅甚短,而意義迴環,筆勢拗折。內容主要說龍噓氣成雲,龍乘雲茫洋窮乎玄間,雲是龍之憑依,龍弗得雲無以神其靈。又說其所憑依,乃其所自為。至於龍何指?雲何指?並未明說。於是歷代評者各逞異說,以解為喻君臣關係者最多。如程端禮曰:「雲從龍,乃賢臣遇聖主之像。此篇主意謂賢臣必得聖君而用世,聖君必任賢臣而成功。」〔註41〕

〔註36〕謝枋得,《文章軌範》卷一,頁13。
〔註37〕比體六類,加上興體一類,合計為七。
〔註38〕歸有光,《文章指南》,頁89。
〔註39〕歸有光,《文章指南》,頁6。
〔註40〕見葉百豐,《韓昌黎文彙評》(臺北:正中書局,民國79年),頁23。
〔註41〕程端禮,《昌黎文式》卷三後集上卷。見《昌黎文鈔》,《唐宋八大家文鈔校注

以雲喻賢臣，龍喻聖主。謝枋得亦曰：「此篇主意謂聖君不可無賢臣，賢臣不可無聖君。聖賢相逢、精聚神會，斯可成天下之大功。」此外，如林雲銘、吳楚材、吳調侯、汪份均同樣認爲此文是以雲喻賢臣，龍喻聖君〔註42〕。第二種解讀法，雖亦認爲龍喻君，雲喻臣，但重點放在龍自爲龍，雲自爲雲，各有其本分，不可互換。如黃震曰：「〈龍喻〉言君不可以無臣。」〔註43〕第三種解讀法，是以賢喻龍，以雲喻位。如儲欣曰：「有龍斯有雲，猶有賢斯有位也。」〔註44〕第四種解讀法，是以韓愈自比爲龍，又以雲比勢位。如盧文子曰：「公以龍自況，而以雲比勢位也。」〔註45〕第五種解讀法，是曾國藩以龍喻韓愈自身，以雲喻其文章，曰：「龍以自喻其身，雲以喻其文章，憑依乃其所自爲，猶曰文書自傳道，不仗史筆垂。」〔註46〕第六種，則是呂留良的解讀，他說：「《軌範》謂龍喻聖君，雲喻賢臣，固是。然此篇是比體，凡世間體用感應之理，無不可通。」〔註47〕呂留良認爲此篇是比體，因此凡合乎體用感應的各種現象，均說得通。

　　〈雜說四〉說明伯樂與千里馬關係，言世有伯樂然後有千里馬，千里馬常有，伯樂不常有。故雖有名馬，不以千里稱也。策之不以其道，食之不能盡其材，鳴之而不能通其意，而曰天下無馬，眞不知馬也。同樣未明言所指爲何。黃震認爲「〈馬喻〉言世未嘗無逸俗之賢」。孫琮認爲此文是「借伯樂相馬隱寓世無知我」，即以馬喻韓愈自己。林雲銘認爲千里馬喻賢士，伯樂喻賢相，且重點不在千里馬，而是伯樂，即賢相難得，曰：

　　　　此以千里馬喻賢士，伯樂喻賢相也。有賢相，方可得賢士。故賢相
　　　　之難得，甚於賢士。若無賢相，雖有賢士，或棄之而不用，或用之
　　　　而畀以薄祿，不能盡其所長，猶之乎無賢士也。〔註48〕

　　　　集評》，頁532。
〔註42〕見《昌黎文鈔》，《唐宋八大家文鈔校注集評》，頁533至536。
〔註43〕黃震，《黃氏日抄》卷五十九，（台北：臺灣商務印書館，文淵閣《四庫全書》，民國72年）第708冊，頁469。
〔註44〕儲欣，《唐宋十大家全集錄‧昌黎先生全集錄》卷一。《昌黎文鈔》，《唐宋八大家文鈔校注集評》，頁534。
〔註45〕孫琮，《山曉閣唐宋八大家選‧韓昌黎集》卷四引。《昌黎文鈔》，《唐宋八大家文鈔校注集評》，頁533。
〔註46〕見葉百豐，《韓昌黎文彙評》，頁24。
〔註47〕呂留良《晚村先生八家古文精選‧韓文精選》。《昌黎文鈔》，《唐宋八大家文鈔校注集評》，頁533。
〔註48〕林雲銘，《韓文起》卷八。《昌黎文鈔》，《唐宋八大家文鈔校注集評》，頁534。

吳楚材、吳調侯則認為此文是喻英雄豪傑之遇知己者。曰：「此篇以馬取喻，謂英雄豪傑必遇知己者，尊之以高爵，養之以厚祿，任之以重權，斯可展布其材。否則英雄豪傑亦埋沒多矣。」〔註49〕

由上述解讀韓愈〈雜說一〉、〈雜說四〉的紛紜眾說可見，第一類譬喻法不說出正意，專以彼物發揮，因此究竟正意為何，往往但評論者之見。如呂留良所言，凡用合乎文內比喻的各種現象，均說得通，評者可自由闡發。此為第一類譬喻法之特色。

（二）末含一句正意

專以彼物發揮，而末含一句正意者，如韓愈〈應科目時與人書〉。此文以怪物為喻，此怪物得水，能變化風雨，上下于天不難也；其不及水，蓋尋常尺寸之間耳。然其不能自致乎水，窮涸為水獺所嘲笑。又曰如有力者，哀其窮而運轉之，蓋一舉手一投足之勞也。故當有力者之前，聊試仰首一鳴號。只在結尾一句曰：「愈今者，實有類於是。是以忘其疏愚之罪，而有是說焉，閣下其亦憐察之。」此句為本文正意。無末句則正意不明，然亦一句足矣。韓愈如此布局，雖是實有

難於致詞處，故不得不托物為喻。林雲銘云：「一篇譬喻到底，末只點出自己一句。人以為布局之奇，而不知應科目時與人之書，分明衒玉求售，與鑽營囑托，相去幾何？不得不自占地步。若不借喻，恐涉誇詡。」又曰：「公應科目，四舉而後成進士，卞和之璞，被刖數獻，其心甚苦，且恐落筆必有許多干礙，故出於此，非以譬喻見奇也。」〔註50〕

（三）末繳數句正意

專以彼物發揮，而末繳數句正意者，如柳宗元〈捕蛇者說〉。此文以永州捕蛇者的故事為喻，說永州野產毒蛇，可入藥，王命募能補之者，歲賦其二，以當租入。有蔣氏者，三代專其利，而兩代死蛇毒，第三代亦常幾於死境。柳宗元憫其悲，欲助蔣氏恢復上繳賦稅，不再以補蛇代賦。誰知蔣氏反而著急拒絕，並說鄰居日日所受賦稅之苦，更甚於他每年二次捕蛇的危險，因此他寧可冒險捕蛇上繳，也不願繳稅。於是柳宗元於文章末段提出正意曰：

〔註49〕 吳楚材、吳調侯，《古文觀止》卷七。《昌黎文鈔》，《唐宋八大家文鈔校注集評》，頁536。

〔註50〕 林雲銘，《古文析義》，頁687。

余聞而愈悲，孔子曰：「苛政猛於虎也。」吾嘗疑乎是，今以蔣氏觀
之，猶信。嗚呼！孰知賦斂之毒，有甚於是蛇者乎！故爲之說，以
俟夫觀人風者得焉。〔註51〕

末段以數句正意作結，使前文之喻意旨明確。各評家都認爲柳宗元是據「苛
政猛於虎也」一語，作出此篇文章來。如朱宗洛曰：

〈捕蛇者說〉作者意中，先有「苛政猛於虎」句，因借捕蛇立說，
想出一毒字，爲通篇發論之根。或極言供賦之毒，見得捕蛇之毒尚
不至是。至說到捕蛇雖毒，形以供賦之毒亦不敢以爲毒，則用意更
深更慘。〔註52〕

吳楚材、吳調侯、浦起龍、何孟春、林紓等人看法近似〔註53〕，而孫琮則更
進一步評曰：

只就「苛政猛於虎」一語發出一篇妙文。中間寫悍吏之催科，賦役
之煩擾，十室九空，一字十淚，中谷哀鳴，莫盡其慘。然都就蔣氏
口中說出，子厚只代述得一遍。以敘事起，入蔣氏語，出一「悲」
字，後以「聞而愈悲」自相叫應，結乃明言著說之旨，一片憫時深
思憂民至意，拂拂從紙上浮出，莫作小文字觀。〔註54〕

蔡鑄則更認爲未必眞有捕蛇之人，未必眞有捕蛇之事。他說：

此篇亦是空中結撰，不必有捕蛇之人，不必有捕蛇之事，妙在將賦
斂之毒於蛇處，俱借蔣氏口中說出，作者只加「孰知」二字，全不
費力。〔註55〕

此文是否空中結撰不得而知，然其筆法確爲於結處明言著說正意，屬比體之
第三類。

（四）一半正意

彼物、正意相半發揮者，如韓愈〈後十九日復上宰相書〉、柳宗元〈種樹

〔註51〕歸有光，《文章指南》，頁95。
〔註52〕朱宗洛，《古文一隅》卷中。見《柳州文鈔》，《唐宋八大家文鈔校注集評》，
　　　　頁1343。
〔註53〕見《柳州文鈔》，《唐宋八大家文鈔校注集評》，頁1341～1343。
〔註54〕孫琮，《山曉閣唐宋八大家選・柳柳州集》卷四。《柳州文鈔》，《唐宋八大家
　　　　文鈔校注集評》，頁1343。
〔註55〕蔡鑄，《蔡氏古文評注補正全集》卷七。《柳州文鈔》，《唐宋八大家文鈔校注
　　　　集評》，頁1344。

郭橐駝傳〉、〈梓人傳〉及蘇軾〈稼說〉。

　　韓愈〈後十九日復上宰相書〉以蹈水火勢急情悲之狀況為喻曰：

> 蹈水火者之求免於人也，不惟其父兄子弟之慈愛，然後呼而望之也，
> 將有介於其側者，雖其所憎怨，苟不至乎欲其死者，則將大其聲疾
> 呼而望其仁之也；彼介於其側者，聞其聲而見其事，不惟其父兄子
> 弟之慈愛，然後往而全之也，雖有所憎怨，苟不至乎欲其死者，則
> 將狂奔盡氣，濡手足，焦毛髮，救之而不辭也。〔註56〕

韓愈以蹈水火而求免於人喻自己，以介於其側者喻宰相。然後表明自己處境
危急曰：「愈之強學力行有年矣，愚不惟道之險夷，行且不息，以蹈於窮餓之
水火，其既危且亟矣，大其聲而疾呼矣。」並探詢宰相曰：「閣下其亦聞而見
之矣，其將往而全之歟？抑將安而不救歟？」本文內容即是譬喻與正意摻半。

　　柳宗元〈種樹郭橐駝傳〉以長安西邊豐樂鄉種樹為業外號橐駝者為喻。
此人種樹凡長安豪富人為觀游及賣果者，皆爭迎取養。原因是他所種之樹，「或
移徙無不活；且碩茂，蚤實以蕃」。他的種樹之道是「順木之天以致性」，「不
害其長而已，非有能碩而茂之也」。以此引伸出正意，以橐駝種樹之道，「移
之官理」，即「養人術」。柳宗元借橐駝之口，發揮議論曰：

> 吾居鄉，見長人者，好煩其令，若甚憐焉，而卒以禍。旦暮，吏來
> 而呼曰：「官命促爾耕，勖爾植，督爾穫，蚤繰而緒，蚤織而縷，字
> 而幼孩，遂而雞豚！」鳴鼓而聚之，擊木而召之。吾小人輟飧饔以
> 勞吏者，且不得暇，又何以蕃吾生而安吾性耶？故病且怠。〔註57〕

所欲言者不過與民休息，不擾民之意。如王文濡所言：「養人之術通於養樹，
傳其事以為官戒，乃作者之正意。」〔註58〕至於筆法，以孫琮之說為深入：

> 前幅寫橐駝命名，寫橐駝種樹，寫橐駝與人問答種樹之法，瑣瑣述
> 來，純是涉筆成趣。讀至後幅，斗然接入官理一段，變成絕大議論。
> 於是讀者讀其前文，竟是一篇遊戲小文章，讀其後文，又是一篇治
> 人大文章，前後改觀，咄咄奇事。〔註59〕

讀其前文，竟是一篇遊戲小文章，即彼物；讀其後文，又是一篇治人大文章，

〔註56〕歸有光，《文章指南》，頁 97。
〔註57〕歸有光，《文章指南》，頁 101。
〔註58〕王文濡，《評校音注古文辭類纂》，卷三十七，頁 6。
〔註59〕孫琮，《山曉閣唐宋八大家選‧柳柳州集》卷四。見《柳州文鈔》，《唐宋八大
　　　　家文鈔校注集評》，頁 1132。

即正意。

柳宗元〈梓人傳〉以梓人之道喻相道。孫琮曰：「此傳分兩不幅看，前半幅詳寫梓人，後半幅詳合相道。前半幅寫梓人，處處隱伏下半幅；後半幅寫相道，處處回抱上半幅。」〔註60〕梓人之道為：「善度材，視棟宇之制，高深方圓短長之宜，吾指使而羣工役焉。捨我，眾莫能就一宇。」柳宗元就此議論曰：「吾聞勞心者役人，勞力者役於人；彼其勞心者歟！能者用而智者謀，彼其智者歟。是足為佐天子，相天下法矣。」因此林雲銘評云：「相臣貴知大體，而大體在於識時務善用人，天下之治亂安危，即相臣所以為能否，非可以才藝見長也。」又曰：「是篇借梓人能知體要，痛發其通於相業。」〔註61〕過珙也評曰：「寫梓人卻寫得體尊望重，運籌如意，便不是單寫梓人。入後通於相道之大，句句就梓人回抱說，乃知寫梓人早已寫相，故特地寫個體尊望重也。」可見此文之「彼物」與「正意」，不惟比重相當，更重要的是前後隱伏回抱，渾然一體之妙。

蘇軾〈稼說〉以稼喻學，旨在勉張琥博觀約取，厚積薄發。孫琮曰：「起手托稼為喻，兩段似對非對，已隱隱有兩種人在裏面。因言古人之才，以有養而全，此富人之稼也。吾不幸而早遇，妄為眾所推，無異十口之家，而共百畝之田，故以務學勉張。」〔註62〕又謝枋得評曰：「首截托物發端，以稼喻人才。稼之美者，暗指有養之人；而稼之者，暗指無養之人。看後截議論自見。」可見此文亦是分為前後二幅，前後伏應。

（五）正意為主

以彼物輕輕發揮，而歸重正意者，如韓愈〈送溫處士赴河陽軍序〉。此序以伯樂取馬為喻開頭曰：

> 伯樂一過冀北之野，而馬羣遂空。夫冀北馬多天下，伯樂雖善知馬，安能空其羣耶？解之者曰：「吾所謂空，非無馬也，無良馬也。伯樂知馬，遇其良，輒取之，羣無留良焉。苟無良，雖謂無馬，不為虛語矣。」〔註63〕

〔註60〕 既分兩大幅，當分為前幅與後幅，非前半、後半，孫琮此處有語病。見《柳州文鈔》，《唐宋八大家文鈔校注集評》，頁1140。

〔註61〕 林雲銘，《古文析義》，頁732。

〔註62〕 孫琮，《山曉閣唐宋八大家選・蘇東坡集》卷六。《東坡文鈔》，《唐宋八大家文鈔校注集評》，頁5795。

〔註63〕 歸有光，《文章指南》，頁110。

此下筆鋒一轉，轉言烏重胤羅致石生與溫生事。開頭一喻，只爲方便稱述烏重胤羅致人才一事，並無深意，作者並不能借此譬喻發揮深刻議論，只作爲話頭，方便以下敘述而已。因此金聖歎評曰：「前憑空以冀北馬空起，中憑空撰出無數人嗟怨，後又憑空結以自己嗟怨，俱是憑空文字。」〔註 64〕所謂憑空文字，就是前後段文字關聯不緊密。孫琮稱之爲「借喻起法」，亦只是個借喻以起頭之作文法。此即正意爲主之譬喻則。

（六）首尾正意，中間彼物

首尾發揮正意，而中間以彼物形容。與前述各法不同的是，前舉各法均以譬喻開頭，再轉入正意結束。而此法則以正意開頭，以正意結束，唯行文間以譬喻形容。如蘇洵〈明論〉，主意論賢人之明，而文中插以日月、雷霆、齊威王、舉一數九等諸喻以說明之。

（七）興體：以彼物引發正意

彼物輕說，引起正意發揮者。如蘇軾〈李氏山房藏書記〉，而韓愈〈進學解〉中以匠氏醫師引起宰相意，亦是此法。所謂彼物輕說，「引起」正意，是指譬喻的內容與正意並不相關。彼物和正意之間，並非明確譬喻關係，不是用以彼物來譬喻正意。如蘇軾〈李氏山房藏書記〉，開頭以珍物用材與書籍比較曰：

> 象犀珠玉怪珍之物，有悅於人之耳目，而不適於用。金石草木絲麻五穀六材，有適於用，而用之則弊，取之則竭。悅於人之耳目而適於用，用之而不弊，取之而不竭，賢不肖之所得，各因其才，仁智之所見，各隨其分，才分不同，而求無不獲者，惟書乎。

文中舉象犀珠玉怪珍之物與金石草木絲麻五穀六材，只是用以比較出書之用之不弊、取之不竭、求無不獲。並非借象犀珠玉怪珍之物與人之耳目的關係，或金石草木絲麻五穀六材之適於用，以譬喻書的特性。同樣的，韓愈〈進學解〉中有一段以匠氏之工與醫師之良，來和宰相之方對比之譬喻，即歸有光所謂「以匠氏醫師引起宰相意」。也是爲說明宰相之方，而舉匠氏之工與醫師之良來對比。因此匠氏與醫師，對正意而言，只是用以類比或反襯的例子。這種比較與前述六種比體之譬喻自然大不相同，歸有光稱爲「譬喻興體」。

〔註 64〕金聖歎，《才子古文》卷十一，頁 387。

二、引證謀篇法

引用古人事蹟言論、經傳文詞以爲佐證，可加強文章說服力。引證原則，首重精當。引證經傳時，可經點化疏通，以免陳腐；引證古人故事，則以相近情境者爲佳。但無可援引之時，也可從不相關處引申以建構關聯，稱爲將無作有，只要能自圓其說亦是一法。必須注意的是，使用經傳之點化疏通、引用相近古人故事及將無作有牽引推論之方法時，均應避免因爲引證不精當，而影響文章之可信度。

（一）引證精當

歸有光云：「凡文章議論，或引證古人，此常格也，然須要用得精當。如左氏所載鄭子產與范宣子論重幣書，論令德令名，兩引詩以證之；蘇明允諫論，論諫法有五，歷引古人以證之，此皆有可法者也。」〔註65〕所指鄭子產書，《文章指南》作〈子產論重幣〉〔註66〕，是《左傳》襄公二十四年，晉大夫「范宣子爲政，諸侯之幣重，鄭人病之」。於是子產寄書以告宣子，言令德令名之要。文曰：

> 夫令名，德之輿也。德，國家之基也。有基無壞，無亦是務乎？有德則有榮，樂則能久。詩云：「樂只君子，邦家之基」，有令德也夫。「上帝臨女，無貳爾心」，有令名也夫。恕思以明德，則令名載而行之，是以遠至邇安。〔註67〕

其中引詩二則，一爲《小雅》〈南山有臺〉「樂只君子，邦家之基」，一爲《大雅》〈大明〉「上帝臨女，無貳爾心」。

蘇洵〈諫論〉論勸諫之法，有理諭、勢禁、利誘、激怒、隱諷五者，並廣舉古人故事爲證，以堅固其說。

歸有光認爲引證古人詩文故事乃常格，並無特殊處。然難在所引例證必須用得精當。如《左傳》及蘇洵文中引證各例，則屬精當可法者。此則當與「將無作有則」並看。

（二）化用經傳

化用經傳即不直接引用經傳之文，經點化疏通，以免陳腐之病。文字用

〔註65〕歸有光，《文章指南》，頁7。
〔註66〕《古文析義》作〈子產告范宣子輕幣〉。
〔註67〕歸有光，《文章指南》，頁122。

經傳易失之陳腐之說，衍自《古文關鍵》。呂祖謙評歐陽修〈送王陶序〉云：
「凡文字用易象，多失之陳，此篇使得疏通不陳，窒塞處能疏通。」〔註68〕
歸有光亦曰：

> 凡文字引用經傳，易失之陳腐。惟歐陽永叔此〈序〉，全用易象點化
> 疏通，而議論亦好。文章似此，方成文章。韓退之〈爭臣論〉引孟
> 子說話，全憑自家添字減字，變化出來，便不陳腐。可與此參看。

〔註69〕

〈送王陶序〉引用《易》之文，雖亦有原文引述者，然點化疏通《易》經文
字者更多。點化疏通者，不直接引述，乃就經中文字加以改造組合，使人知
其必出自經，而經中無此文字，故活潑不陳腐。例如《易》〈說卦傳〉有「分
陰分陽，迭用柔剛，故《易》六位而成章」句，〈繫辭下傳〉有「八卦以象告，
爻象以情言，剛柔雜居而吉凶可見矣」句，經點化於〈送王陶序〉中即成爲
「八卦之變，六爻之錯，剛與柔迭居其位，而吉亨利無咎凶悔吝之象生焉」。
至於韓愈〈爭臣論〉曰：

> 古之人有云：「仕不爲貧，而有時乎爲貧。」謂祿仕者也，宜乎辭尊
> 而居卑，辭富而居貧，若抱關擊柝者可也。蓋孔子嘗爲委吏矣，嘗
> 爲乘田矣，亦不敢曠其職，必曰：「會計當而已矣」，必曰：「牛羊遂
> 而已矣。」〔註70〕

此段文字顯然由《孟子》變化而來，《孟子·萬章下》曰：

> 孟子曰：「仕非爲貧也，而有時乎爲貧；娶妻非爲養也，而有時乎爲
> 養。爲貧者，辭尊居卑，辭富居貧。辭尊居卑，辭富居貧，惡乎宜
> 乎？抱關擊柝。孔子嘗爲委吏矣，曰：『會計當而已矣。』嘗爲乘田
> 矣，曰：『牛羊茁壯，長而已矣。』位卑而言高，罪也。立乎人之本
> 朝而道不行，恥也。」〔註71〕

文義相近，而文詞之排列增減略有不同，此即歸有光所言「全憑自家添字減
字，變化出來，便不陳腐」。

〔註68〕呂祖謙，《古文關鍵》，頁156。
〔註69〕歸有光，《文章指南》，頁134。
〔註70〕歸有光，《文章指南》，頁141。
〔註71〕《孟子·萬章下》，《孟子注疏》（台北：藝文印書館，民國71年九版），頁185。

（三）引事論事

引事論事之法，乃引用古人故事，以評論另一件事，歸有光云：

> 古人事迹，大率相類，特有得失之異耳。故議古之得，須援失者以
> 證之；議古之失，引得者以證之。如獨孤及〈季札論〉，是援太伯讓
> 得，以證季札讓國之失。姑取以為此則之例。〔註72〕

評述古人事迹，如果憑空議論，不易深入。歸有光特舉引事論事之法，即以
相近似之古人故事來比較得失。尤其論古人之得，則引失者故事；論古人之
失，則引得者故事。比較二者之差異處，能彰顯其得失之原因。如獨孤及〈季
札論〉欲批吳季札三讓其國之非，而引同樣讓國之吳太伯故事。《史記‧吳太
伯世家》：

> 吳太伯，太伯弟仲雍，皆周太王之子，而王季歷之兄也。季歷賢，
> 而有聖子昌，太王欲立季歷以及昌，於是太伯、仲雍二人乃奔荊蠻，
> 文身斷髮，示不可用，以避季歷。季歷果立，是為王季，而昌為文
> 王。太伯之奔荊蠻，自號句吳。荊蠻義之，從而歸之千餘家，立為
> 吳太伯。〔註73〕

吳季札故事，《左傳》曰：

> 吳子諸樊既除喪，將立季札。季札辭曰：「曹宣公之卒也，諸侯與曹
> 人不義曹君，將立子臧。子臧去之，遂弗為也，以成曹君。君子曰
> 『能守節』。君，義嗣也，誰敢奸君，有國，非吾節也。札雖不才，
> 願附於子臧，以無失節。」固立之，棄其室而耕，乃舍之。〔註74〕

《史記‧吳太伯世家》述其事更詳：

> 二十五年，王壽夢卒。壽夢有子四人，長曰諸樊，次曰餘祭，次曰
> 餘眛，次曰季札。季札賢，而壽夢欲立之，季札讓不可，於是乃立
> 長子諸樊，攝行事當國。
>
> 王諸樊元年，諸樊已除喪，讓位季札。季札謝曰：「曹宣公之卒也，
> 諸侯與曹人不義曹君，將立子臧，子臧去之，以成曹君，君子曰『能
> 守節矣』。君義嗣，誰敢干君！有國，非吾節也。札雖不材，願附於
> 子臧之義。」吳人固立季札，季札棄其室而耕，乃舍之。……

〔註72〕歸有光，《文章指南》，頁8。
〔註73〕《史記‧吳太伯世家第一》，頁1445。
〔註74〕《左傳‧襄公》，《左傳注疏》（台北：藝文印書館，民國71年九版），頁557。

十三年，王諸樊卒。有命授弟餘祭，欲傳以次，必致國於季札而止，以稱先王壽夢之意，且嘉季札之義，兄弟皆欲致國，令以漸至焉。……

十七年，王餘祭卒，弟餘眛立。……

四年，王餘眛卒，欲授弟季札。季札讓，逃去。於是吳人曰：「先王有命，兄卒弟代立，必致季子。季子今逃位，則王餘眛後立。今卒，其子當代。」乃立王餘眛之子僚爲王。〔註75〕

季札之讓國，獨孤及以爲不可，因舉太伯之讓國爲對比。他認爲「泰(太)伯之奔勾吳也，蓋避季歷。季歷以先王所屬，故篡服嗣位而不私。泰伯知公器有歸，亦斷髮文身而無怨，及武王繼統，受命作周，不以配天之業讓伯邑考，官天下也」。然而季札的情形與太伯大不相同，重要差別是太伯所讓，是讓于聖賢，而季札所讓之人，則大大不如。他說：

彼諸樊無季歷之賢，王僚無武王之聖，而季子爲泰伯之讓，是徇名也，豈曰至德。且使爭端興於上替，禍機作於內室，遂錯命於子光，覆師於夫差，陵夷不返，二代而吳滅。〔註76〕

季札與太伯其事迹相類，而所讓之人絕異，終使得失殊途。經此比較，季札讓國之非顯矣。此引事相較，以明得失之法，即引事論事則。

（四）將無作有

將無作有是指原本無所援引，卻從不相關處牽引例證，如歸有光於韓愈〈重答張籍書〉後云：

凡議論援引，固以精當爲貴，有牽引來說者，謂之將無作有，此善行文處。如此書後夫子之言曰數語，正得將無作有之法。陳止齋作論，全是學此〔註77〕。退之〈送孟東野序〉云：「夔弗能以文辭鳴，又自假於韶以鳴」此二句，亦可與此參看。〔註78〕

所謂「牽引來說」者，即將無作有。如韓愈〈重答張籍書〉後段言，因張籍來書曾謂韓愈「與人商論不能下氣，若好勝者然」。韓愈欲引古人故事，證明聖人亦不得已而向人論辯是非之時，因舉孔子之言曰：「吾與回言終日，不違

〔註75〕《史記・吳太伯世家第一》，頁1449。
〔註76〕歸有光，《文章指南》，頁135。
〔註77〕陳傅良字君舉，號止齋，溫州瑞安人。宋乾道八年進士，官至中書舍人、寶謨閣待制，諡文節。事蹟具《宋史》本傳。著有《止齋論祖》五卷。
〔註78〕歸有光，《文章指南》，頁131。

如愚。」證明孔子「與眾人辨也有矣」。孔子之言出自《論語・爲政》，全文爲：「吾與回言終日，不違如愚；退而省其私，亦足以發。回也不愚。」本不涉與眾人辨與否的問題，然韓愈引申解釋之，認爲孔子指出「不違如愚」，表示很在意學生對自己的意見「違或不違」。學生不違，即是孔子辨的結果。因此不僅韓愈自己之好勝，「非好己勝也，好己之道勝也。非好己之道勝也，己之道乃夫子孟軻揚雄所傳之道也，若勝則無以爲道，吾豈敢避是名哉。」更重要的是這種論辯的精神，亦孔子之道也。這種原本無所援引，從不相關處牽引例證，即「將無作有」的引證法。與「引證則」不同的是，引證是本有其文其事，引用以爲證，只要精當即佳。然而將無作有則，是本無其文其事可證，牽引來說，擴大解釋，自圓其說。至於韓愈〈送孟東野序〉云：「夔弗能以文辭鳴，又自假於韶以鳴」二句，亦是同樣手法。蓋夔以韶鳴，人能知之，而夔弗能以文辭鳴，則是「將無作有」牽引推論之辭。

第八章　析安章布勢

安排文章的段落結構與鋪敘次第稱爲安章布勢。

安章布勢的筆法甚多，主要分爲四大類，一是抑揚以論人，二是提應而議事，三是文勢布置，四是結末筆法。

抑揚法是評論人物最主要的方法。抑揚是對人物功過善惡的評價，評論人物時，不可全然貶抑或全面讚揚，亦不須直接貶抑或直接讚揚，抑揚的先後次序與主從關係、虛敘實寫，都可隨文章需求而變化。此外，作者的立場，若能設人處地爲古人謀，則能使評論更具說服力。

議事以分析事態之正反利弊爲主，因此事情之利弊得失如何排比析論或交疊敘述，均至爲緊要，因此可有正反、前後、提應、疑決的不同安排。

文章結構的布置有嚴整、漸進、雙關、兩柱、曲折、繳應及各種文句前後延續關係的變化，稱爲文勢布置。

文章結末處爲一篇命脈歸束，結末成敗關係甚大，林紓曰：「爲人重晚節，行文看結穴。」〔註1〕以文章結末與爲人晚節類比，不可謂不重。結末作法變化亦多，如有餘、進步、括應、推原、推廣、垂戒、有力、斷制、綴上生下等，各有其用，亦各具其法。

第一節　抑揚論人

評論人物最主要方法爲抑揚之法，歸有光云：「人非聖人，孰能無過。苟非全惡，未必無一長可取，故論人者，雖不可恕人之惡，亦不可沒人之善。

〔註 1〕　林紓，《春覺齋論文》，頁 126。

抑而須揚，揚而須抑，方爲公論。」〔註2〕評論人物之文，若將人視爲全善之人或全惡之人，同樣不具說服力。論人若能善善惡惡，善人不諱其惡，惡人不沒其善，方爲公論。歸有光並將抑揚法之變化，分爲五類：一、先抑後揚者。二、先揚後抑者。三、抑揚並用者。四、揚中之抑者。五、抑中有揚者。各種抑揚法用法及效果各不相同。此外，尙論古人功過，當設身處地爲古人謀，是爲尙論成敗法。〔註3〕

一、先抑後揚

　　歸有光曰：「先抑而後揚者，如韓退之〈爭臣論〉是也。蘇子瞻〈范增論〉〈荀卿論〉亦可與此參看。」〔註4〕其理甚明，然歸有光舉韓愈〈爭臣論〉爲例，則未必恰當。韓愈〈爭臣論〉評論諫議大夫陽城之是非，四問四答，始終不肯以有道許陽城，抑之極矣。然而文章結尾，忽起一筆曰：「子告我曰，陽子可以爲有道之士也，今雖不能及已，陽子將不得爲善人乎哉。」呂祖謙曰：「從前難到此已極了，末後須用放他一著。蓋陽子當時畢竟是箇賢者。大抵文字須抑揚，若作漢唐文字，先須取他長處，後說他短處。先須取他長處，自『子告我曰』下是。」〔註5〕呂氏認爲「陽子將不得爲善人乎哉」一句，是「放他一著」、「取他長處」。謝枋得也說：「到底不肯以有道許陽子，畢竟陽子是個好人，如何泯沒得好處？」又曰：「此末句結得絕妙。蘇東坡作《范增論》攻得他無逃避處，結句乃云：『雖然，增，高帝之畏也。增不去，項羽不亡。增亦人傑也哉！』正是學韓子。」〔註6〕蘇軾〈范增論〉是否學韓愈此文，不可究知。然而韓愈〈爭臣論〉通篇實無呂祖謙所言之「放他一馬」。「子告我曰」後之文字，也不是取陽城之長處，只是反駁難者所謂「傷德而費於辭」與「好盡言招人過，國武子之所以見殺於齊也」之說，提出「惟善人能受盡言」，故將陽城逼至「雖不能及有道，至少也要作個聞過能過之善人」的角落，是阻絕難者反詰的最後可能，絲毫無任何「揚」的成分」。因此呂祖謙、謝枋得、歸有光之評並不恰當。故林雲銘於評蘇軾〈范增論〉時曰：

〔註2〕歸有光，《文章指南》，頁9。
〔註3〕見歸有光，《文章指南》，頁9。
〔註4〕歸有光，《文章指南》，頁9。
〔註5〕呂祖謙，《古文關鍵》，頁36。
〔註6〕謝枋得，《文章軌範》卷二，頁5。

末用數語叫轉，更得抑揚，是從莊子論墨子，末段用才士一語叫轉
之法。坊間比之昌黎〈爭臣論〉，不知〈爭臣論〉結尾善人二字，承
惟善人能受善言句來，冀陽子之能改，非實許陽子爲善人，語意讀
韓文便知。〔註7〕

可見呂、謝、歸三人之評此文，或相沿錯誤，且未細讀，方有此繆。至於蘇
軾〈范增論〉，呂祖謙評曰：「這一篇要看抑揚處。」又曰：「大凡作漢唐君臣
文字，前面若說他好，後面須說他些子不好處。此論前說增不足道，後卻說
他好，乃是放他一線地。」〔註8〕謝枋得亦曰：「若斷人之過，攻人之惡，沒
人之善，皆非老手。」〔註9〕此爲先抑後揚則，大約不誤。

二、先揚後抑

　　先揚後抑者，如司馬遷論項羽是也。文出自《史記·項羽本紀》，前半段
述其興，爲揚。文曰：

太史公曰：吾聞之周生曰「舜目蓋重瞳子」，又聞項羽亦重瞳子·羽
豈其苗裔邪？何興之暴也！夫秦失其政，陳涉首難，豪傑蜂起，相
與並爭，不可勝數。然羽非有尺寸乘勢，起隴畝之中，三年，遂將
五諸侯滅秦，分裂天下而封王侯，政由羽出，號爲「霸王」，位雖不
終，近古以來未嘗有也。

後半段推其亡，爲抑。文曰：

及羽背關懷楚，放逐義帝而自立，怨王侯叛己，難矣。自矜功伐，
奮其私智而不師古，謂霸王之業，欲以力征經營天下，五年卒亡其
國，身死東城，尚不覺寤而不自責，過矣。乃引「天亡我，非用兵
之罪也」，豈不謬哉！

揚抑之間，界限分明。先揚後抑的安排，使讀者覺得此文之抑，非作者一人
之私見，而是權衡功過後之公平評價。

三、抑揚並用

　　有抑揚並用者，如韓愈〈圬者王承福傳〉末議論一段是也。此文末段議

〔註7〕林雲銘《古文析義》，頁306。
〔註8〕呂祖謙《古文關鍵》，頁247。
〔註9〕謝枋得《文章軌範》卷三，頁12。

論曰：「愈始聞而惑之又從而思之，蓋賢者也，蓋所謂獨善其身者也。」此爲揚。又曰：「然吾有譏焉，謂其自爲也過多，其爲人也過少，其學楊朱之道者耶！楊之道，不肯拔一毛而利天下。而夫人以有家爲勞心，不肯一動其心以畜其妻子，其肯勞其心以爲人乎哉！」此爲抑。繼曰：「雖然，其賢於世之患不得之而患失之者，以濟其生之欲，貪邪而亡道，以喪其身者，其亦遠矣。」此又是揚。張伯行亦評曰：「通篇抑揚錯落，盡文字之趣。」〔註10〕

抑揚並用之文，羅列功過善惡，待讀者自行判斷，雖抑揚之時輕重未必均衡，已隱含褒貶之暗示，但讀來似乎較爲公正可信。

四、揚中之抑

有揚中之抑者，如韓愈〈送浮屠文暢序〉止取其喜文詞是也。韓愈一生辟佛，然又爲浮屠作序，此最難落筆者。此文通篇辟佛，卻未直接斥責文暢，反爲文暢出脫。表面上只有揚文暢，而所揚者只取其喜文詞，曰：「浮屠師文暢喜文章，其周遊天下，凡有行必請於縉紳先生，以求詠歌其所志。」又曰：「余既重柳請，又嘉浮屠能喜文辭，於是乎言。」然文暢畢竟是浮屠，此因文中抑浮屠之言，亦抑文暢也，即所謂揚中之抑。又呂祖謙對韓愈〈答陳商書〉開頭「愈白，辱惠書，語高而旨深，三四讀尚不能通曉。」評曰：「揚中之抑。」〔註11〕亦是一例也。

揚中之抑，表面似揚，實含貶抑，如此安排一者以曲折筆法保其顏面，二者抑在揚中，亦可加強抑之力道。

五、抑中有揚

有抑中有揚者，如韓愈〈與孟尚書書〉論孟子之功，意與而詞不與是也。據《文章指南》之評，韓愈此文論孟子之功，抑之曰：「孟子雖賢聖，不得位，空言無施，雖切何補？」又揚之曰：「然賴其言，而今學者尚知宗孔氏，崇仁義，貴王賤伯而已。」再抑之曰：「其大經大法，皆亡滅而不救，壞爛而不收，所謂存十一於千百，安在其能廓如也？」又再揚之曰：「然向無孟氏，則皆服左衽而言侏離也。故愈嘗推尊孟氏，以爲功不在禹下者，

〔註10〕張伯行，《唐宋八大家文鈔》卷二。《昌黎文鈔》，《唐宋八大家文鈔校注集評》，頁436。
〔註11〕呂祖謙，《古文關鍵》，頁66。

為此也。」〔註12〕其抑非眞抑，只為後文之揚而抑也。故雖曰：「空言無施，雖切何補？」卻已先表明孟子為賢聖、雖無補而其言切也。又雖曰：「其大經大法，皆亡滅而不救，壞爛而不收，不能廓如也。」卻同時說出「存十一於千百」之功。可見其抑中亦有揚。故曰「意與而詞不與」，為抑中有揚則。

抑中之揚為明貶而實褒，如俗語云「退一萬步想」尚見其善，則若不退半則其善即無庸置疑。

六、先虛後實

先實後虛則，指議論人物時，不直接切入主題，先泛論道理，稱為冒頭，為虛；待道理鋪陳完善，再帶入主要人物，為實。歸有光云：

> 謝疊山曰：「文章立冒頭，然後入事」，又是一格。如蘇子瞻〈伊尹論〉是也。蘇子瞻〈晁錯論〉亦可與此參看。〔註13〕

蘇軾〈伊尹論〉之主意為：

> 夫太甲之廢，天下未嘗有是，而伊尹始行之，天下不以為驚；以臣放君，天下不以為僭；既放而復立，太甲不以為專。何則？其素所不屑者，足以取信於天下也。〔註14〕

孫琮評曰：「通篇重大節二字。人之大節，見於平時取與。伊尹耕莘，天下弗受，是其大節，足以取信於人所在。」〔註15〕認為蘇軾之論伊尹，主要著重大節二字，而人之大節見於平時取與。因此〈伊尹論〉以論大節為冒頭，則是論伊尹之必需。〈伊尹論〉起筆曰：「辦天下之大事者，有天下之大節者也。立天下之大節者，狹天下者也。夫以天下之大而不足以動其心，則天下之大節有不足立，而大事有不足辦者矣。」其後又論所不取者與所辦者之關係，並以「其不取者愈大，則其所辦者愈遠矣」之論，作為討論伊尹大節的基礎。文章開頭一大段只論大節，未及伊尹，此泛論道理，即所謂「虛」。後引入伊尹正論，即為「實」處。此即前虛後實則之筆法。

〔註12〕歸有光，《文章指南》，頁155。
〔註13〕歸有光，《文章指南》，頁15。
〔註14〕歸有光，《文章指南》，頁250。
〔註15〕孫琮，《山曉閣唐宋八大家選・東坡全集》，卷二引。見《東坡文鈔》，《唐宋八大家文鈔校注集評》，頁5120。

七、尚論成敗

論古人功過，必須設身處地爲古人謀。歸有光云：

> 凡論古人之功罪，須要思量，使我生此時，居此位，處此事，當如
> 何處置？必有長策方可。若只能責人，亦非高手，如蘇明允〈管仲
> 論〉、蘇子瞻〈賈誼論〉皆得此法。蘇子瞻〈范增論〉〈晁錯論〉亦
> 可與此參看。〔註16〕

歸有光此則承襲自《文章軌範》，謝枋得於蘇洵〈管仲論〉「因桓公之問，舉
天下之賢者以自代，則仲雖死，而齊國未爲無仲也。夫何患三子者。不言可
也。」文下評曰：

> 此一段是代管仲謀。文章最高處，既攻擊管仲，須是思量吾身生管
> 仲之時，居管仲之位，爲管仲之事，如何處置，必有一策。東坡作
> 〈晁錯論〉〈范增論〉皆用此法。〔註17〕

另，蘇軾〈晁錯論〉曰：

> 當此之時，雖無袁盎，錯亦未免於禍。何者？己欲居守，而使人主
> 自將。以情而言，天下固已難之矣，而重違其議。是以袁盎之說，
> 得行於其間。使吳、楚反，錯以身任其危，日夜淬礪，東向而待之，
> 使不至於累其君，則天子將恃之以爲無恐，雖有百袁盎，可得而間
> 哉？〔註18〕

謝枋得評曰：

> 此一段最妙，乃是無中生有，死中求活，方成議論。凡作史評，判
> 斷古今之功罪，須要思量，使我生此人之時，居此人之位，處此人
> 之事，當如何處置，必有一長策，如奕棋然，雖敗局未嘗勝勢，雖
> 勝局未嘗無敗勢，善奕者能知之。〔註19〕

此二文敘述明確而詳細，當是《文章指南》之所本。

蘇洵〈管仲論〉大旨責管仲之不能薦賢以自代，以致威公用三子以亂國。
孫琮評之甚詳，曰：

> 凡要立論駁倒古人，須尋出一個題目來，又要得幾番議論、幾番對

〔註16〕歸有光，《文章指南》，頁10。
〔註17〕謝枋得，《文章軌範》卷三，頁2。
〔註18〕謝枋得，《文章軌範》卷三，頁15。
〔註19〕謝枋得，《文章軌範》卷三，頁15。

> 證以佐之，方能令古人心服。老泉論管仲，罪他不能薦賢以自代，
> 這是個題目。仲既不能薦賢以自代，則必不能禁桓聲色之好；是仲
> 雖戒桓不近三子，而使桓得用三子者實仲；即桓聽仲而誅三子，而
> 其餘不可盡誅，何如舉賢以自代，而置三子於不言？〔註20〕

至於蘇軾〈賈誼論〉評賈誼志大量小，才有餘而識不足。故取忌絳灌而疏間
之，然漢文勢難獨任，此正是不能用漢文處。中間代賈誼打算一段曰：

> 夫絳侯親握天子璽，而授之文帝；灌嬰連兵數十萬，以決劉呂之雌
> 雄；又皆高帝之舊將。此其君臣相得之分，豈特父子骨肉手足哉？
> 賈生，洛陽之少年，欲使其一朝之間，盡棄其舊而謀其新，亦已難
> 矣。爲賈生者上得其君，下得其大臣，如降灌之屬，優游浸漬而深
> 交之，使天子不疑，大臣不忌；然後舉天下而唯吾之所欲爲，不過
> 十年，可以得志。安有立談之間，而遽爲人痛哭哉？

此不只責賈誼，亦代賈誼擬出長策，即默默以待其變，「不過十年，可以得志」
是也。

第二節　提應議事

　　議事之文，以析論事態之正反利弊爲主，故有一正一反、正反相應之法；
另有相應法，則分爲總提分應、前後相應之不同。前後相應法，通常開頭立
柱，後再鋪應。另有一前後相應法，從疑詞說起，再決以正意，稱爲先疑後
決。

一、一反一正

　　論事之一反一正則頗似論人之抑揚則。抑揚則於抑之外，必須用揚；於
揚之外，亦須用抑。使一篇之中有抑有揚，方爲公論。而論事之時，也是議
論好事，必須加一段反說；議論不好事，加上正說。歸有光云：

> 凡議論好事，須要一段反說；議論不好事，須要一段正說。文勢亦
> 員活，義理亦精微，意味亦悠長，此文家之大家數也。特取蘇子瞻
> 〈秦始皇扶蘇論〉以見則。

〔註20〕孫琮，《山曉閣唐宋八大家選・蘇老泉全集》卷六。見《老泉文鈔》，《唐宋八
　　　　大家文鈔校注集評》，頁4357。

蘇軾〈始皇論〉文中論及始皇致亂之道之前，先述其制天下嚴密之勢曰：「始皇制天下輕重之勢，使內外相形，以禁奸備亂者，可謂密矣。蒙恬將三十萬人，威振此方，扶蘇監其軍，而蒙毅侍帷幄爲謀臣，雖有大奸賊，敢睥睨其間哉！」然後再議論其不智曰：「始皇之遣毅，毅見始皇病，太子未立，而去左右，皆不可以言智。」又，論宦官之禍曰：「始皇致亂之道，在用趙高。夫閹尹之禍，如毒藥猛獸，未有不裂肝碎首者也。自書契以來，惟東漢呂強、後唐張承業二人，號稱善良，豈可望一二於千萬，以徼必亡之禍哉。」其中議論閹尹之禍，忽插入一句「惟東漢呂強、後唐張承業二人，號稱善良」即是議論不好事時，用一段正說。如此正反穿插，可使文勢圓活、義理精微且意味悠長。

二、正反相應

議事文章，除正說反說相互鋪陳襯托之用外，尚有一種用法，即文字相似而正反相對，須使人見其精華，而不學其重複。歸有光云：

> 文章有正說一段議論，復換數字，反說一段，與上相對。讀者但見其精華，不覺其重疊，此文字之巧處。如韓退之〈後二十九日復上宰相書〉是也。韓退之〈原毀〉、王元之〈待漏院記〉亦可與此參看。〔註21〕

韓愈〈後二十九日復上宰相書〉文中，正述周公之事曰：

> 愈聞周公之爲輔相，其急於見賢也，方一食三吐其哺，方一沐三握其髮。當是時，天下之賢才，皆以舉用；姦邪讒佞欺負之徒，皆以除去；四海皆已無虞；九夷八蠻之在荒服之外者，皆以賓貢；天災時變，昆蟲草木之妖，皆已銷息；天下之所謂禮樂刑政教化之具，皆已修理；風俗皆已敦厚；動植之物，風雨霜露之所霑被者，皆已得宜；休徵嘉瑞，麟鳳龜龍之屬，皆已備至。〔註22〕

然後再以相同內容之反說，問宰相曰：

> 今閣下爲輔相亦近耳。天下之賢才，豈盡舉用？奸邪讒佞欺負之徒，豈盡除去？四海豈盡無虞？九夷八蠻之在荒服之外者，豈盡賓貢？天災時變，昆蟲草木之妖，豈盡銷息？天下之所謂禮樂刑政教化之

〔註21〕歸有光，《文章指南》，頁 10。
〔註22〕歸有光，《文章指南》，頁 170。

具，豈盡修理？風俗豈盡敦厚？動植之物，風雨霜露之所霑被者，

豈盡得宜？休徵嘉瑞，麟鳳龜龍之屬，豈盡備至？

韓愈用此正反相應比較的手法，正說周公，反問宰相，目的在提醒宰相對求進見之士「宜引而進之，察其所以而去就之，不宜默默而已也」。然一正一反之文，用於不同人身上，讀者並不覺重複。正因為相似，更有比較效果。

三、總提分應

　　文章提應之法，有一種先總提大意，再逐段分應者。歸有光云：

文章有總提大意在前，中間逐段分應者，章法尤覺齊整。如柳子厚

書〈箕子廟碑陰〉、王子充〈四子論〉是也。〔註23〕

柳宗元〈箕子碑〉文章開頭先總提大意曰：「凡大人之道有三：一曰正蒙難，二曰法授聖，三曰化及民。殷有仁人曰箕子，實具茲道以立於世，故孔子述六經之旨，尤殷勤焉。」然後再逐段舉例闡釋箕子有此三道之緣由。而王褘〔註24〕之〈四子論〉則以「四子，《論語》、《大學》、《中庸》、《孟子》也」一句開始，然後逐段論述四子內容及要義。另以賈誼〈先醒篇〉為例。文述懷王問賈誼曰：「人之謂知道者為先生，何也？」賈誼則澄清說，正確的說法不是「先生」，而是「先醒」。並將世主分為「先醒」、「後醒」、「不醒」三等，再逐一說明此三等之意。歸有光評曰：「此篇前總提大意，中三段分應，末又作一總。文體至此，可謂妙而又妙者矣。」此即是總提分應之法。

四、前後相應

　　議論文章，往往開頭立柱，後再鋪應。即舉例證或事迹在先，再於後文中以例證事迹論及正題。立柱與鋪應，形成前後相應。歸有光云：

凡文章前立數柱議論，後宜鋪應，或意思未盡，雖再三亦可，只要

轉換得好。如魯共公〈酒味色論〉、宋潛溪〈六經論〉可式。宋潛溪

〈七儒解〉、王陽明〈尊經閣記〉二篇於論體尤切。宋臣考卷論，多

本於此。〔註25〕

〈酒味色論〉即《戰國策》卷二十三，〈梁王魏嬰觴諸侯於范臺〉一段。此文

〔註23〕歸有光，《文章指南》，頁11。

〔註24〕王褘，字子充，明義烏人。見《明史・列傳》卷二百八十九，頁7414。

〔註25〕歸有光，《文章指南》，頁11。

言梁王魏嬰觴諸侯于范臺。酒酣，請魯君舉觴。魯君則提醒梁王有四事足以亡國，先舉四則古人故事曰：

> 昔者帝女令儀狄作酒而美，進之禹，禹飲而甘之，遂疏儀狄，絕旨酒，曰：「後世必有以酒亡其國者。」齊桓公夜半不嗛，易牙乃煎熬燔炙，和調五味而進之，桓公食之而飽，至旦不覺，曰：「後世必有以味亡其國者。」晉文公得南之威，三日不聽朝，遂推南之威而遠之，曰：「後世必有以色亡其國者。」楚王登強臺而望崩山，左江而右湖，以臨旁皇，其樂忘死，遂盟強臺而弗登，曰：「後世必有以高臺陂池亡其國者。」

隨後補應曰：

> 今主君之尊，儀狄之酒也；主君之味，易牙之調也；左白臺而右閭須，南威之美也；前夾林而後蘭臺，強臺之樂也。有一於此，足以亡其國。今主君兼此四者，可無戒與！

前後相應使文意清楚。又如宋濂〈七儒解〉，文章開頭分儒者為七類曰：

> 儒者非一也。世之人不察也。有游俠之儒、有文史之儒、有曠達之儒、有智數之儒、有章句之儒、有事功之儒、有道德之儒。儒者非一也，世之人不察也，能察之，然後可入道也。〔註26〕

此七類儒者之分，即是立柱。然後再依據此七類儒者，分述其特點與差異，即為第一次之補應，；再舉古人為證，為第二次之補應；然後歸結到「道德之儒，孔子是也。千萬世之所宗也。」提出正意。此皆前後相應則之用法。

五、先疑後決

文章起筆是從無至有的第一著，若直接切入主題，氣勢較盛，而嫌直突，故有一筆法是先以疑詞說起，再決以正意。歸有光稱為「先疑後決」曰：

> 文章於下手處最嫌直突，須先以疑詞說起，然後以正意決之，方見文勢曲折之妙。如蘇子瞻〈三槐堂銘〉始以天可必不可必並說，末漸入可必上，這樣卻自〈孟子〉中來。韓退之〈送浮屠文暢序〉亦可與此參看。〔註27〕

蘇軾〈三槐堂銘〉所欲描寫的，是「國之將興，必有世德之臣，厚施而不食

〔註26〕歸有光，《文章指南》，頁187。
〔註27〕歸有光，《文章指南》，頁15。

其報。然後其子孫能與守文太平之主，共天下之福」的王佑家族事。但是若一開頭即寫入王佑家，便顯得庸俗。故金聖歎曰：

> 此等題最難是脫俗，今先生世世皆與極力表章稱讚，卻無一句一字
> 不脫俗。我嘗細細察之，只爲其起手時，寫得「天可必」、「天不可
> 必」二端，便更無有俗氣到其筆尖也。〔註28〕

起手所寫「天可必」、「天不可必」二端之文爲：「天可必乎？賢者不必貴，仁者不必壽。天不可必乎？仁者必有後。二者將安取衷哉！」是以天之可必與不可必的問題，作爲讚揚王佑一家世德與共福之話頭。從世德與共福論述王佑一家，自然比由事功與世祿談起來得脫俗。至於故布「可必」「不可必」之疑陣，即是運用此問題，提昇此銘正意之重要，表示非單純頌揚文字。此即先疑後決則之妙用也。

第三節　文勢布置

文勢結構之布置，以嚴整爲基本原則，布置嚴整、逐事條陳則文章結構平正安穩。然而如一級高一級、一步進一步之層進形式，雙關、兩柱遞文之並列形式，均屬文勢的變化結構。文勢變化尚重轉折反覆，可造成文氣起伏，文雖短而氣長；或使文章內容豐富，字雖少而意多。

繳語的前後相應，形成前後呼應，繳語重複疊用，則可收強調之效。此外，文句前後延續關係，可使連串如貫珠、圓活如走珠、相救如蛇之首尾、節奏緊湊如破竹，亦皆文勢布置之法。

一、布置嚴整

逐事條陳似非難事，然布置嚴整則屬不易。歸有光云：

> 諸葛孔明〈後出師表〉通篇條陳時務，雖是奏書之體，然布置嚴整，
> 學者熟之，非惟長於論策，而他日必優於奏疏矣。〔註29〕

〈後出師表〉以分析天下大勢及西蜀利害起筆曰：

> 先帝慮漢、賊不兩立，王業不偏安，故托臣以討賊也。以先帝之明，

〔註28〕金聖歎，《才子古文》，頁533。
〔註29〕歸有光，《文章指南》，頁12。歸有光稱爲「逐事條陳則」，然所強調的原則爲「布置嚴整」。

> 量臣之才，故知臣伐賊，才弱敵強也。然不伐賊，王業亦亡。惟坐
> 而待亡，孰與伐之？是故托臣而弗疑也。

而其主要意見，則在陳述此非偏安之時，當致力進趨。故曰：「今賊適疲於西，又務於東，兵法乘勞，此進趨之時也」。於是以「六未解」分段條陳時務，歸有光於各段旁批云：「此段言成王業者無坐定之理」、「此段言失時不戰必至以國資敵，應上坐以待亡」、「此段言不冒危必不能定王業」、「此段言用兵者勝不可必」、「此段言不乘時出師，待精銳既盡之後欲出不能矣」、「此段言戰守勞費相同，一隅之地必不能持久」。從各個不同角度說服後主不可存偏安之想，其長處在周到詳明，布置嚴整。

二、一級高一級

一級高一級則，是指敘述之順序，由較細瑣事項開始，逐漸及於核心問題及評價。呂祖謙評歐陽修〈送徐無黨南歸序〉曰：「此篇文字象一箇階級，自下說上，一級進一級。」〔註30〕歸有光則是評錢公輔〈義田記〉時云：「文字自下說上，如登九層之臺，漸陟其頂，是謂一級高一級也。如錢公輔〈義田記〉似之。」〔註31〕

錢公輔〈義田記〉首先點出本文所欲描寫的人，是平生好施與的范仲淹。接著說明義田由來及救濟辦法；然後敘述范仲淹置義田之志萌於未貴顯時，「而力未逮者二十年」，及有祿賜之入而終其志。既歿，後世子孫亦能承志修業。再舉晏嬰為例，晏嬰曰：「自臣之貴，父之族，無不乘車者；母之族，無不足於衣食者；妻之族，無凍餒者；齊國之士，待臣而舉火者三百餘人。」錢公輔讚許晏嬰之仁有等級，而言有次第：先父族、次母族、次妻族，而後及於其疏遠之賢。並以之與范仲淹相較，認為「文正公之義田，賢於平仲；其規模遠舉，又疑過之」。最後批評一般權貴只知自養豐厚，遺親族如路人，襯托范仲淹義舉之不易，歸結曰：「公之忠義滿韓廷，事業滿邊隅，功名滿天下，後世必有史官書之者矣。予可略也。獨高其義，因以遺於世云。」可見其置義田之義舉，重要性不在忠義、事業、功名之下。敘述流程，由介紹人物，而介紹義舉(義田)，而說明義舉由來及展望，而與古賢相較，再與權貴相較。最後將義田之重要性，上與范仲淹一生事功相較，且「獨高其義」，結束

〔註30〕呂祖謙，《古文關鍵》，頁153。
〔註31〕歸有光，《文章指南》，頁13。

於九層臺頂。此為文字敘序漸進法之一種。

三、一步進一步

漸進敘述法的另一種，是為一步進一步。文章開頭不提及主意，只就淺處起筆，逐漸加深其議論，終達於至處。歸有光云：「文字由淺入深，如行萬里之途，漸到至處，是謂一步進一步也。如王子充〈文訓〉似之。此則與上則不同，讀其文章自見。〔註32〕」

王禕〈文訓〉借向黃太史公問文之事，逐步突顯「文之至道當本於六經」的主張。文章起筆曰：「華川王生，學文於豫章黃太史公〔註33〕，三年而不得其要，悵悵焉，食而不知其味，皇皇焉，寢而不安其居，望望焉，如有求而不獲也。」終有一日黃溍〔註34〕召進王禕而訓之，言天下之間有至文，曰：「一本於道，無雜而無蔽，惟能有是，則統宗會元，出神入天，惟其意之所欲言，而言之靡不如其意，斯其為文之至乎。」並要王禕論述其所知之文。王禕首舉排偶、詩詞之文，言「文之為物，貴適時好，粲然相接，合喜投樂」。黃溍則曰：「古語變而四六，古聲變而詞曲，文之弊也甚矣。請置勿道，為言其他。」於是王禕再以科舉之文論之，言「命卿選士之法廢，而科舉乃興，以文取士，設為範程」。黃溍則否定曰：「科舉之文，趨時好以取世資，特干祿營籠之具耳。學古之君子恥言之。」王禕又以「文之古者，登諸金石，記誌頌銘，具有成式」為答，黃溍亦否定曰：「文至於是，謂之古宜也。雖然，其為用殆不止是已。」王禕又曰：「朝廷之上，有巨文焉，典謨誓誥，制冊令詔，藹為王言，渙為大號，而帝王之制作存焉。」認為朝廷上之巨文，「文章之用，蓋與造化而侔功矣」。黃溍曰：「易曰：『王言如絲，其出如綸』詩曰：『辭之輯矣，民之協矣。辭之懌矣，民之莫矣。』文之為用，誠莫盛於此矣姑舍是，豈無復有可聞者乎！」王禕再舉史之文，言「文之難者，莫難於史」，「故史所以明乎治天下之道，而為之者，亦必天下之才，然後勝其任。茲其所為難乎。」黃溍又曰：「噫！史之為文，誠難乎其盡美矣。文而為史，誠極天下之任矣。抑吾聞之，文有二，有紀事之文，有載道之文。史者紀事之文，於道則未也。」

〔註32〕歸有光，《文章指南》，頁13。

〔註33〕即黃溍。

〔註34〕黃溍字晉卿，金華人。元延祐二年賜同進士出身，歷官翰林侍講學士，中奉大夫，知制誥，同修元史，同知經筵事，諡文獻。

於是王褘又舉諸子之文，言「聖人既沒，道術爲天下裂，諸子者出，各設戶分門，立言以爲文」，「文以載道，其此之謂乎」？黃溍又不同意，曰：「諸子之文，皆以明夫道，固也。然而各引一端，未嘗窺夫道之大全。人奮其私智，家尚其私談，支離頗僻，馳騁穿鑿，道之大義益以乖，大體益以殘矣。此固學術之弊，而道之所以不傳也。」於是王褘提出六經之文，曰：「故聖人者，參天地以爲文，而六經配天地以爲名，自書契以來，載籍以往，悉莫與之京，斯其爲文，不亦可以爲載道之稱也乎。」至此黃溍方瞿然而驚，喟然而嘆曰：「盡之矣，其蔑加矣。此固載道之器，而聖人之至文矣。嗟乎，世之學者，無志乎文則已，苟有志焉，舍是無以議爲矣。」王褘此文所欲表達者，只是強調「經者，載道之文，文之至者也」而已，卻不直接說破，故意先從詩詞排偶說起，再論科舉之文、金石古文、典謨詔令、史文、諸子之文，最後才歸結到主題，即六經之文。所謂由淺入深，如行萬里之途，漸到至處。此一步進一步則也。此則與上則之不同，在於一級高一級則以人與事爲主，其法先言其略，後述其精，先論大概，再顯偉大。一步進一步則，則是適用於論理，其法先不立確切主張，從粗淺而深入，最後歸結到精確高明論點。

四、雙關

呂祖謙評柳宗元〈晉文公問守原議〉，於「而晉君擇大任不公議於朝，而私議於宮；不博謀於卿相，而獨謀於寺人」文旁曰：「承上說雙關。」〔註35〕雙關指雙關法。然雙關法以韓愈用得最巧。謝枋得評韓愈〈與陳給事書〉曰：「陳止齋作論雙關文法，皆本于此。」〔註36〕歸有光云：

> 雙關文法，諸家惟韓文喜用，韓文惟〈與陳給事書〉，極用得巧，可爲作論之式。陳止齋雙關文法，多本於此。韓退之，〈爭臣論〉「若蠱之上九」云云，〈師說〉「句讀之不知」云云，可以與此參看。〔註37〕

韓愈〈與陳給事書〉以「位益尊」與「伺候者日益進」相對成文曰：

> 閣下位益尊，伺候於門牆者日益進。夫位益尊則賤者日隔，伺候於門牆者日益進則愛博而情不專。〔註38〕

〔註35〕呂祖謙，《古文關鍵》，頁 74。
〔註36〕謝枋得，《文章軌範》卷一，頁 10。
〔註37〕歸有光，《文章指南》，頁 20。
〔註38〕歸有光，《文章指南》，頁 314。

又以「道不加修」與「文益日有名」相對成文，曰：

> 愈也道不加修，而文日益有名。夫道不加修則賢者不與，文日益有
> 名則同進者忌。〔註39〕

儲欣稱爲「四句雙環」，即雙關文法。

韓愈〈爭臣論〉譏陽城身爲諫官卻未盡言則，其中引《易》〈蠱〉爲論
曰：

> 在易蠱之上九云：『不事王侯，高尚其事。』蹇之六二則曰：『王臣
> 蹇蹇，匪躬之故。』夫亦所以所居之時不一，而所蹈之德不同也。
> 若蠱之上九，居無用之地，而致匪躬之節；以蹇之六二，在王臣之
> 位，而高不事之心，則冒進之患生，曠官之刺興。志不可則，而尤
> 不終無也。〔註40〕

韓愈將所居之時區分爲二，一是如蠱之上九：「不事王侯，高尚其事」，二
是如蹇之六二：「王臣蹇蹇，匪躬之故。」此兩種不同之時機身分，其所蹈
之德亦當然有異。然而如果居無用之地，卻要致匪躬之節；或是在王臣之
位，而高不事之心，這兩種情形都是不恰當的，結果將「冒進之患生，曠
官之刺興」，尤不終無也。韓愈此處同時舉「居無用之地，而致匪躬之節」
與「在王臣之位，而高不事之心」之不是，即是雙關文法。謝枋得亦於「而
不高事其心」之下評曰：「此一段六句，是雙關文法，韓文公專喜用之可以
爲法。」〔註41〕

又〈師說〉曰：「句讀之不知，惑之不解，或師焉，或不焉，小學而大
遺，吾未見其明也。」以句讀之不知與惑之不解二者爲雙關。此外，謝枋
得亦曰：

> 第五段說：古之聖人其過人也遠矣，猶且從師，故聖者益聖；今之
> 眾人，其不及聖人也遠矣，而恥學于師，故愚者益愚。聖人之所以
> 爲聖，愚人之所以爲愚，係乎從師不從師而已。此是雙關文法，要
> 看他巧處。〔註42〕

謝枋得之解說雙關文法，甚爲明白。〔註43〕

〔註39〕歸有光，《文章指南》，頁314。
〔註40〕歸有光，《文章指南》，頁140。
〔註41〕謝枋得，《文章軌範》卷二，頁2。
〔註42〕謝枋得，《文章軌範》卷五，頁2。
〔註43〕魏天應，《論學繩尺》卷二，亦有「雙關議論格」，可參看。頁89。

五、兩柱遞文

兩柱遞文是先以兩柱立論，隨後即依此兩柱雙承推去。歸有光云：

> 王陽明〈玩易窩記〉篇內發明易理，而以觀象玩詞、觀變玩占立柱，
> 下即雙承竹節推去，是謂兩柱遞文也。這樣文法，於策論題甚切，
> 錄之以式後學。〔註44〕

王陽明〈玩易窩記〉用兩柱遞文法曰：

> 古之君子，居則觀其象而玩其辭，動則觀其變而玩其占。觀象玩辭，
> 三才之體立矣；觀變玩占，三才之用行矣。體立故存而神，用行故
> 動而化。神故智周萬物而無方，化故範圍天地而無迹。無方則象辭
> 基焉，無迹則變占生焉。〔註45〕

此文實由其兩柱之文交錯而成，若各自分立排比，則成為：

居柱	動柱
=====================	=====================
居則觀其象而玩其辭，	動則觀其變而玩其占。
觀象玩辭，三才之體立矣；	觀變玩占，三才之用行矣。
體立故存而神，	用行故動而化。
神故智周萬物而無方，	化故範圍天地而無迹。
無方則象辭基焉，	無迹則變占生焉。
=====================	=====================

兩柱各自分讀則各成一文，兩柱雙承，左右連讀，即為兩柱遞文法。王陽明此文兩柱遞文之作法，顯然出自〈易繫辭傳〉：

> 乾以易知，坤以簡能。易則易知，簡則易從。易知則有親，易從則
> 有功。有親則可久，有功則可大。可久則賢人之德，可大則賢人之
> 業。

此文或即兩柱遞文法之祖。

六、文短氣長

文筆轉折，可使文章氣長，雖尺幅簡短，讀之若萬里波濤。歸有光云：

> 文章簡短，難得氣長。惟王介甫〈讀孟嘗君傳〉、韓退之〈送董邵南

〔註44〕歸有光，《文章指南》，頁21。
〔註45〕歸有光，《文章指南》，頁316。

序〉內有許多轉折，讀之不覺氣短，眞妙手也。文章眞長而簡直氣

短者，盧襄〈西征錄〉是也。是篇每不見錄於大方家，故不錄。

歸有光並未說明如何使文章雖短，文氣可長；亦未指出王安石、韓愈此二文何以氣長，只說是「內有許多轉折」，似乎轉折可使氣長。樓昉評曰：「轉折有力，首尾無百餘字，嚴勁緊束，而宛轉凡四五處。此筆力之絕。」〔註46〕言此文嚴勁宛轉。李剛己評曰：「此文筆勢峭拔，辭氣橫屬，寥寥短章中，凡具四層轉變，眞可謂尺幅千里者矣。」〔註47〕又，吳闓生亦評曰：「此文乃短篇中之極則，雄邁英爽，跌宕變化，故能尺中具有萬波濤之勢。」此皆從轉折變化論文氣。

韓愈〈送董邵南序〉亦然，王文濡評曰：「不及二百字，卻有無數意思，無數波折，冷絕雋絕。」〔註48〕章懋勳亦評曰：「其中有無限變化、無限含蓄，可為吞吐曲致，讀之不勝激昂。」〔註49〕二人均自波折變化說明。可見文章雖短，其內容必須豐富而多變，文氣才能長。可由孫琮之評得知，孫琮曰：

文章妙境全在幾個低徊、幾個頓折。只此短幅文字，偏是低折不窮，

如第一段，言董生與燕趙有合；第二段，言董生與燕趙未必有合；

第三段，往諭燕趙。處處寫得低徊，處處寫得頓折，反復抑揚，短

章聖手。〔註50〕

也是著眼於「幾個低徊、幾個頓折」。

七、字少意多

文氣來自文勢轉折，文意則是指內容而言。以極少字表達較多內容，即為字少意多法。韓愈〈獲麟解〉同時具備「文短氣長」與「字少意多」兩特色。呂祖謙評曰：「字少意多，文字立節，所以甚佳。」〔註51〕茅坤云：「文凡四轉，而結思圓轉，如游龍，如轆轤，愈變化而愈勁厲，此奇兵也。」

〔註46〕樓昉，《崇古文訣》卷二十。
〔註47〕高步瀛，《唐宋文舉要》甲編，頁862。
〔註48〕王文濡，《唐文評注讀本》下冊。見。《昌黎文鈔》，《唐宋八大家文鈔校注集評》，頁325。
〔註49〕章懋勳，《古文析觀解》卷五。見《昌黎文鈔》，《唐宋八大家文鈔校注集評》，頁326。
〔註50〕孫琮《山曉閣唐宋八大家選·韓昌黎集》卷三。見《昌黎文鈔》，《唐宋八大家文鈔校注集評》，頁322。
〔註51〕呂祖謙，《古文關鍵》，頁25。

〔註52〕謝枋得則析此文為「七轉」，並詳述曰：

> 此篇僅一百八十餘字，有許多轉換，往復變化議論不窮。第一段說麟為靈物，雖婦人小子皆知其為祥。第二轉說雖有麟不知其為麟。第三轉說馬牛犬豕豺狼麋鹿皆知之，惟麟不可知。第四轉說麟既不可知，則其謂之不祥也亦宜。第五轉說麟為聖人而出，聖人者必知麟，既有聖人知之，則麟果不為不祥也。第六轉說麟之所以為麟者，以其為仁獸，為靈物，不必論其形。第七轉說，若麟之出，不待聖人在位之時，則人謂之不祥也亦宜。人能熟讀此等文字，筆便圓活，便能生議論。〔註53〕

其中所謂七轉，是筆勢七次曲折變化，亦是內容的七重意義。一百八十餘字，表達七重意義，固可稱為字少意多也。然謝枋得之評並未言及字少意多，而是在評范仲淹〈嚴先生祠堂記〉時才說：「字少意多，文簡理詳，有關世教，非徒文也。」〔註54〕歸有光則以司馬光〈諫院題名記〉及韓愈〈獲麟解〉為例，說明「字少意多則」云：「司馬君實〈諫院題名記〉，僅百餘字，而諫意已悉，文之簡而切者也。錄之以洗時習之陋。韓退之〈獲麟解〉亦可與此參看。」〔註55〕

司馬光〈諫院題名記〉文分三段，首段說古代無諫官，人人得以進諫。第二段言諫官之重任在「專利國家而不為身謀」。末段述作題名記緣由。文雖短而意義完整且見解獨到，足以發人深省。如林雲銘評曰：「書諫官之名於石，本以示榮，記中卻以示戒，非大儒不能此言。通篇責備語，無一句閒話，看來似過於樸直，然其不可及處正不外此。」〔註56〕其中「通篇責備語，無一句閒話」是指意義之豐富，「本以示榮，記中卻以示戒」即是見解獨到、發人深省處。

八、繳應前語

文章中重要詞語，前文出現，後文再用，收繳前文，先後相應，是為繳應前語。歸有光云：「凡文字有緊關語句，前面雖已提出又於後面繳說，與前

〔註52〕見《昌黎文鈔》，《唐宋八大家文鈔校注集評》，頁520。
〔註53〕謝枋得，《文章軌範》卷五，頁5。
〔註54〕謝枋得，《文章軌範》卷六，頁7。
〔註55〕歸有光，《文章指南》，頁20。
〔註56〕林雲銘，《古文析義》，頁279。

相應，是亦文法所在。」〔註57〕然而此重要詞語之出現處有所不同，歸有光將之分爲三種。一、有於冒頭用者，如蘇明允〈任相論〉、〈御將論〉是也。二、有於腹講用者。如蘇子瞻〈續楚語論〉〈王者不治夷狄論〉是也。三、有於首尾用者，如蘇子瞻〈周公論〉是也。〔註58〕

　　蘇洵之〈任相論〉冒頭論將相之別，曰：

> 古之善觀人之國者，觀其相何如人而已。議者常曰：將與相均。將，特一大有司耳，非相侔也。國有征伐，而後將權重；有征伐無征伐，相皆不可一日輕。相賢耶，則群有司皆賢，而將亦賢矣；將賢耶，相雖不賢，將不可易也。故曰：將，特一大有司耳，非相侔也。

其中「將，特一大有司耳，非相侔也」兩出，即繳應前語。又，〈御將論〉冒頭曰：

> 人君御臣，相易而將難。將有二：有賢將，有才將；而御才將尤難。御將以術，御賢將之術以信，御才將之術以智。不以禮、不以信，是不爲也。不以術、不以智，是不能也。故曰：御將難，而御才將尤難。

當中「人君御臣，相易而將難」、「御才將尤難」與「御將難，而御才將尤難」前後出現，文雖少異，亦用於冒頭之繳應前語也。

　　繳應前語用於腹講用者。如蘇子瞻〈續楚語論〉言「屈到嗜芰，有疾，召其宗老而屬之曰：『祭我必以芰』。及祥，宗老將薦芰，屈建命去之」。此事遭柳宗元非難。蘇軾則爲之辯駁曰：「是必有大不忍於此者而奪其情也。」理由是屈到「身爲正卿，死不在民，而口腹是憂，其爲陋亦甚矣」。因此「使子木行之，國人誦之，太史書之，天下後不知夫子之賢，而唯陋是聞，子木其忍爲此乎？故曰：是必有大不忍者而奪其情也」。其中「是必有大不忍者而奪其情也」句，於前幅及腹講各出現一次，即用於腹講之繳應前語。〈王者不治夷狄論〉亦然，於前幅有「王者不治夷狄，錄戎，來者不拒，去者不追也」句及「夫天下之至嚴，而用法之至詳者，莫過於春秋」句，於中幅則有繳應曰：「故曰：天下之至嚴，而用法之至詳者，莫如春秋。」及：「故曰：王者不治夷狄，錄戎，來者不拒，去者不追也。」此亦用於腹講之繳應前語。

　　用於首尾者，如蘇軾〈周公論〉起筆曰：「論周公者多異說，何也？周公

〔註57〕歸有光，《文章指南》，頁24。
〔註58〕見歸有光，《文章指南》，頁24。

居禮之變，而處聖人之不幸，宜乎說者之異也。」文末結語則曰：「故曰：周公居禮之變，而處聖人之不幸也。」此句即用於首尾之繳應前語。

九、疊用繳語

各段重複使用同樣繳語，可收強調之效。歸有光云：

> 歐陽永叔〈泰誓論〉凡七段，首六段六意，六繳語相同，此樣文法於論體尤切，陳止齋〈山西諸將孰優論〉卻是學此。〔註59〕

歐陽修〈泰誓論〉據《尚書‧泰誓》篇首「惟十有一年」數字，討論此處十一年並非文王即位十一年，而是指武王即位第十一年。孫琮云：「通篇凡作六段。」則分法與歸有光不同。文分六段，從不同角度推論所謂惟十有一年，必非指文王之年。前四段繳語皆為：「由是言之，謂西伯受命稱王十年者，妄說也。」第五段繳語則為：「由是言之，謂西伯以受命之年為元年者，妄說也。」雖文與前四段稍異，泛稱為疊用繳語亦無不可。然歸氏所稱文「凡七段，首六段六意，六繳語相同」恐有誤。

十、文勢如貫珠

文勢者，指文句前後延續關係。文勢如貫珠，是指文句之前後延續，關係緊密。呂祖謙評蘇洵〈春秋論〉曰：「此篇須看首尾相應，枝葉相生，如引繩貫珠。大抵一節未盡，又生一節。別人意多則雜，惟此篇意多而不雜。」〔註60〕歸有光亦云：

> 結上生下，意脈相連，是謂貫珠勢也。如柳子厚〈晉文公守原議〉似之。韓退之〈原道〉、蘇明允〈春秋論〉亦可與此參看。〔註61〕

柳宗元〈晉文公守原議〉一文，起筆先說事由曰：「晉文公既受原於王，難其守，問寺人勃鞮以畀趙衰。」然後文分五段，第一論守原為政之大者，不宜謀及媟近；第二言晉君擇大任，不公議於朝，而私議於宮，不博謀於卿相，而獨謀於寺人。而賊賢失政之端由是滋矣。第三言況當其時不乏謀議之臣，而晉君疏而不咨，外而不求，乃卒定於內豎，不可以為法。第四換新意，舉齊桓成敗之例，言晉文背其所以興，跡其所以敗，皆自誤也。第五分失舉與

〔註59〕 歸有光，《文章指南》，頁25。
〔註60〕 呂祖謙，《古文關鍵》，頁161。
〔註61〕 歸有光，《文章指南》，頁14。

失問爲二，借此提出主意。若「得賢臣以守大邑，則非失舉也，蓋失問也。然猶羞當時陷後代如此，況問與舉又兩失者，其何以救之哉」。五段主文，結上生下，意脈相連。呂祖謙評曰：「看回互轉換，貫珠相似，辭簡意多，大抵文字使事，須下有力言語。」〔註62〕林雲銘也說：「篇中雖有許多曲折，皆步步承接照應，看來是一氣文字。」〔註63〕林雲銘所謂「許多曲折，皆步步承接照應」，與呂祖謙「回互轉換，貫珠相似」，皆與歸有光「結上生下，意脈相連」相互發揮，指結生之際，文勢緊扣而言。

十一、文勢如走珠

走珠指文句轉換圓活。歸有光云：

> 轉換員活，略無滯礙，是謂走珠勢也。如柳子厚〈送存義序〉似之。
> 韓退之〈獲麟解〉亦可與此參看。〔註64〕

柳子厚〈送存義序〉文甚短，而轉換圓活。呂祖謙評曰：「雖句少，極有反復。」〔註65〕鍾惺也說：「此篇文勢圓轉如珠，走盤略無滯礙。」〔註66〕孫琮則分析曰：

> 此序大段分兩半篇看。上半篇是言世俗之吏不能盡職而達於理者，恐懼而畏；下半篇是言存義今日正是能盡職而達於理恐懼者；末幅自述作序，大段不過如此。妙在筆筆跳躍，如生龍活虎不可逼視。
>
> 〔註67〕

學文齋亦云：

> 此篇文勢，轉圓如珠走盤中，略無凝滯加之。論爲吏者乃民之役，非以役民，議論過人遠甚，中間以庸夫受直怠事爲譬，且云勢不同而理同，此識見最高。至於結句用賞酒肉而重之以辭，亦與發端數語相應，學者宜玩味。〔註68〕

〔註62〕呂祖謙，《古文關鍵》，頁73。
〔註63〕林雲銘，《古文析義》，頁720。
〔註64〕歸有光，《文章指南》，頁14。
〔註65〕呂祖謙，《古文關鍵》，頁106。
〔註66〕孫琮，《山曉閣唐宋八大家選・柳柳州全集》卷二引。《柳州文鈔》，《唐宋八大家文鈔校注集評》，頁1109。
〔註67〕孫琮，《山曉閣唐宋八大家選・柳柳州全集》卷二。見《柳州文鈔》，《唐宋八大家文鈔校注集評》，頁1109。
〔註68〕王震霆，《古文集成》卷一引。見《柳州文鈔》，《唐宋八大家文鈔校注集評》，

評者所謂文勢轉圓者，指敘述主題之轉換極快速靈活，如上半篇起筆言薛存義將行，柳子送之，且告訴他一段話，此段話不以送行或薛存義開始，而轉論「吏於土者」之職。然不直論其職，只言「民之役，非役於民」。然後批評天下之吏，受其值而怠其事，又從而盜之。再以僱傭一夫於家爲譬，言受僱者受值而怠事，甚至盜貨器，則必甚怒而黜罰之。以下則快速反復的轉換論點曰：

> 以今天下多類此，而民莫敢肆其怒與黜罰何哉？勢不同也。勢不同
> 而理同。如吾何民何？有達於理者，不恐而畏乎？

簡單數語，多次轉換。首先說明民莫敢怒與黜罰的原因是「勢不同」，卻不繼續衍繹，直接轉成論理不論勢，曰「勢不同而理同」。再由勢理問題轉出，問即使理同，又與人民何干？最後下一小結論曰：「有達於理者，得不恐而畏乎？」此結論又爲下半篇之主題。寥寥數語，轉折再三，字句簡潔而謹嚴。如謝枋得所言：「章法句法字法皆好，轉換關鎖謹嚴優柔，理長而味永。」〔註69〕

十二、文勢如擊蛇

文章各段文勢完整且相互呼應，是爲擊蛇勢。歸有光云：「救首救尾，段段有力，是謂擊蛇勢也。如韓退之〈師說〉似之。〔註70〕」段段有力之說源於呂祖謙。呂祖謙評韓愈〈師說〉曰：「此篇最是結得段段有力，中間三段，自有三意說起，然大概意思相承，都不失本意。」〔註71〕因此段段有力當指各段文字之內容與文勢完整。而各段內容依黃震之說則可分爲五段，黃震曰：「前起後收，中排三節，皆以輕重相形。初以聖與愚相形，聖且從師，況愚乎？次以子與身相形，子且擇師，況身乎？末以巫醫、樂師、百工與士大夫相形，巫、樂、百工且從師，況士大夫乎？」〔註72〕自前起至後收，中排三節，五段之文，各自意思完整，且相互呼應，不失本意，此即擊蛇勢也。

頁 1109。
〔註69〕 謝枋得，《文章軌範》卷五，頁8。
〔註70〕 歸有光，《文章指南》，頁14。
〔註71〕 呂祖謙，《古文關鍵》，頁26。
〔註72〕 葉百豐，《韓昌黎文彙評》引，頁33。

十三、文勢如破竹

相同句法或字法連用，可造成文章節奏感，一句緊一句，如破竹之勢。歸有光云：

> 句法連下，一句緊一句，是謂破竹勢也。如蘇子瞻〈潮州韓文公廟
> 碑〉首段，連下五個失字似之。韓退之〈送浮屠文暢序〉篇末連下
> 五個也字，亦可與此參看。〔註73〕

蘇軾〈潮州韓文公廟碑〉連下五個失字者如下：

> 卒然遇之，則王公失其貴，晉、楚失其富，良、平失其智，賁、育
> 失其勇，儀、秦失其辯。

韓退之〈送浮屠文暢序〉篇末連下五個也字，則為：

> 夫不知者，非其人之罪也；知而不為，惑也；悦乎故不能即乎新者，
> 弱也；知而不以告人者，不仁也；告而不以實者，不信也。

此皆以重複句法造成緊湊節奏之法。

第四節　結末筆法

文章結末處為一篇命脈歸束。文章結末之筆法亦有多種變化，如委蛇曲折以使有餘不盡；或奮力堅挺，不作空泛結語；或繳應前文，以見主意；或據事議論之文，以歸結其原由作結；或將止未止，類推及其他；或提出與文題不同之正意，以示規戒；或以一二有力之句作結；或以評斷作結；或以反論作結。此皆結末之筆法。

一、結意有餘

文章結末若能言有盡而意無窮，則為妙手。呂祖謙評柳宗元〈桐葉封弟辨〉曰：「此篇文字一段好如一段，大抵做文字，須留好意思在後令人讀一段好一段。」〔註74〕又曰：「結束委蛇曲折，有不盡意。」〔註75〕此外，歸有光云：

> 人於結末處多忽略，謂文用工不在於尾，殊不知一篇命脈歸束在此，

〔註73〕歸有光，《文章指南》，頁15。
〔註74〕呂祖謙，《古文關鍵》，頁76。
〔註75〕呂祖謙，《古文關鍵》，頁78。

要言有盡而意無窮，方爲妙手，如歐陽永叔〈縱囚論〉可以爲式。

韓退之〈原道〉亦可與此參看。〔註76〕

歐陽修〈縱囚論〉論唐太宗縱大辟囚三百餘人，縱使還家，約其自歸以就死故事。歐陽修認爲此事「是此君子之難能，期小人之尤者以必能也」。而太宗之爲此，所以求施恩德之名；而眾囚則意其必免而復來，「是上下交相賊，以成此名也」。於分析評論唐太宗之所爲後，歐陽修則提出較可行之法，曰：

> 然則何爲而可？曰：「縱而來歸，殺之無赦；而又縱之而又來，則可
> 知爲恩德之致爾。然此必無之事也。若夫縱而來歸而赦之，可偶一
> 爲之爾。若屢爲之，則殺人者皆不死，是可爲天下之常法乎？不可
> 爲常者，其聖人之法乎？是以堯舜三王之治，必本於人情，不立異
> 以爲高，逆情以干譽。」〔註77〕

將論題由論唐太宗縱囚單一事件，擴大至聖人之法與堯舜三王之治，言雖盡而其意無窮，故稱「結意有餘」。

韓愈〈原道〉文末曰：

> 然則如之何而可也？曰：不塞不流，不止不行。人其人，火其書，
> 廬其居，明先王之道以道之，鰥寡孤獨廢疾者，有養也，其亦庶乎
> 其可也。〔註78〕

亦是言盡意無窮，結意有餘之法。

二、竿頭進步

文章結束之處，文氣往往怠盡而軟弱，若堅持至最後一語而不改其健挺奇筆意，更見其妙。呂祖謙評韓愈〈獲麟解〉末段曰：「百尺竿頭進一步。」〔註79〕歸有光則云：

> 文章結束處最嫌軟弱，又須要百尺竿頭更進一步，如畫工畫畫，愈
> 出愈奇，方爲妙手，如韓退之〈獲麟解〉可以爲式。〔註80〕

歸有光析韓愈〈獲麟解〉一文爲七轉，與謝枋得相同。謝枋得曰：

〔註76〕歸有光，《文章指南》，頁 25。
〔註77〕歸有光，《文章指南》，頁 381。
〔註78〕歸有光，《文章指南》，頁 280。
〔註79〕呂祖謙，《古文關鍵》，頁 26。
〔註80〕歸有光，《文章指南》，頁 25。

謝枋得亦析此文爲「七轉」，並詳述曰：

> 第一段說麟爲靈物，雖婦人小子皆知其爲祥。第二轉說雖有麟不知其爲麟。第三轉說馬牛犬豕豺狼麋鹿皆知之，惟麟不可知。第四轉說麟既不可知，則其謂之不祥也亦宜。第五轉說麟爲聖人而出，聖人者必知麟，既有聖人知之，則麟果不爲不祥也。第六轉說麟之所以爲麟者，以其爲仁獸，爲靈物，不必論其形。第七轉說，若麟之出，不待聖人在位之時，則人謂之不祥也亦宜。〔註81〕

則可見文至最末，不以尋常束筆作結，仍奮力一轉，堅挺依舊，毫不軟弱。此稱爲竿頭進步則。

三、結末括應

文章鋪陳散敘，至末段則收拾總結，與前文相應，稱爲結末括應。歸有光云：

> 凡文章前面散散鋪敘，後宜括大意，與前相應，方見收拾處。如柳子厚〈答韋中立師道書〉、歐陽永叔〈上范司諫書〉末皆繳應前意，可以爲式。〔註82〕

柳宗元〈答韋中立師道書〉文章結尾曰：

> 凡若此者，果是耶？非耶？有取乎？抑其無取乎？吾子幸觀焉擇焉，有餘以告焉。苟亟來以廣是道，子不有得焉，則我得矣，又何以師云爾哉？取其實而去其名，無招越蜀吠怪，而爲外廷所笑，則幸甚。〔註83〕

文中所謂取與無取、師云、越蜀吠怪、外廷所笑等等，均於前文詳述根由，延續至此相應結末，以爲收拾，即結末括應之法。〔註84〕

四、結末推原

議論前人故事，本以敘述事跡功過爲主文，若於結末再探究其興衰原由，謂推原文法。歸有光云：

〔註81〕謝枋得，《文章軌範》卷五，頁5。
〔註82〕歸有光，《文章指南》，頁26。
〔註83〕歸有光，《文章指南》，頁389。
〔註84〕此法亦即文勢布置中之繳應前語之第三種，然本節專論結末筆法，因此專立一法於此。

篇內但據事議論，而於結末復究其由，謂之推原文法。如賈誼〈過
秦論〉究秦之所以亡；班孟堅〈異姓諸侯王表〉究漢之所以興是也。
〔註85〕

賈誼〈過秦論〉本文只論述秦之興亡歷程，至文末結處，則曰：

> 然秦以區區之地，致萬乘之權，招八州而朝同列，百有餘年矣。然
> 後以六合為家，殽函為宮，一夫作難而七廟墮，身死人手，為天下
> 笑者，何也。仁義不施而攻守之勢異也。〔註86〕

推論秦亡之原由，為仁義不施而攻守勢異。同理，班固〈異姓諸侯王表〉言
秦并天下稱帝之事，與敗亡之速。而文末則曰：「嚮秦之禁，適所以資豪傑而
速自斃也。」又曰：

> 古世相革，皆承聖王之烈，今漢獨收孤秦之弊。鐫金石者難為功，
> 摧枯朽者易為力，其勢然也。〔註87〕

推論秦亡之速之原由，在自斃也。此即結末推原則。

五、結末推廣

文章結末將止而未止，又以類推而及其餘，稱為結本推廣。歸有光云：「題
意止此，而於結末復因類以及其餘，謂之推廣文法，如蘇子瞻〈刑賞忠厚之
至論〉謂春秋因褒貶以制賞罰，亦忠厚之至是也。」〔註88〕

蘇軾〈刑賞忠厚之至論〉論賞可以過，而刑不可以過，引《尚書》「罪疑
惟輕，功疑惟重。與其殺不辜，寧失不經」語，擴而充之，曰：「是故疑則舉
而歸之於仁，以君子長者之道待天下，使天下相率而歸於君子長者之道。故
曰：忠厚之至也。」文章至此，題意已止。然蘇軾又因類以及其餘，言《春
秋》亦忠厚之至曰：「春秋之義，立法貴嚴，而責人貴寬，因其褒貶之義以制
賞罰，亦忠厚之至也。」〔註89〕此即結末推廣文法也。

六、結末垂戒

文章主旨若與文題不同，須於結末提出明確正意，尤以垂規戒意更使餘

〔註85〕 歸有光，《文章指南》，頁 26。
〔註86〕 歸有光，《文章指南》，頁 398。
〔註87〕 歸有光，《文章指南》，頁 400。
〔註88〕 歸有光，《文章指南》，頁 27。
〔註89〕 歸有光，《文章指南》，頁 26。

味無窮。歸有光云：

> 凡作罵題文章，須於結末垂規戒意，方有餘味，此雖小節，亦不可
> 略，如杜牧之〈阿房宮賦〉蘇明允〈六國論〉皆得此法。好題結意
> 反此。〔註90〕

杜牧〈阿房宮賦〉藉敘述阿房宮之瑰麗奢華及毀滅之速，見六國與秦之滅亡，皆由於暴其民而自取其禍，警示後人當爲戒鏡。其結末云：

> 嗚呼！滅六國者，六國也，非秦也。族秦者，秦也，非天下也。嗟
> 夫！使六國各愛其人，則足以拒秦。秦復愛六國之人，則遞三世可
> 至萬世而爲君，誰得而族滅也。秦人不暇自哀，而後人哀之。後人
> 哀之，而不鑑之，亦使後人而復哀後人也。

其中「後人哀之，而不鑑之，亦使後人而復哀後人也」乃餘味無窮。蘇洵〈六國〉言六國之破滅，非兵之利、戰不善，弊在賂秦。並於結末點出正意在以之影射宋賂契丹事，曰：

> 夫六國與秦皆諸侯，其勢弱於秦，而猶有可以不賂而勝之之勢。苟
> 以天下之大，下而從六國破亡之故事，是又在六國之下矣。

過珙評曰：「前幅推原事秦之弊，後幅爲六國籌畫一番，歸到正旨作結，蓋宋是時歲輸幣以賂契丹。老泉原是借六國以諷宋，讀者須玩其言在此而意在彼之妙。」〔註91〕所謂言在此而意在彼之妙，正是無窮餘味。

七、結句有力

　　文章結束須有力，而萬鈞之力亦往往只一二句而已。歸有光云：

> 韓退之〈送石處士序〉、歐陽永叔〈朋黨論〉，此二篇文字結束雖一
> 二句，而實有萬鈞之力，乃文法之絕妙者也。〔註92〕

韓退之〈送石處士序〉文末曰：「於是東都之人士，咸知大夫與先生果能能相與以有成也。」錢豐寰評曰：

> 通篇總是「相與有成」四字，石先生安貧樂道，學博謀長，便見不
> 肯圖利于大夫，私便其身，而能以道自任。大夫爲國爲民，求士輔

〔註90〕歸有光，《文章指南》，頁 27。
〔註91〕蔡鑄，《古文評注補正》引。見《老泉文鈔》，《唐宋八大家文鈔校注集評》，
　　　　頁 4433。
〔註92〕歸有光，《文章指南》，頁 27。

政，便見非富其家，饑其師，受佞人昧於諂言之人，而能以義取人。
一篇皆含此意。至末節方曰：「於是東都之士，咸知大夫與先生，果
能相與以有成也。」一篇之意，歸結在一句上，真是妙手。〔註93〕
萬鈞之力即在收束一句正意上。謝枋得也評曰：「此一句結得絕妙，有萬鈞筆
力。」〔註94〕歐陽修〈朋黨論〉析論小人無朋，而惟君子有之。曰：「臣聞朋
黨之說，自古有之，惟幸人君辨其君子小人而已。大凡君子與君子，以同道
朋；小人與小人，以同利為朋。此自然之理也。然臣謂小人無朋，惟君子則
有之。」後半則歷引治亂興亡之迹反復推說，文末則曰：「夫興亡治亂之迹，
為人君者可以鑒矣。」言人君能鑒興亡治亂之迹，則知辨君子小人之重要。
萬鈞之力，注於結束一語。

八、結末斷制

　　文章前文意見紛陳，至結束則斷制繳結，亦是一格。歸有光云：

　　　王陽明〈送毛憲副歸桐江書院序〉末用斷制文法，繳前三段意，亦
　　　是一格。故附一末篇。〔註95〕

王陽明〈送毛憲副歸桐江書院序〉述貴州按察司副使致仕而歸，同僚餞別，
酒後贈言，有三種議論，王陽明聞而總斷之曰：

　　　始之言，道其事也，而未及於其心；其次言者，得公之心矣，而未
　　　盡於道；終之言者，盡於道矣，不可以有加矣。斯公之所允蹈者乎。

綜合評論前三段之文，而作意寓其中矣。

九、綴上生下

　　文章之主文分段分意立說，到篇末忽又轉折，以相反立論作結，頗能突
顯結論之意。歸有光云：「文章前面各意分說，後又總扭過下立論，是謂綴上
生下也。論體例用此法。如范希文〈岳陽樓記〉、蘇子瞻〈醉白堂記〉可以為
式。」〔註96〕
　　范仲淹〈岳陽樓記〉文分五段，首段敘述創作緣由，次段記巴陵勝景，

〔註93〕胡楚生，《韓文選析》引（台北：華正書局，民80年），頁236。
〔註94〕謝枋得，《文章軌範》卷一，頁15
〔註95〕歸有光，《文章指南》，頁28。
〔註96〕歸有光，《文章指南》，頁16。

引出「遷人騷客，多會於此，覽物之情，得無異乎？」第三段及第四段分別
「霪雨霏霏，連月不開」時節，「登斯樓也，則有去國懷鄉，憂讒畏譏，滿目
蕭然，感極而悲者也」；與「春和景明，波瀾不驚」景象，「登斯樓者，則有
心曠神怡，寵辱皆忘，；把酒臨風，其喜洋洋者矣」。似以登此樓者之心境，
全依登樓時節景象而定。然至第五段，卻扭轉筆鋒，談論異於二者之為的「古
仁人之心」曰：

> 不以物喜，不以己悲，居廟堂之高，則憂其民；處江湖之遠，則憂
> 其君。是進亦憂，退亦憂；然則何時而樂耶？其必曰：「先天下之憂
> 而憂，後天下之樂而樂」乎！

不以物喜，不以己悲者；憂民憂君者；先天下之憂而憂，後天下之樂而樂者，
皆與前文心隨外境而轉悲轉喜者大異其趣，以此為結論，稱為綴上生下則。

第九章　明修辭鍊字

　　文章乃積字句以成，故辭必修而字不得不鍊。宋文蔚曰：「文章之要，胎於意而成於辭。辭者，所以達意也。《傳》云：『言之無文，行而不遠。』辭又爲文章之飾也。以云達意，則宜明顯，不宜晦澀；以云文飾，則宜雅飭，不宜俚俗。」〔註1〕說明修辭的目的在於達意與文飾，而修辭的標準爲明顯與雅飭。至於句中鍊字之法，宋文蔚曰：「意義欲其堅確，安置欲其妥貼，聲音欲其響亮。」〔註2〕提出鍊字的原則。

　　此外，譬喻引證之法依用途不同可分爲兩類，若用以表達全文旨意，則屬謀篇範圍；若用於修飾字句，則當屬修辭鍊字法。

第一節　鍛句法

　　鍛句法是指文句之編排與修飾的方法。相同的句型有重複的趣味，重複中略加改變，又可見變化之妙。

　　文章之中若有數個的句型使用相同格式，可形成層疊的趣味；層疊之句，字數更可長短錯綜，以求變化。亦有連續數句中出現相同文字或詞語，強調此字詞所表達之意義，再以句型之變化，避免呆板枯燥。

　　文句之銜接，須講求輕重相稱，以免後句承載無力。若上句說出定論，後一句頂上補充說明，則具句法之層次感。另有攔截文勢之法，以收煞整段文句。

〔註1〕宋文蔚，《文法津梁》下冊，頁33。
〔註2〕宋文蔚，《文法津梁》下冊，頁76。

一、文勢層疊

文勢層疊者，如峰巒層出，波濤疊湧，讀之快心暢意。歸有光云：

> 李邌叔〈政事堂記〉、〈臧哀伯諫納郜鼎〉、夏文莊〈廣農頌〉此三篇文字，文勢如峰巒層出，如波濤疊湧，讀之快心暢意，不覺其煩。此正舉業者所當取之以為法也。〔註3〕

李華〈政事堂記〉一文，多用層疊之文，如：

> 君不可以枉道於天，及道於地，覆道於社稷，無道於黎元，此堂得以議。

> 臣不可以悖道於君，逆道於人，黷道於貨，亂道於刑，剋一方之命，變王者之制，此堂以易之。

又如疊「不可以擅」曰：

> 兵不可以擅興，權不可以擅與，貨不可以擅蓄，王澤不可以擅奪，君恩不可以擅間，私仇不可以擅報，公爵不可以擅私，此堂得以誅之。

疊「不可以」曰：

> 事不可以輕入重，罪不可以生入死，法不可以剝害於人，貇不可以擅加於賦，情不可以委之於倖，亂不可以啟之於萌。〔註4〕

〈臧哀伯諫納郜鼎〉一文出自《左傳》桓公二年，「夏，四月，取郜大鼎于宋。戊申，納於太廟，非禮也。」於是臧哀伯以昭令德以示子孫為諫，共昭儉、度、文、物、明五德，其文如下：

> 是以清廟茅屋，大路越席，大羹不致，粢食不鑿，昭其儉也。

> 袞、冕、黻、珽，帶、裳、幅、舄，衡、紞、紘、綖，昭其度也。

> 藻、率、鞞、鞛，鞶、厲、游、纓，昭其數也。

> 火、龍、黼、黻，昭其文也。五色比象，昭其物也。

> 錫、鸞、和、鈴，昭其聲也。三辰旂旗，昭其明也。〔註5〕

夏竦〔註6〕〈廣農頌〉中之疊文，如：

〔註3〕歸有光，《文章指南》，頁12。

〔註4〕以上引李華〈政事堂記〉文見歸有光，《文章指南》，頁210。

〔註5〕歸有光，《文章指南》，頁212。為便於比較，引文排列方式略依重疊各句齊頭。下同。

〔註6〕夏竦字子喬，宋江州德安人，謚文莊。

有患邊幅未闊，威武未震，則轉芻粟、事夷狄；

有患歲月易逝，容髮易朽，則招方士、求神仙；

有患登覽未遠，行樂未極，則增臺榭、麗宮室；

有患較獵未快，馳騁未捷，嬪御未廣，歌舞未工，則漁聲色、選伎
藝；

有患巡幸未遍，遊賞未普，則修馳道、飛清蹕。

則皆文勢層疊，如峰巒層出，如波濤疊湧。

二、句法長短錯綜

文勢縱有層疊如峰巒波濤，然每句長短字數則可不同，以增加句法變化。
呂祖謙曰：「作文大抵，兩句短須一句長者承。」〔註7〕又於韓愈〈原道〉「周
道衰，孔子沒，火於秦，黃老於漢，佛於晉宋齊梁魏隋之間」句旁評曰：「句
長短有法度。」〔註8〕歸有光云：

韓公作文，專喜新奇，故於句法層疊處，必變化數樣，字有多少，句
有長短，讀之尤覺有起伏，有頓挫，有波瀾。如〈上張僕射書〉是也。

韓退之〈原道〉、〈後念九日復上宰相書〉亦可與此參看。〔註9〕

韓愈之〈上張僕射書〉文中有句法層疊而變化數樣，字數多少，句子長短各
有不同者，如：

天下之人聞執事之於愈如是也，必皆曰：

執事之好士也如此；

執事之待士以禮如此；

執事之使人不枉其性而能有容如此；

執事之欲成人之名如此；

執事之厚於故舊如此。

基本句型皆是「執事之……如此」然長短各異。又如：

韓愈之識其所依歸也如此；

〔註7〕呂祖謙，《古文關鍵》，頁26。
〔註8〕呂祖謙，《古文關鍵》，頁38。
〔註9〕歸有光，《文章指南》，頁13。

韓愈之不諂屈於富貴之人如此；

韓愈之賢能使其主待之以禮如此。

基本句型相同，只是「執事」改爲「韓愈」而已，而長短亦有變化。謝枋得亦評曰：「又連下三個『如此』字。長短錯綜，此章法也。」〔註10〕

謝枋得亦評韓愈〈後二十九日復上宰相書〉第一段之長短句曰：

天下之賢才皆已舉用九字句，

姦邪讒佞欺負之徒皆已除去十二字句，

四海皆已無虞六字句，

九夷八蠻之在荒服之外者皆已賓貢十五字句，

天災時變昆蟲草木之妖皆已銷息十四字句，

天下之所謂禮樂刑政教化之具皆已脩理十七字句，

風俗皆已敦厚六字句，

動植之物風雨霜露之所沾被者皆已得宜十七字句，

休徵嘉瑞麟鳳龜龍之屬皆已備至十四字句。〔註11〕

此種變化，使文章有起伏、有頓挫、有波瀾，稱爲句法長短錯綜。

三、字煩不厭

文章中重複使用同一字，只要句法改變，可使文章形成特殊節奏，而讀者不生厭。歸有光云：

文章下字重疊，未有不起人厭者，惟韓退之〈送孟東野序〉凡六百二十餘字，鳴字四十，似失之煩，然句法變化二十九樣，愈讀愈不覺，誰謂文章之妙，不在轉換之間乎。大抵此篇文字，自《周禮》〈梓人爲筍虡〉來。馮用之〈机論〉篇內凡三十餘机字，讀之亦不覺，但非文之粹者，故不載。

歸有光此說應是襲自謝枋得，謝枋得曰：

此篇凡六百二十餘字，「鳴」字四十，讀者不覺其繁，何也？句法變化凡二十九樣，有頓挫、有升降、有起伏、有抑揚，如層峰疊巒，

〔註10〕謝枋得，《文章軌範》卷一，頁9。
〔註11〕謝枋得，《文章軌範》卷一，頁4。

如驚濤怒浪，無一句懈怠，無一字塵埃，愈讀愈可喜。〔註12〕
雖然用字重複，然藏在不同句型中，亦不覺其重複，即歸有光所謂「文章之妙，不在轉換之間乎」。韓愈〈送孟東野序〉用鳴字之二十九樣句法如下：

1. 大凡物不得其平則鳴

2. 風撓之鳴、風蕩之鳴

3. 或擊之鳴

4. 擇其善鳴者

5. 而假之鳴

6. 物之善鳴者也

7. 是故以鳥鳴春，以雷鳴夏，以蟲鳴秋，以風鳴冬

8. 尤擇其善鳴者而假之鳴

9. 咎陶、禹其善鳴者也

10. 而假以鳴

11. 夔弗能以文辭鳴

12. 又自假於韶以鳴

13. 五子以其歌鳴

14. 伊尹鳴殷、周公鳴周

15. 皆鳴之善者也

16. 孔子之徒鳴之

17. 莊周以其荒唐之辭鳴

18. 其亡也以屈原鳴

19. 以道鳴者也

20. 皆以其術鳴

21. 李斯鳴之

22. 最其善鳴者也

23. 鳴者不及於古

24. 何爲乎不明其善鳴者也

〔註12〕謝枋得，《文章軌範》卷七，頁8。

25. 皆以其所能鳴

26. 孟郊東野始以其詩鳴

27. 三子者之鳴信善矣

28. 而使鳴國家之盛耶

29. 而使自鳴其不幸耶

可謂變化多端矣。至於《周禮·冬官考工記》則有「以脰鳴者，以注鳴者，以旁鳴者，以翼鳴者，以股鳴者，以胸鳴者」〔註13〕之文。韓愈之文是否出自於此，則不得而知。

此外，謝枋得以同樣方式評韓愈〈後二十九日復上宰相書〉第一段之文曰：「此一段連下九個『皆已』字，變化七樣句法，字有多少，句有長短，文有反順，起伏頓挫，如層瀾、驚濤、怒波，讀者但見其精神，不覺其重疊，此章法句法也。」〔註14〕又曰：「連下三個『豈復』字，變化三樣句法，讀者但見其精神。」〔註15〕又於〈原道〉評曰：「此一段連下十七個『爲之』字，變化九樣九句法，起伏頓挫，如層峯疊巒，如驚濤巨浪，讀者快心暢意，不覺其下字之重疊，此章法。」〔註16〕又曰：「連下九個『其』字，變化六樣句法，與前章『爲之』字相應，此是章法。」〔註17〕可見重複用字而不使讀者生厭的方法，即是變化句法。只要句法變化，則讀者不僅不覺重疊，且能形成特殊之節奏與氣勢。

四、下句載上句

文章上下兩句之輕重，必須相稱。若上句重而下句輕，則至下句突然轉弱，語氣承接不上。故呂祖謙評蘇洵〈春秋論〉時有云：「大抵古人作文，自有先得之意。上面甚有力，若不如此承接，如何稱得上面。」〔註18〕此外，歸有光亦云：

> 凡文章上句重下句輕，或爲上句壓倒，須要上下相稱。如歐陽永叔

〔註13〕《周禮·冬官考工記》，《周禮注疏》（台北：藝文印書館，民國71年九版），頁637。

〔註14〕謝枋得，《文章軌範》卷一，頁4。

〔註15〕謝枋得，《文章軌範》卷一，頁4

〔註16〕謝枋得，《文章軌範》卷四，頁3

〔註17〕謝枋得，《文章軌範》卷四，頁5

〔註18〕呂祖謙，《古文關鍵》，頁164。

　　〈畫錦堂記〉云「仕宦而至將相，富貴而歸故鄉」下即承以「此人
　　情之所榮，而今昔之所同也」。蘇子瞻〈六一居士序〉〔註19〕云：「夫
　　言有大而非誇。」下即承以「達者信之，眾人疑焉」。非這樣語句，
　　亦載上不起，此妙處惟老手知之。

歸有光所舉之例證甚簡明。歐陽修〈相州畫錦堂記〉起手云：「仕宦而至將相，
富貴而歸故鄉，此人情之所榮，而今昔之所同也。」後二句若未從人情及今
昔二者承接，則承載不起。蘇軾〈六一居士集序〉開頭云：「夫言有大而非誇，
達者信之，眾人疑焉。」唯其中所言「上句」、「下句」，可以指區分一個句子
的前後兩部分，未必是兩句。而所謂輕重，同時包括字句長短、內容多寡、
範圍大小等等而言。

五、疊上轉下

　　文句寫法有一種疊上轉下法，上句說出定論，後一句頂上補充。歸有光
云：

　　上文有一句說話，下即頂上申說一句，如過文相似，是謂疊上轉下
　　也。陳止齋作論善用此法。如蘇明允〈心術論〉、蘇子瞻〈荀卿論〉
　　可以為式。王子充〈樗隱記〉亦可與此參看。

蘇洵〈心術〉用疊上轉下法的句子如：

　　凡將欲智而嚴，凡士欲愚。智則不可測，嚴則不可犯；故士皆委己
　　而聽命，夫安得不愚？夫惟士愚，而後可與之皆死。

先提出將欲智而嚴，士欲愚。接下來立即分別補充說明何以要「智」、「嚴」、
「愚」。又如：

　　凡主將之道，知理而後可以舉兵，知勢而後可以加兵，知節而後可
　　以用兵。知理則不屈，知勢則不沮，知節則不窮。

提出主將之道在知理、知勢、知節，隨即補充說明知理、知勢、知節之理由。
另外，如：「善用兵者，使之無所顧，有所恃。無所顧，則知死之不足惜；有
所恃，則知不至於必敗。」亦然。

　　蘇軾〈荀卿論〉曰：「嘗讀《孔子世家》，觀其言語文章，循循莫不有規
矩，不敢放言高論，言必稱先王，然後知聖人憂天下之深也。」亦是先提出

〔註19〕當作〈六一居士集序〉，見《東坡文鈔》，《唐宋八大家文鈔校注集評》，頁 5533。

「循循然莫不有規矩」，再以「不敢放言高論，言必稱先王」二句補充說明，
其法一也。

六、攔截上文

攔截上文則，是文勢之收煞。歸有光云：

> 凡句法直下來如良馬下峻嶺，如輕舟下長湍，若無一句攔截，便不
> 成文章。如韓退之〈原道〉：「堯以是傳之舜」云云，截以「軻之死，
> 不得其傳焉」。此二句絕妙，可以為式。韓退之〈上張僕射書〉：「執
> 事之好士也如此」云云，截以「則死于執事之門無悔也」，可以參看。

其中「直下來如良馬下峻嶺，如輕舟下長湍，若無一句攔截，便不成文章」
數句，完全引用謝枋得《文章軌範》語。〔註20〕甚至所舉〈原道〉之例亦相
同。韓愈〈原道〉篇末「堯以是傳之舜，舜以是傳之禹，禹以是傳之湯，湯
以是傳之文武周公，文武周公傳之孔子，孔子傳之孟軻；軻之死，不得其傳
焉」，最後一句即是攔截。〈上張僕射書〉文曰：

> 天下之人，聞執事之於愈如是也，必皆曰：「執事之好士也如此；執
> 事之待士以禮如此；執事之使人不枉其性而能有容如此；執事之欲
> 成人之名如此；執事之厚於故舊如此。」又將曰：「韓愈之識其所依
> 歸也如此；韓愈之不諂屈於富貴之人如此；韓愈之賢能使其主待之
> 以禮如此。」則死於報事之門無悔也。

亦以末句攔截上文。

第二節　鍊字法

字是文章最基本的組成單位，文字之運用除精確表達意義之外，文字之
重複出現也會創造文章的節奏感。另有以一二關鍵詞語蘊藏文章主意之法，
見此一二字則知全文旨趣。

一、類字數用

《文則》論字法，舉出四十四種常見數句用同一字之例。陳騤曰：「文有
數句用一類字，所以壯文勢、廣文義也。韓退之為古文伯，於此法尤加意焉。」

〔註20〕謝枋得，《文章軌範》卷四，頁6。

〔註21〕如韓愈〈畫記〉：「行者，牽者，奔者，涉者，陸者，翹者，顧者，鳴者，寢者，訛者，立者，齕者，飲者，溲者，陟者，降者。」即重複使用「者」字。又如韓愈〈賀冊尊號表〉云：「臣聞體仁以長人之謂元，發而中節之謂和，無所不通之謂聖，妙而無方之謂神，經緯天地之謂文，戡定禍亂之謂武，先天不違之謂法天，道濟天下之謂應道。」重複使用「之謂」二字，且句法並無太大變化。陳騤所舉四十四種常用之字包括或、者、之謂、謂之、之、可、可以、爲、必、不以、而不、其、焉、于時、實、曾是、侯、有若、未嘗、斯、於是乎、有、兮、則、然、奚、而、方且、似、乎、乃、以之、足以、也、得其、以、曰、得之、之以、所以、存乎、莫大乎、知所以、矣等。說明之例，則采者經子。〔註22〕

二、下字影狀

　　用字之難本在精當，尤其用於托事立論，其字必須與事親切。有一用字之法，將文章主意蘊藏一二字中，見此一二字而知全文旨趣。如韓愈〈送王秀才序〉借王績〈醉鄉記〉敘不遇之感，全文不脫「醉鄉」二字。茅坤曰：「轉掉如弄蛇、如興雲，總不遇之感，借酒上簸弄。」借酒上簸弄，即是不離「醉鄉」二字。謝枋得說：

　　　　王舍之祖王績，字無功，嘗作〈醉鄉記〉，此序以「醉鄉記」三字生
　　　　一篇議論，下字影狀，可見其巧。此序只從「醉鄉記」三字得意，
　　　　變化成一篇議論，此文公最巧處，凡作論可以爲法。〔註23〕

歸有光云：

　　　　凡文章托事立論，其用字用意，須要與事親切，如韓退之〈送王秀
　　　　才序〉以「醉鄉記」三字，生一篇議論，首尾下字影狀，仔細味之，
　　　　方見其巧。〔註24〕

謝、歸說法近似，然歸特舉出「托事立論，其用字用意，須要與事親切」，表示下字影狀法之運用場合。如韓愈此文，其主意爲「雖偃蹇不欲與世接，然猶未能平其心，或爲事物是非相感發，於是有托而逃焉者也」。醉鄉即爲其所

〔註21〕陳騤，《文則》，頁30。
〔註22〕陳騤，《文則》，頁31。
〔註23〕謝枋得，《文章軌範》卷五，頁10。
〔註24〕歸有光，《文章指南》，頁21。

托而逃者。而韓文起筆言少時讀〈醉鄉記〉之感，第一段之末則曰：「吾又以爲悲醉鄉之徒不遇也」，第二段以「醉鄉之後世又以直廢」，第三段以「吾既悲醉鄉之文辭」開始，終以「姑與之飲酒」結束。全文緊扣「醉鄉」二字。故孫琮曰：「秀才爲無功後裔，故首尾就酒上生情。中引陶、阮、顏、曾，一抑一揚，總要跌出醉鄉之不遇。至後一面惜秀才，又一面自爲惜，都極悲憤之情，頓挫之致。」〔註25〕

第三節 譬喻引證修辭

譬喻法及引證法若用於修辭或鍊字，則與謀篇時之用法略有不同。謀篇時所用譬喻或引證多與全文有關；修辭鍊字時運用譬喻引證，則只用於文句或字詞之間。

一、譬喻修辭法

《文則》有譬喻法十條，用於修辭鍊字而非謀篇，故所舉例證均爲短文句，非文章全篇。

陳騤曰：「《易》之有象，以盡其意；《詩》之有比，以達其情。文之作也，可無喻乎？博采經傳，約而論之，取喻之法，大概有十。」〔註26〕陳騤是以《易》之象與《詩》之比爲文章譬喻法之源頭。《文則》譬喻十條，均先列名稱，再簡單解說，再舉例爲證。十條分別如下：

（一）直喻：直喻之法是以猶、若、如、似之類等喻詞，表明譬喻之文。例如《孟子》：「猶緣木而求魚也。」《尚書》：「若朽索之馭六馬。」《論語》：「譬如北辰。」《莊子》：「淒然似秋。」之類即是。

（二）隱喻：隱喻是「其文雖晦，義則可尋」。如《禮記》：「諸侯不下漁色。」《國語》：「沒平公無秕政。」又曰：「雖蝎譖焉避之。」《左傳》：「是豢吳也夫。」《公針傳》：「其諸爲其雙雙而俱至者與。」之類。

〔註25〕孫琮，《山曉閣唐宋八大家選・韓昌黎集》卷三。《昌黎文鈔》，《唐宋八大家文鈔校注集評》，頁 328。

〔註26〕陳騤，《文則》，頁 12。

（三）類喻：即「取其一類，以次喻之」。如《尚書》：「王省惟歲，卿士惟月，師惟日。」歲、月、日為同一類。又如賈誼《新書》：「天子如堂，羣臣如陛，眾庶如地。」其中堂、陛、地為同一類，天子、羣臣、眾庶等三種身分以堂、陛、地等同一類事物為喻，此即為類喻。

（四）詰喻：此類譬喻雖為喻文，卻以詰難方式出現。如《論語》：「虎兕出於柙，龜玉毀於櫝中，是誰之過歟？」及《左傳》：「人之有牆，以蔽惡也。牆之隙，誰之咎也。」以譬喻為詰難。

（五）對喻：對喻是「先比後證，上下相符」。如《莊子》：「魚相忘乎江湖，人相忘乎道術。」及《荀子》：「流丸止於甌臾，流言止於智者。」均是上下對句之譬喻法。

（六）博喻：廣取各譬喻，以說明同一事物。如《尚書》：「若金，用汝作礪；若濟巨川，用汝作舟楫；若歲大旱，用汝作霖雨。」及《荀子》：「猶以指測河，猶以戈舂黍也，猶以錐飡壺也。」之類。

（七）簡喻：簡喻者「其文雖略，其意甚明。如《左傳》：「名，德之輿也。」《揚子》：「仁，宅也。」即是。

（八）詳喻：詳細說明才能顯現其義，所謂「須假多辭，然後義顯」。如《荀子》：「夫耀蟬者，務在乎明其火，振其樹而已。火不明，雖振其樹無益也；今人主有能明其德，則天下歸之，若蟬之歸明火也。」等等即是。

（九）引喻：援引前人之言以證其事。如《左傳》：「諺所謂『庇焉而縱尋斧焉』者也。」及《禮記》：「蛾子時術之，其此之謂乎。」

（十）虛喻：雖有「似」等喻詞，但既不指物，亦不指事，即實非譬喻。
〔註27〕

　　上述十條，既標其名，並釋其義，又舉古文句為證，條理清楚，範圍周延，譬喻修辭之法，不外乎是。

〔註27〕以上譬喻十體內容，見陳騤，《文則》，頁13。

二、引證修辭法

　　爲文而援引《詩》《書》文句，本爲習見。陳騤曰：「凡伯刺厲之詩，而曰『先民有言』；吉甫美宣之詩，而曰『人亦有言』；胤侯之征，乃舉《政典》；盤庚之告，亦載遲任。或稱古人言，是皆有所援引也。《詩》《書》而降，傳記籍籍，援引之言，不可具載。」〔註28〕若論援引之法，《文則》別爲二端，一以斷行事，一以證立言。而此二者又各分爲三體，即共計六體。

　　斷行事是以《詩》《書》之文評斷行事之是非，其三體如下：

　　（一）一句之中獨引《詩》以斷之，如《左傳》：「《詩》曰：『自詒伊慼』，其子臧之謂矣。」即是。

　　（二）一段文內各引用《詩》文以合斷多人之事，如《左傳》：「《詩》曰：『于以采蘩，于沼于沚，于以用之，公侯之事』，秦穆有焉。『夙夜匪懈，以事一人』，孟明有焉。『詒厥孫謀，以燕翼子』，子桑有焉。」文中論斷三人之事，而各援引數句詩，稱爲合斷之體。

　　（三）既引詩文，又釋其義以斷之。如《國語》：「《詩》曰：『其類維何，室家之壼，君子萬年，永錫祚胤。』類也者，不忝前哲之謂也；壼也者，廣裕民人之謂也；萬年也者，令聞不忘之謂也；祚胤也者，子孫蕃育之謂也。單子朝夕不忘成王之德，可明不忝前哲矣；膺保明德，以佐王室，可謂廣民人矣。若能類善物以混厚民人者，必有章譽蕃育之祚，則單子必當之矣。」以此文前半引《詩》爲證，後半又釋《詩》義以斷之。

　　證立言是以《詩》《書》之文支持論點，其三體如下：

　　（一）采綜羣言，以盡其義。如《大學》：「〈康誥〉曰：『克明德。』〈太甲〉曰：『顧諟天之明命。』〈帝典〉曰：『克明峻德。』皆自明也。湯之〈盤銘〉：『苟日新，日日新，又日新。』〈康誥〉曰：『作新民。』《詩》曰：『周雖舊邦，其命維新。』是故君子無所不用其極。」此文《大學》爲證明「明明德」與「新民」之重要性，援引《尙書》與《詩》之文爲證。

　　（二）引證用於句末，稱爲「言終引證」。如《禮記·緇衣》：「好賢如〈緇衣〉，惡惡如〈巷伯〉，則爵不瀆而民作愿，刑不試而民咸服，〈大

〔註28〕陳騤，《文則》，頁14。

雅〉曰：「儀刑文王，萬邦作孚。」論好賢惡惡之效，於句末引《詩・大雅》之言爲證，亦是一體。

（三）斷析本文，以成其言。如《左傳》：「《周書》所謂『庸庸衹衹』〔註29〕者，謂此物也夫。」又「〈太誓〉所謂『商兆民離，周十人同』者，眾也。」所引之《詩》，與本文結合，此以證立言之第三體也。〔註30〕

　　以上爲援引《詩》《書》以評斷或支持論點的六種方法，所舉例證雖只及《詩》《書》，然卻是各種援引方法的普遍規則。

〔註29〕語出《周書・康誥》。
〔註30〕以上援引六體內容，見陳騤，《文則》，頁14。

第十章 餘論：由定法走向活法

第一節 古文法則之建立

　　古文雖號稱古文，實則唐宋古文家所致力提倡的，是有別於往昔的「新古文」。也就是雖然名義上是爲對抗儷對偶句文風而提倡古文，然而古文必不能以恢復古人之文爲標準，當有屬唐人宋人之新文風。因此韓愈言「陳言務去」、「辭必己出」、「閎中肆外」，又曰「師其意，不師其辭」，皆是說明古文不是複製或模倣先秦兩漢之文而已，而是以「非三代兩漢之書不敢觀，非聖人之志不敢存」爲起點，去除時風習氣。其高境界則是只論氣之盛否，只要氣盛，就可以超越文字聲韻之限制，言之短長與聲之高下者皆宜，且能自由自在行之乎仁義之途，游之乎《詩》、《書》之源，而無迷其途，無絕其源。此時之文，惟其是爾，亦無古今之分。當他行游仁義、《詩》、《書》之時，古道與古文只是憑藉，不必爲式。

　　然而新一代的古文，究竟是何風格？有何特色與價值？這都不是韓、柳，甚至宋古文家所能清楚說明的。他們努力達成的，是以文解經，改變文學和經學的主從關係，文學雖然宗經，經傳也可以反身成爲文學領域的一部分而已。而且在文學領域裏，經傳那一套聖賢之道，在古文家筆下自有另一種談法。在這種談法之下，仁義性情、聖賢道統都有別於經學之說。另一方面，古文家筆下之古道，又藉文學之辭采，而能比道學經學家之論，流傳更久遠。甚至許多難明之義與難喻之理，亦不能不由擅長敘述的文學家來完成。如柳宗元所說，文章雖是士之末也，然立言存乎其中，如果即末而操其本，可十

七八，未易忽也。因此文章也未必爲士之末，端視採取何如爾。林紓亦爲韓愈抱不平曰：「讀昌黎五原，語至平易，然而能必傳者，有見道之能，復能以文述其所能者也。宋之道學家，如程朱至矣。問有論道之文，習誦于學者之口者耶？」〔註1〕見道固難，能以文述其見道之能更是不易。這是道學家望塵莫及者，但道學家對自己的技不如人並不服氣，反倒批判韓愈等古文家的見道程序與個人修養，而形成「人身攻擊的謬誤」。

即使韓柳之學，眞如程頤所謂「倒學」〔註2〕，或如朱熹所說只「見個道之大用是如此，然卻無實用功處」，又即使韓愈「當初只是要討官職做」，或說韓愈第一義是學文字，第二義方去窮究道理，所以看得不親切〔註3〕。然而「倒學」的結果，即是論道的內容，朱熹亦難以找到破綻，只好從學習動機或生活態度批評起。

「言語似六經」是朱熹的感受，韓愈卻不想作出「似六經」之文，師其意不師其辭，作出與六經同樣推本仁義之文辭，大有與六經等量齊觀之企圖。因此韓柳不會同意後人以文入道、倒學的批評，他們堅持的是本深末茂、體備辭足與文以明道、即末操本。文學是論道的最佳門徑，文學的重要性自不待言。於是他們以文論文，建立客觀討論文章法度的基礎，便爲當務之急。而往後逐漸成形的細部批評，正是呼應此一需求。

古文細部批評於選本評點、體則批評、文話批評出現後，其大致規模已具備。更進一步的發展，則是評點文話數量夠多之後產生的多元批評對話，及敘述策略的探討。最終確立一種文學美學的評判方法與標準。以意義之順序與結構，形成的文學敘述美學；對文法之批評與對批評之批評，形成的多重對話。意義之順序與結構，表現在體則文格之變化及敘述策略之運用上；對文法之批評，是用圈點批評詳明文章法度，對批評之批評，則是各家評點之錯比對照。於是細部批評並不是科場時文之陋習，也是不只用於接引初學不知法度者，而是因應詮釋古文美學之需要而產生的方法。這個方法固曾爲時文與小說評點所借用，並引伸更嚴密之規格法度，並回饋豐富古文之細部批評，但並不妨礙其建立古文美學之貢獻。

韓柳歐蘇等人，創作足量古文範本，供後人學習與研究；又省覺文學的

〔註1〕林紓，《韓柳文研究法》（台北：廣文書局，民國65年4月），頁3。
〔註2〕詳見本文第三章〈古文細部批評之理論發展〉之第二節〈宋：規模初成〉。
〔註3〕同上。

價值與力量，以文解經，以文論文。然而此新文風之評判方法與標準，必等待選文評點及文話的建立，才能逐步充實。其中批評記號、批評術語、批評格式均在漫長的摸索試驗之下，漸趨完備。批評之記號，有抹、截、圈、點等等，有單色亦有多色，圈點丹黃既有句讀標點的功能，更可突顯章法關鍵。加上文字術語的運用，與文字敘述的闡發，批評圈點便成為功能強大的工具。一方面透過批評圈點，可以使讀者與作品甚至作者交流對談，更易領略作者用心及文章之美。對認同評點的人而言，布滿記號與術語、批評文字的書籍，也成為視覺上的美感形式。另一方面交流對談的過程可以發明文章法度，不論是「法寓於無法之中」的漢以前之文，或「以有法為法」的唐宋明文，其開闔首尾、經緯錯綜之法，皆昭然以明。

　　細部批評所建立之文論方法，約可分為以下數個類別。一是風格神味，二是相題謀篇，三是安章布勢，四是修辭鍊字。此四大類別已包含細部批評的主要方法，諸家所論之文法多不出此範圍。

　　文章的大概主張、文勢規模、綱目關鍵、警策句法，皆歸納成為體則文格。體則之研究，開展出文章法度的整體架構。通篇風格神味，討論氣力光燄、才識與理氣等原則及正大、奇巧、平淡、蒼勁、典贍、委婉、飄逸等風貌。相題謀篇包括相題行文及謀篇技法，安章布勢分析抑揚、提應、布置、結意等法，修辭鍊字闡明鍛句法、鍊字法及譬喻引證法等。

　　由四大領域形成細部批評方法的大架構，各類文法的討論，都是對此架構之修正補充。再者，也可藉此架構以示範閱讀之法與作文要訣，而此本來即為細部批評闡述法則的重要目的。

第二節　由定法走向活法

　　古文細部批評家雖致力挖掘文章的美感要素，並歸結為賞析與習作的文格法則，使細部批評的規範性與指導性意味濃厚。但是文章畢竟是創造力的呈現，不是規則條例堆疊而成，文格法則往往反而限制人的創造能力。如唐彪曰：「文章全在布置，格即布置之體段也。雖正變高下不同，然作文之時必須先定一格，以為布置之準則，文乃成片段。」〔註4〕文格儘管是作文的工具，卻也可能成為創造力的桎梏。太拘泥於文章體格，反而割裂文章的完整性。

〔註4〕唐彪，《讀書作文譜》卷六，頁70。

文學不只是規則而已，章學誠曰：「學文之事，可授受者，規矩方圓，其不可授受者，心營意造。」〔註5〕而不可授受的，正是文章血脈。如呂祖謙早就說：「常使經緯相通，有一脈過接乎其間，然後可。蓋有形者綱目，無形者血脈也。」〔註6〕血脈既然無形，便不易授受。細部批評大家歸有光也說：「近來一種俗學，習爲記誦套子，往往能取高第，淺中之徒，轉相放效。」〔註7〕雖然歸有光的五色圈點《史記》本，號爲古人祕傳，由此出者，乃是正宗，但歸有光亦直斥記誦套子的俗學。這是細部批評者在建立文法的同時，亦隱含對文法的解消。建構文法，亦指明文法的局限。

在指明文法的局限上，有幾種不同作法。一是說明最高明的文章是難以常法框套其上。如謝枋得說韓愈文章「千變萬化，不可捉摸，如雷電鬼神，使人不可測。」〔註8〕不可測當然就不易歸納出固定文法。因此唐彪也說：「昌黎之文，篇篇一體，不能詳述。」〔註9〕足高明者不可拘以常法。

其次是法亦有難到之處。如謝枋得《文章軌範》評韓愈〈與孟簡尚書書〉曰：「此書多有巧心妙手，批不盡，須是面說。」〔註10〕批且不盡，遑論文法。又如章學誠曰：「執古文而示人以法度，則文章變化，非一成之文所能限也。」〔註11〕又曰：「古人文成法立，未嘗有定格也。」〔註12〕文無定格，則固定法度自不能完全說明千變萬化的文章。

再者認爲文法規矩的最大功效在於爲初學示法，但學者亦不能自陷於文法之中，當自有法走向無法。如姚鼐所云：「文家之事，大似禪悟，觀人評論圈點，皆是借徑，一旦豁然有得，呵佛罵祖，無不可者。」〔註13〕即使繁密的科舉程式，只要從吾心之理證得書旨之後，舉筆爲文，即相去不遠，歸有光曰：

> 毋事口耳剽竊，以吾心之理而會書之意，以書之旨而證吾心之理，
> 則本原洞然，意趣融液，舉筆爲文，辭達義精，去有司程度亦不遠

〔註 5〕 章學誠，〈文理〉，《章學誠遺書》，頁 18。
〔註 6〕 呂祖謙，〈論作文法〉，《古文關鍵》，頁 21。
〔註 7〕 歸有光，〈山舍示學者〉，《震川先生集》卷七，頁 101。
〔註 8〕 謝枋得，《文章軌範》卷一，頁 16。
〔註 9〕 唐彪，《讀書作文譜》卷六，頁 141。
〔註 10〕 謝枋得，《文章軌範》卷四，頁 6。
〔註 11〕 章學誠，〈文理〉，《章學誠遺書》卷二，頁 18。
〔註 12〕 章學誠，〈古文十弊〉，《章學誠遺書》卷二，頁 20。
〔註 13〕 姚鼐，〈與陳碩士書〉，《姚惜抱尺牘》，頁 27 上。

矣。〔註14〕

本原洞然，意趣融液，舉筆爲文即能去有司程度不遠，這是科舉的高境界。但其初階仍是有法，只是超越有法，達到無法，如吳德旋所謂「章有章法，句有句法，字有字法，到純熟後，縱筆所如，無非法者」〔註15〕的地步，也就是由定法走向活法，以解消法的限制、避免法的割裂與跳脫法的框套。

　　由定法走向活法，是法本身具備的辯證性。龔師鵬程論法的這種辯證性說：

> 法的規範性本身，其實往往就蘊含了對於嚴格性的解消。例如方東樹，一方面說：「義者法也……有法則體成，無法則僋荒。率爾操觚，縱有佳語，而安置布放不得其所，退之所以譏六朝人爲亂雜無章也」，強調法的規範意義；一方面卻又說：「古人不可及，只是文法高妙，無定而有定，不可執著，不可告語，妙運從心，隨手多變」（原註：皆見昭昧詹言卷一），這就是法而無法的活法了。〔註16〕

細部批評者在建立文則條例時，亦不得不立破並施，既講究相題謀篇、章法布勢、修辭鍊句，致力指明古文法度；又經常贊歎文章之千變萬化、不可捉摸。因爲法而無法，無法而不背於法，明法之用，又不爲法所束縛，才是細部批評追求的活法。

〔註14〕歸有光，〈山舍示學者〉，《震川先生集》卷七，頁101。

〔註15〕呂璜述、吳德旋著，《初月樓古文緒論》，頁20。

〔註16〕見龔師鵬程，〈細部批評導論〉，《文學批評的視野》，頁424。

參考書目舉要

甲、評點類

1. 《古文關鍵》,(宋)呂祖謙,台北,廣文書局,民70年再版。
2. 《崇古文訣》,(宋)樓昉,台北,臺灣商務印書館,文淵閣四庫全書版,民72年。
3. 《文章正宗》,(宋)真德秀,台北,臺灣商務印書館,文淵閣四庫全書版,民72年。
4. 《論學繩尺》,(宋)魏天應,台北,臺灣商務印書館,文淵閣四庫全書版,民72年。
5. 《文章軌範》,(宋)謝枋得,台北,臺灣商務印書館,文淵閣四庫全書版,民72年。
6. 《文編》,(明)唐順之,台北,臺灣商務印書館,文淵閣四庫全書版,民72年。
7. 《文章指南》,(明)歸有光,台北,廣文書局,民74年。
8. 《文章指南》,(明)歸有光,台南,莊嚴文化事業公司,四庫全書存目叢書版,1997年。
9. 《唐宋八大家文鈔》,(明)茅坤,上海,上海古籍出版社,1993年。
10. 《才子古文》,(明)金聖嘆,湖北,湖北人民出版社,1986年。
11. 《古文觀止》,(清)吳楚材、吳調侯編,曹國鋒註譯,台南,台南東海出版社,民63年。
12. 《古文析義》,林雲銘,台北,廣文書局,民65年四版。
13. 《唐宋八大家文鈔》,(清)張伯行,台北,臺灣商務印書館,民55年。
14. 《唐宋八家文讀本》,(清)沈德潛,安徽,安徽文藝出版社,1998年。

15.《古文評註》，（清）過珙，台中，曾文出版社，民 64 年。

16.《古文辭類纂》，（清）姚鼐，台北，廣文書局，民 50 年。

17.《古文詞略》，（清）梅曾亮，台北，世界書局，民 53 年。

18.《歸方評點史記合筆》，（清）王拯，望三益齋。

19.《續古文辭類纂》，（清）王先謙，台北，廣文書局，民 50 年。

20.《唐宋文舉要》，（清）高步瀛，高雄，復文圖書出版社，1993 年。

21.《評校音注古文辭類纂》，王文濡，台北，臺灣中華書局，民 56 年。

22.《古文筆法百篇》，李扶九，台北，文津出版社。

23.《論說秘訣》《論說啓蒙》合刊，達人編著，台北，廣文書局，民 70 年。

24.《文法津梁》，宋文蔚，台北，蘭臺書局，民 72 年。

25.《作文百法》，許恂儒，台北，廣文書局，民 78 年再版。

26.《韓文選析》，胡楚生，台北，華正書局，民 80 年二版。

27.《韓昌黎文彙評》，葉百豐編，台北，正中書局，民 79 年。

28.《唐宋八大家文鈔校注集評》，高海夫主編，西安，三秦出版社，1998 年。

乙、文學理論與批評類

1.《文則》，（宋）陳騤，台北，莊嚴出版社，民 68 年。

2.《文章精義》，（宋）李塗，台北，莊嚴出版社，民 68 年。

3.《蛟峰批點止齋論祖》，（宋）陳傅良撰，（宋）方逢辰批點，台南，莊嚴文化事業，《四庫全書存目叢書》版，1997 年。

4.《浩然齋雅談》，（宋）周密，台北，臺灣商務印書館，民 64 年。

5.《修辭鑑衡》，（元）王構，台北，臺灣商務印書館，民 54 年。

6.《文章辨體序說》，（明）吳納，北京，人民文學出版社，1998 年。

7.《文脈》，（明）王文祿，台北，臺灣商務印書館，民 55 年。

8.《文體明辨序說》，（明）徐師曾，北京，人民文學出版社，1998 年。

9.《讀書作文譜》《父師善誘法》（合刊），（清）唐彪，台北，偉文圖書出版社，民 65 年。

10.《義門讀書記》，（清）何焯，北京，中華書局，1987 年。

11.《論文偶記》，（清）劉大櫆，北京，人民文學出版社，1998 年。

12.《初月樓古文緒論》，（清）吳德旋著，呂璜述，北京，人民文學出版社，1998 年。

13.《昭昧詹言》，（清）方東樹，台北，廣文書局，民 51 年。

14.《藝舟雙楫》，（清）包世臣，北京，中國書店，1983 年。

15.《藝概》,（清）劉熙載,台北,金楓出版社,1986 年。

16.《韓柳文研究法》,（清）林紓,台北,廣文書局,民 65 年。

17.《春覺齋論文》,（清）林紓,北京,人民文學出版社,1998 年。

18.《畏廬論文等三種》,（清）林紓,台北,文津出版社,民 67 年。

19.《李剛己遺稿》,（清）李剛己,台北,文海出版社,民 55 年。

20.《桐城吳氏古文法》,（清）吳闓生,台北,文津出版社,民 68 年。

21.《古文辭通義》,（清）王葆心,台北,臺灣中華書局,民 54 年。

22.《古文法纂要》,朱任生,台北,臺灣商務印書館,民 73 年。

23.《中國文學批評論文集》,葉楚傖編,台北,正中書局,民 42 年。

24.《古文通論》,馮書耕、金仞千,台北,中華叢書編審委員會,民 55 年。

25.《古文辭類纂研讀法》,馮書耕,台中,馮書耕,民 63 年。

26.《左傳文章義法撢微》,張高評,台北,文史哲出版社,民 71 年。

27.《左傳之文學價值》,張高評,台北,文史哲出版社,民 71 年。

28.《唐代文學論集》,羅聯添,台北,臺灣學生書局,民 78 年。

29.《文學批評的視野》,龔師鵬程,台北,大安出版社,民 79 年。

30.《唐宋古文新探》,何寄彭,台北,大安出版社,1990 年。

31.《韓愈文統探微》鄧國光,台北,文史哲出版社,民 81 年。

32.《中國散文美學》,吳小林,台北,里仁書局,民 84 年。

33.《歸震川及其散文》,呂新昌,台北,文津出版社,1998 年。

34.《文章章法論》,仇小屏,台北,萬卷樓圖書有限公司,民 87 年。

35.《篇章結構類型論》,仇小屏,台北,萬卷樓圖書有限公司,民 89 年。

36.《中國小說評點研究》,譚帆,上海,華東師範大學出版社,2001 年。

37.《義法與經世》,許福吉,上海,學林出版社,2001 年。

38.《唐宋古文八家概述》,吳孟復,安徽,安徽文藝出版社,1985 年。

39.《八股文概說》,王凱符,北京,中華書局,2002 年。

40.《中國古代文學批評方法研究》,張伯偉,北京,中華書局,2002 年。

丙、文學史類

1.《桐城文學淵源考》《桐城文學撰述考》合刊,（清）劉聲木,台北,世界書局,民 63 年再版。

2.《中國散文史》,陳柱,北京,東方出版社,1996 年。

3.《中國文學批評史》,羅根澤,台北,學海出版社,民 67 年。

4.《中國文學批評史大綱》,朱東潤,台北,開明書店,民 49 年。

5.《中國文學發達史》，劉大杰，台北，臺灣中華書局，民 76 年。

6.《中國文學批評史》，郭紹虞，台北，文史哲出版社，民 77 年。

7.《中國文學史》，葉慶炳，台北，學生書局，民 76 年。

8.《桐城文派學述》，尤信雄，台北，文津出版社，民 78 年再版。

9.《清代文學批評史》，鄔國平、王鎮遠，上海，上海古籍出版社，1995 年。

10.《宋金元文學批評史》，顧易生、蔣凡、劉明今合著，上海，上海古籍出版社，1996 年。

11.《中國文學理論批評史》，敏澤，吉林，吉林教育出版社，1993 年。

12.《中國評點文學史》，孫琴安，上海，上海社會科學出版社，1999 年。

13.《中國修辭學通史》（明清卷），李熙宗、劉明今、袁震宇、霍四通合著，吉林，吉林教育出版社，1998 年。

14.《中國修辭學通史》（近現代卷），宗廷虎、李金苓編著，吉林，吉林教育出版社，1998 年。

15.《中國古代標點符號發展史》，管錫華，成都，巴蜀書社，2002 年。

丁、文集類

1.《韓昌黎文集校注》，（唐）韓愈撰，（清）馬其昶校注，台北，世界書局，民 49 年。

2.《韓愈全集》，（唐）韓愈撰，錢仲聯、馬茂元校點，上海，上海古籍出版社，1997 年。

3.《韓愈選集》，（唐）韓愈撰，孫昌武選注，上海，上海古籍出版社，1996 年。

4.《韓愈散文選集》，（唐）韓愈撰，顧易生、徐粹育編，上海，上海古籍出版社，1997 年。

5.《柳河東全集》，（唐）柳宗元撰，台北，世界書局，民 50 年。

6.《李文公集》，（唐）李翱撰，台北，臺灣商務印書館，民 54 年。

7.《唐文粹》，（宋）姚鉉編，台北，世界書局，民 51 年。

8.《歐陽修全集》，（宋）歐陽修撰，台北，世界書局，民 50 年。

9.《嘉祐集》，（宋）蘇洵撰，台北，臺灣商務印書館，民 54 年。

10.《元豐類稿》，（宋）曾鞏撰，台北，世界書局，民 53 年。

11.《王臨川全集》，（宋）王安石撰，台北，世界書局，民 50 年。

12.《二程遺書》，（宋）程顥、程頤撰，上海，上海古籍出版社，1995 年。

13.《蘇東坡全集》，（宋）蘇軾撰，台北，世界書局，民 53 年。

14.《欒城集》，（宋）蘇轍撰，台北，臺灣中華書局，民 54 年。

15.《朱文公文集》，（宋）朱熹撰，台北，臺灣商務印書館，民 69 年。

16.《水心集》，（宋）葉適，台北，中華書局，民 54 年。

17.《黃氏日抄》，黃震，台北，臺灣商務印書館，文淵閣四庫全書版，民 72 年。

18.《宋學士全集》，（明）宋濂，台北，藝文印書館，百部叢書集成版，民 59 年。

19.《王忠文公文集》，（明）王褘，北京，書目文獻出版社，1988 年。

20.《震川先生集》，（明）歸有光撰，台北，臺灣商務印書館，民 54 年。

21.《荊川先生文集》，（明）唐順之撰，台北，臺灣商務印書館，民 54 年。

22.《茅鹿門先生文集》，（明）茅坤，上海，上海古籍出版社，續修四庫全書版 2002 年。

23.《寶日堂初集》，（明）張鼐撰，北京，北京出版社，四庫禁燬書叢刊版，2000 年。

24.《南雷文定》，（明）黃宗羲，台北，世界書局，民 53 年。

25.《日知錄》，（明）顧炎武，台北，文史哲出版社，民 68 年。

26.《方望溪全集》，（清）方苞，台北，世界書局，民 49 年。

27.《惜抱軒全集》，（清）姚鼐，台北，世界書局，民 49 年。

28.《姚惜抱尺牘》，（清）姚鼐，台北，廣文書局，民 83 年。

29.《章學誠遺書》，（清）章學誠，北京，文物出版社，1985 年。

30.《全唐文》，（清）董誥等編，上海，上海古籍出版社，1995 年三刷。

31.《大雲山房集》，（清）惲敬，台北，世界書局，民 53 年。

32.《攷槃集文錄》，方東樹，上海，上海古籍出版社，《續修四庫全書》，2002 年。

33.《曾國藩全集》，（清）曾國藩，台北，大俊圖書有限公司，民 71 年再版。

戊、其他類

1.《周禮注疏》，（漢）鄭玄注，台北，藝文印書館，民 71 年九版。

2.《孟子注疏》，（漢）趙岐注，台北，藝文印書館，民 71 年九版。

3.《史記》，（漢）司馬遷，北京，中華書局，1982 年二版。

4.《左傳注疏》，（晉）杜預注，台北，藝文印書館，民 71 年九版。

5.《唐書》，（後晉）劉昫等，北京，中華書局，1975 年。

6.《史通》，（唐）劉知幾，台北，新陸書局，民 48 年。

7.《新唐書》，（宋）歐陽修、宋祁等，北京，中華書局，1975 年。

8.《九經三傳沿革例》，（宋）岳珂，台北，臺灣商務書局，民 54 年。

9.《朱子語類》,(宋)黎靖德編,北京,中華書局,1986 年。

10.《宋史》,(元)脫脫等,北京,中華書局,1985 年。

11.《程氏家塾讀書分年日程》,(元)程端禮,台北,臺灣商務印書館,民 70 年。

12.《莊子內篇註》,(明)釋德清,台北,藝文印書館,無求備齋莊子集成續編版,民 63 年。

13.《武備志》,(明)茅元儀,上海,上海古籍出版社,續修四庫全書版,1995 年。

14.《讀四書大全說》,(清)王夫之,北京,中華書局,1975 年。

15.《明史》,(清)張廷玉等,北京,中華書局,1974 年。

16.《四庫全書總目》,(清)永瑢等,北京,中華書局,1965 年。

17.《鐵琴銅劍樓藏目錄》,(清)瞿鏞,上海,上海古籍出版社,2000 年。

18.《書林清話》,(清)葉德輝,台北,世界書局,民 72 年。

19.《莊子集解》,(清)王先謙集解,北京,中華書局,1987 年。

20.《清史稿》,趙爾巽等,北京,中華書局,1977 年。

21.《韓愈資料彙編》,台北,學海出版社,民 73 年。

22.《古漢語修辭學資料彙編》,鄭奠、譚全基編,台北,明文書局,民 73 年。

23.《春秋書法與左傳學史》,張高評,台北,五南圖書出版公司,2002 年。

己、學位論文類

1.《呂祖謙研究》,吳春山,臺灣師範大學,國文所博士論文,民 67 年。

2.《歸有光研究》,龔道明,台灣大學,中文所碩士論文,民 68 年。

3.《明清文話敘錄》,李四珍,文化大學,中文所碩士論文,民 71 年。

4.《明代唐宋派文論研究》,梅家玲,台灣大學,中文所碩士論文,民 73 年。

5.《南宋古文評點研究》,張秀惠,政治大學,中文所碩士論文,民 75 年。

6.《茅坤文學批評研究》,吳惠珍,東海大學,中文所碩士論文,民 77 年。

7.《明清小說評點之研究》,張曼娟,東吳大學,中文所博士論文,民 78 年。

8.《章實齋及其文論研究》,王義良,政治大學,中文所博士論文,民 81 年。

9.《金聖嘆文學批評理論之研究》,李文赫,政治大學,中文所博士論文,87 年。

10.《林琴南古文理論研究》,呂立德,臺灣師範大學,國文所博士論文,民 89 年。

11.《方東樹文章學研究》,蔡美惠,臺灣師範大學,國文所博士論文,民 91 年。